中公文庫

喫茶店文学傑作選

林　哲夫編

中央公論新社

目次

喫茶店文学傑作選

野分（抄）

夏目漱石

五

ミルクホールに這入《はい》る。上下《うえした》を擦《す》り硝子《がらす》にして中一枚を透き通しにした腰障子に近く据えた一脚の椅子に腰を卸《お》ろす。焼麺麭《やきばん》を噛って、牛乳を飲む。懐中《ふところ》には二十円五十銭ある。只今地理学教授法の原稿を四十一頁《ページ》渡して金に換えて来た許《ばかり》である。一頁五十銭の割合になる。一頁五十銭を超ゆべからず、一ヶ月五十頁を超ゆる可《べ》からずと申し渡されてある。是《これ》で今月はどうか、こうか食える。外《ほか》から呉《く》れる十円近くの金は故里《ふるさと》の母に送らなければならない。故里はもう落鮎《おちあゆ》の時節である。ことによると崩れかかった藁屋根に初霜が降ったかも知れない。鶏《にわとり》が菊の根方を暴《あ》らしている事だろう。母は丈夫かしら。

向うの机を占領している学生が二人、西洋菓子を食いながら、団子坂の菊人形の収入に付て大《おおい》に論じている。左に密柑《みかん》をむきながら、其汁を牛乳の中へたらして居る書生がある。一房絞っては、文芸倶楽部の芸者の写真を一枚はぐる。一房絞っては一枚はぐる。芸者の絵が尽きた時、彼はコップの中を匙《さじ》で攪《か》き廻して妙な顔をしている。酸で牛乳が固まったので驚ろいているのだろう。

高柳君はそこに重ねてある新聞の下から雑誌を引きずり出して、あれこれと見る。目的の江湖《こうこ》雑誌は朝日新聞の下に折れて居た。折れては居るがまだ新らしい。四五日前に出た許《ばか》りのである。折れた所は六号活字で何だか色鉛筆の赤い圏点が一面について居る。僕の恋愛観と云《い》う表題の下《もと》に中野春台《しゅんたい》とある。春台は無論輝一《きいつ》の号である。高柳君は食い欠いた焼麺麭を皿の上に置いたなり『僕の恋愛観』を見ていたがやがて、にやりと笑った。恋愛観の結末に同じく色鉛筆で色情狂!!!と書いてある。高柳君は頁をはぐった。六号活字は大分長い。尤《もっと》も色々の人の名前が出ている。一番始めには現代青年の煩悶《はんもん》に対する諸家の解決とある。高柳君は急に読んで見る気になった。第一は静心の工夫を積めと云う注意だ。積めとはどう積むのか些《ちっ》ともわからない。第二は運動をして冷水摩擦をやれと云う。簡単なものである。第三は読書もせず世間も知らぬ青年が煩悶する法がないと論じている。無いと云っても有れば仕方がない。第四は休暇毎《ごと》に必ず旅行せよと勧告している。然《しか》し旅費の出処は明記してない。――高柳君はあとを読むのが厭《いや》になった。颯《さっ》と引っくりかえして、第一頁をあける。『解脱《げだつ》と拘泥……憂世子《ゆうせいし》』と云うのがある。標題が面白いので一寸《ちょっと》目を通す。

『身体《からだ》の局部がどこぞ悪いと気にかかる。何をしていても、其《それ》がコダワって来る。所が非常に健康な人は行住坐臥ともにわが身体の存在を忘れて居る。一点の局部だにわが注意を集注すべき患所《かんじょ》がないからかく安々と胖《ゆた》かなのである。瘠《や》せて蒼い顔をしている人に、君は胃が悪いだろうと尋ねて見た事がある。すると其男が答えて、胃は少しも故障がない、其証拠には僕は此年になるが、未だに胃がどこにあるか知らないと云うた。其時は笑って済んだが、後で考えて見ると大に悟った言葉である。此人は全く胃が健康だから胃に拘泥する必要がない、必要がないから胃がどこにあっても構わないのと見える。自在飲、自在食、一向平気である。此男は胃に於て悟を開いたものである。……』

　高柳君は是は少し妙だよと口のなかで云った。胃の悟りは妙だと云った。

『胃に就て道《い》い得べき事は、総身に就ても道い得べき事である。総身に就て道い得べき事は、精神に就ても道い得べき事である。只精神生活に於ては得失の両面に於て等しく拘泥を免がれぬ所が身体より煩いになる。

『一能の士は一能に拘泥し一芸の人は一芸に拘泥して己れを苦しめて居る。芸能は気の持ち様ではすぐ忘れる事も出来る。わが欠点に至っては容易に解脱は出来ぬ。

『百円や二百円もする帯をしめて女が音楽会へ行くと此帯が妙に気になって音楽が耳に入らぬ事がある。是は帯に拘泥するからである。然し是は自慢の例じゃ。得意の方は前云う通り祟りを避け易い。然し不面目の側は中々強情に祟る。昔し去る所で一人の客に紹介された時、御互に椅子の上で礼をして双方共頭《かしら》を下げた。下げながら、向うの足を見ると其男の靴足袋の片方が破れて親指の爪が出て居る。こちらが上げると同時に彼は満足な足をあげて、破れ足袋の上に加えた。此人は足袋の穴に拘泥して居たのである。……』

　おれも拘泥している。おれのからだは穴だらけだと高柳君は思いながら先へ進む。

『拘泥は苦痛である。避けなければならぬ。苦痛其物は避け難い世であろう。然し拘泥の苦痛は一日で済む苦痛を五日、七日に延長する苦痛である。入らざる苦痛である。避けなければならぬ。

『自己が拘泥するのは他人が自己に注意を集注すると思うからで、詰《つま》りは他人が拘泥するからである。………』

　高柳君は音楽会の事を思いだした。

『従って拘泥を解脱するには二つの方法がある。他人がいくら拘泥しても自分は拘泥せぬのが一の解脱法である。人が目を峙《そばだ》てても、耳を聳《そび》やかしても、冷評しても罵詈《ばり》しても自分丈《だけ》は拘泥せずにさっさと事を運んで行く。大久保彦左衛門は盥《たらい》で登城した事がある。……』

　高柳君は彦左衛門が羨ましくなった。

『立派な衣装を馬士《まご》に着せると馬士はすぐ拘泥して仕舞う。華族や大名は此点に於て解脱の方を得ている。華族や大名に馬士の腹掛をかけさすと、すぐ拘泥して仕舞う。釈迦や孔子は此点に於て解脱を心得ている。物質界に重《おもき》を置かぬものは物質界に拘泥する必要がないからである。………』

高柳君は冷めかかった牛乳をぐっと飲んで、ううと云った。

『第二の解脱法は常人の解脱法である。常人の解脱法は拘泥を免がるるのではない、拘泥せねばならぬ様な苦しい地位に身を置くのを避けるのである。人の視聴を惹くの結果、われより苦痛が反射せぬ様にと始めから用心するのである。従って始めより流俗に媚びて一世に附和する心底がなければ成功せぬ。江戸風な町人は此解脱法を心得ている。芸妓通客は此解脱法を心得ている。西洋の所謂紳士《ゼントルマン》は尤もよく此解脱法を心得たものである。

………』

芸者と紳士が一所になってるのは面白いと、青年は又焼麺麭の一片を横合から半円形に食い欠いた。親指についた牛酪《バタ》を其儘袴の膝へ抹《なす》りつけた。

『芸妓、紳士、通人から耶蘇《やそ》孔子釈迦を見れば全然たる狂人である。耶蘇、孔子、釈迦から芸妓、紳士、通人を見れば依然として拘泥して居る。拘泥のうちに拘泥を脱し得たりと得意なるものが彼等である。両者の解脱は根本義に於て一致すべからざるものである。

………』

高柳君は今迄解脱の二字に於て曽て考えた事はなかった。只《ただ》文界に立って、ある物になりたい、なりたいがなれない、なれんのではない、金がない、時がない、世間が寄ってたかって己《お》れを苦しめる、残念だ無念だと許《ばか》り思って居た。あとを読む気になる。

『解脱は便法に過ぎぬ。下れる世に立ってわが真を貫徹し、わが善を標榜し、わが美を提唱するの際、拖泥帯水《しでいたいすい》の弊を免がれ、勇猛精進の志を固くして、現代下根《げこん》の衆生より受くる迫害の苦痛を委却する為めの便法である。此便法を証得し得ざる時、英霊の俊児、亦《また》遂に鬼窟裏《きくつり》に堕在して、彼の所謂《いわゆる》芸妓紳士通人と得失を較するの愚を演じて憚からず。国家の為め悲しむべき事である。

『解脱は便法である。此方便門を通じて出頭し来る行為、動作、言説の是非は解脱の関する所ではない。従って吾人は解脱を修得する前に正鵠《せいこう》にあたれる趣味を養成せねばならぬ。下劣なる趣味を拘泥なく一代に塗抹するは学人の恥辱である。彼等が貴重なる十年二十年を挙げて故紙堆裏《たいり》に兀兀《こつこつ》たるは、衣食の為めではない、名聞の為めではない、乃至《ないし》爵禄財宝の為めではない。微かなる墨痕のうちに、光明の一炬を点じ得て、点じ得たる道火を解脱の方便門より担い出して暗黒世界を遍照せんが為めである。

『此故《このゆえ》に真に自家証得底の見解あるものの為めに、拘泥の煩《はん》を払って、出来得る限り彼等をして第一種の解脱に近づかしむるを道徳と云う。道徳とは有道の士をして道を行わしめんが為めに、吾人が之に対して与うる自由の異名である。此大道徳を解せざるものを俗人と云う。

『天下の多数は俗人である。わが位に着するが為めに此大道徳を解し得ぬ。わが富に着するが為めに此大道徳を解し得ぬ。下れるものは、わが酒とわが女に着するが為めに此大道徳を解し得ぬ。

『光明は趣味の先駆である。趣味は社会の油である。油なき社会は成立せぬ。汚れたる油に廻転する社会は堕落する。かの紳士、通人、芸妓の徒は、汚れたる油の上を滑って墓に入るものである。華族と云い貴顕と云い豪商と云うものは門閥の油、権勢の油、黄白の油を以て一世を逆しまに廻転せんと欲するものである。

『真正の油は彼等の知る所ではない。彼等は生れてより以来此油に就て何等の工夫も費やして居らん。何等の工夫を費やさぬものが、此大道徳を解せぬのは許す。光明の学徒を圧迫せんとするに至っては、俗人の域を超越して罪人の群に入る。

『三味線《さみせん》を習うにも五六年はかかる。巧拙を聴き分くるさえ一月《ひとつき》の修業では出来ぬ。趣味の修養が三味の稽古より易いと思うのは間違って居る。茶の湯を学ぶ彼等は入らざる儀式に貴重な時間を費やして、一々に師匠の云う通りになる。趣味は茶の湯より六ずかしいものじゃ。茶坊主に頭を下げる謙徳があるならば、趣味の本家たる学者の考《かんがえ》は猶更傾聴せねばならぬ。

『趣味は人間に大切なものである。楽器を壊《こぼ》つものは社会から音楽を奪う点に於て罪人である。書物を焼くものは社会から学問を奪う点に於て罪人である。趣味を崩すものは社会其物を覆えす点に於て刑法の罪人よりも甚しき罪人である。音楽はなくとも吾人は生きて居る、学問がなくても吾人はいきて居る。趣味がなくても生きて居られるかも知れぬ。然し趣味は生活の全体に渉る社会の根本要素である。之れなくして生きんとするは野に入って虎と共に生きんとすると一般である。

『ここに一人《いちにん》がある。此一人が単に自己の思う様にならぬと云う原因のもとに、多勢が朝に晩に、此一人を突つき廻わして、幾年の後一人の人格を堕落せしめて、下劣なる趣味に誘い去りたる時、彼等は殺人より重い罪を犯したのである。人を殺せば殺される。殺されたものは社会から消えて行く。後患は遺さない。趣味の堕落したものは依然として現存する。現存する以上は堕落した趣味を伝染せねばやまぬ。彼はペストである。ペストを製造したものは勿論罪人である。

『趣味の世界にペストを製造して罰せられんのは人殺しをして罰せられんのと同様である。位地の高いものは尤も此罪を犯し易い。彼等は彼等の社会的地位からして、他に働きかける便宜の多い場所に立っている。他に働きかける便宜を有して、働きかける道を弁えぬものは危険である。

『彼等は趣味に於て専門の学徒に及ばぬ。しかも学徒以上他に働きかけるの能力を有して居る。能力は権利ではない。彼等のあるものは此区別さえ心得て居らん。彼等の趣味を教育すべく此世に出現せる文学者を捕えてすら之を逆しまに吾意の如くせんとする。彼等は単に大道徳を忘れたるのみならず、大不道徳を犯して恬然《てんぜん》として社会に横行しつつあるのである。

『彼等の意の如くなる学徒があれば、自己の天職を自覚せざる学徒である。彼等を教育する事の出来ぬ学徒があれば腰の抜けたる学徒である。学徒は光明を体せん事を要す。光明より流れ出ずる趣味を現実せん事を要す。而して之を現実せんが為めに、拘泥せざらん事を要す。拘泥せざらんが為めに解脱を要す。』

　高柳君は雑誌を開いた儘、茫然として眼を挙げた。正面の柱にかかって居る、八角時計がぼうんと一時《いちじ》を打つ。柱の下の椅子にぽつ然《ねん》と腰を掛けていた小女郎が時計の音と共に立ち上がった。丸テーブルの上には安い京焼の花活《はないけ》に、浅ましく水仙を突きさして、葉の先が黄ばんでいるのを、何時《いつ》迄も其儘に水をやらぬ気と見える。小女郎は水仙の花に一寸《ちょっと》手を触れて、花活のそばにある新聞をとり上げた。読むかと思ったら四つに畳んで傍に置いた。この女は用もないのに立ち上がったのである。退屈のあまり、ぼうんを聞いて器械的に立ち上がったのである。羨ましい女だと高柳君はすぐ思う。

　菊人形の収入に就ての議論は片付いたと見えて、二人の学生は烟草《たばこ》をふかして往来を見ている。

『おや、富田が通る』と一人が云う。

『どこに』と一人が聞く。富田君は三寸許り開いて居た硝子戸の間をちらと通り抜けたのである。

『あれは、よく食う奴じゃな』

『食う、食う』と答えた所によると余程食うと見える。

『人間は食う割に肥《ふと》らんものだな。あいつはあんなに食う癖に一向肥えん』

『書物は沢山読むが、ちっともえろうならんのが居ると同じ事じゃ』

『そうよ。御互に勉強は可成《なるべく》せん方がいいの』

『ハハハハ。そんな積りで云ったんじゃない』

『僕はそう云う積りにしたのさ』

『富田は肥らんが中々敏捷だ。矢張り沢山食う丈の事はある』

『敏捷な事があるものか』

『いや、此間《このあいだ》四丁目を通ったら、後ろから出し抜けに呼ぶものがあるから、振り反《かえ》ると富田だ。頭を半分刈った儘で、大きな敷布の様なものを肩から纏うて居る』

『元来どうしたのか』

『床屋から飛び出して来たのだ』

『どうして』

『髪を刈って居ったら、僕の影が鏡に写ったものだからすぐ馳け出したんだそうだ』

『ハハハハハそいつは驚ろいた』

『おれも驚いた。そうして尚志会の寄附金を無理に取って、又床屋へ引き返したぜ』

『ハハハハ成程敏捷なものだ。夫《それ》じゃ御互に可成く食う事にしよう。敏捷にせんと、卒業してから困るからな』

『そう、文学士のように二十円位で下宿に屏息《へいそく》して居ては人間と生れた甲斐はないからな』

高柳君は勘定をして立ち上った。有難うと云う下女の声に、文芸倶楽部の上につっ伏《ぶ》していた書生が、赤い眼をとろつかせて睨める様に高柳君を見た。牛の乳のなかの酸に中毒でもしたのだろう。

カフェ・プランタン

森　茉莉

帝劇から、真暗な中にお堀端の柳が仄《ほの》かに見え、その後《うしろ》にお堀の水が暗く、黒く沈んでいる外に出た、真白な帽子のお化けのような子供と、黒い、長いマントォの下から出た仙台平の袴をシュル、シュル鳴らし、黒檀《こくたん》の太い洋杖《ステッキ》を突いた男との二人連れは、日比谷公園の角を曲って銀座に出た。ここにも暗い中に柳が暈《ぼんや》りと立ち並び、土や雨に湿った木煉《もくれん》瓦《が》の舗道が続いている。明治の銀座は暗く、店々の黄金《きん》色の電燈の光が洩れ、微《かす》かな、だが厳然としたといってもいい位の、確《しっか》りした西欧文明の香《にお》いが、商店の中に、人々の服装《なり》に、誰かが隠し《ポケット》に入れている外国煙草やパイプに、居据《いすわ》っていて、カルダン、プレタポルテ、オォトゥ・クウチュウル、なんて言う広告文句のバカ騒ぎと一緒に入って来る（巴里の流行）なんかではない、ほんものの西洋文明が、あった。神経のある、西洋のわかる人々だけが西洋のものをたべ、舶来唐物《とうぶつ》を身につけていた傾向があったからだ。一方、明治になる前の江戸的なものも、これ又厳然と残って、根を浚われないでいた。田村屋の唐《とう》桟縞《ざんじま》の浴衣《ゆかた》、さのやの足袋、菊秀の切り出しや、鏡花の出刃打ちが持つような出刃、そういう老舗《しにせ》がひっそりと栄えていて、くさやの干物で夕飯をたべた老舗の旦那がカフェ・パウリスタや、メゾン鴻の巣で珈琲をのみ、外国煙草をふかす、という感じだった。銀座から話がはみ出すが、不忍池は上野の山の下に鈍い銀色に光り、蓮番人の古びた小舟がもやっている池は夏になるとガワガワと重なり合う蓮の葉で一杯になり、上野の杜の明け鳥が鳴きわたるより前に、薄紅と白との蓮の花の開く幽《かす》かな音がした。フランス人が涙の木といっている柳がこの池のまわりにも立っていて、冬は焦茶色の木になり、面白い形に折れた蓮の茎や、蓮の実と一緒に素晴しい風景を造り出していた。

　さて黒マントの男と白い帽子のお化けのような幼女とはカフェ・プランタンに入った。卓子《テエブル》について、白い帽子と白い毛皮の小さな肩かけとマッフをとって貰った私は明るい店の中を見た。帝劇にいた黒い蜂の群はここにも群がっていた。劇場の中では、憧憬と熱情を内にひそめて、しんと鎮まっていた彼らは、ここでは透徹った黒い翅をブンブンふるわせて、喋り、笑っている。劇場で黙っていた若ものにも、カフェでがやがやしている若ものにも、異様なほどの熱気が孕んでいて、それが幼い私にも電気のように伝わった。やがて運ばれて来た珈琲の茶碗を私は父親がミルクと砂糖を入れるや否や口へもって行った。珈琲がはじめての私は父親がミルクや砂糖を入れたのをみてよほど美味《うま》いものだと思ったのだ。父親が「お茉莉、熱いぞ」と言ったのも間に合わなかった。すると手もとが狂って、熱い珈琲が胸にかかった。父親は私をつれて店の奥へいって、ボオイに絞ったナフキンを貰い、着物の胸を拭いてくれたが、驚いた私の頭の中は「ボルクマン」の舞台の恐怖と母に怒られる不安とがすっかり入れ交ってしまった。どっちも恐怖である。

散歩

水野仙子

『おい、散歩に行かないか。』と、縁側に立って小さく口笛を吹いていた夫は言った。薄暗い台所でしていた水の音や皿の音は一寸の間やんで、『ええ』と、勇みたったような返事が聞えると、また前よりは忙しく水の音がしだした。

暗い夜であった。少しばかり強く風が渡ると、光りの薄い星が瞬きをして、黒いそこらの樹影《こかげ》が、次ぎから次ぎへと素早く囁きを伝えて行く。便所《はばかり》の手拭い掛けがことことと、戸袋に当って揺れるのがやむと、一頻《ひとしき》りひっそりと静かになって、弱り切った虫の音が、歯齦《はぐき》にしみるように啼いてるのが耳だって来る。

初秋《はつあき》の夜気が、しみじみと身うちに環って、何となく心持ちが引緊り、さあ『これからだぞ――』というような気がするにつけても、訳もなく、灯とそれから人の匂いが懐しい。暗い空に向って、遥かに響きを伝えて来る甲武線の電車の音を聞いていると、その中の人達や、或はそれの吐き出される明るい街々やが、ぱあっと眼に泛《うか》んで来る。帯の間に両手をさし込んで、そんなことをぼんやり意識しながら、夫は猶縁側に立ち尽していると、台所の用をすませて妻がはいって来た。

『ね、何処に行きましょう？』といつも機嫌のいい時に見せるあどけない顔をして、箪笥《たんす》の上から鏡台を下して電燈の下に据えた。手水《ちょうず》を使ったものとみえて、お湯に刺激された頸すじや顔が冴え冴えと紅くなっている。肌ぬぎになった胸の左右に、二つの小さな丘のような乳が、白粉《おしろい》を塗っている手先の運動につれて、伸びたりふくらんだりしている。

『そんなにおしゃれしなくたっていいじゃないか、早くおしよ。』

『だって……』と鏡の中で眼が笑う。

『ねえ、銀座に行ってみましょうか？　随分暫く行ってみないから。』

『うむ。』

『そしてウーロン茶を飲むのよ。』

『うむ。』

二人は何となく幸福であった。そしてその幸福は、めったに人が真似することの出来ない、又窺い知ることの出来ないものででもあるように、二人は心密かに得意であり、満足であった。それは、いつでも夫婦の心がぴったりと隙もなく合った時に、神が用意して置かれる恵みのような心持ちであった。

　髪を撫でつけてしまうと、濡れ手拭いで二三度顔を叩いてみて、鏡に近く顔を寄せてみたり、眉を上げてみたり、頬を撫でてみたりして、熱心に鏡をのぞき込んでいた妻は、縁側の藤椅子に腰を掛けて、興ありそうにこちらをみている夫の顔が映ってるのをみると、にっと笑ってようよう満足したように鏡の傍を離れた。その顔は、『私だってお化粧をすりゃあ、ちっとは可愛くなるでしょう？』といいたそうに少しすまして。

『さあさあ、早くしないと遅くなるよ。』と、夫は内心その心持ちを悟って微笑しながら、わざと急《せ》きたてた。一つ間違ってすねだしたら最後、石のように冷たく固くなってしまう悪るい癖――その呪わしい一面の性質が、一体この女の何処に潜んでるんだろうと、つくづく不思議になって眺められるほど――いや、そんなことはもう未来永劫忘れてしまったように、今夜の妻のそぶりは、馬鹿に可愛らしかった。

『ええ。』と、こんな時には何を言われても腹が立たないらしく、妻は猶にこにこしながら箪笥の鍵を錠の中にさし入れた。『あなた、寒かあなくって？　わたしもう袷《あわ》せを着たっておかしかあないわね？』

こう相談するように首をかしげて言ってはいるものの、その実さっきからもうちゃんと心に決めていたので、飽きるほど着古して襟垢のついた単物《ひとえもの》よりか、たとい少し位時節は早くても、袷せを着て出ようと密かに楽しんでいるのであった。

『ああ、僕はその着物が好きさ、そいつが一番よく似合うよ。』と、夫はその着物を二人で買いに出た夜の記憶をよび起しながら言った。

『そう。』

両前を合せて赤い腰紐をぎゅうっとしめながら、一二歩歩いてみて少し短いのを、踵で後の裾を踏えてのばしながらにっこりした。その時、袷せといってはこれ一枚きりないこと、それも縫い直しの袂の先に継ぎの当ってるようなものであることなどを何気なしに言おうとしたが、そんなことを言って夫の心を刺激してはよくないと思って止《よ》した。『あの人は今に必と働くだろう。そしたらわたしの著物《きもの》だってきっと快く買って下さる！』

何も彼も今はこれで満足であった。夫がこれまで二人の生活を支えていた会社を止してしまってから、もう三月にもなるのに、内心はともかくも表面は存外平気らしくみえるのが、時々烈しく心の中に非難されるのであったが、今は十分夫の心持ちに理窟もつけられれば、同情も出来、殊に、常にはあんまりよく腑に落ちてない会社を止した動機が、全く夫のいう通りに男の意地をたてたもので、そうしなければならなかったのだろうと理解も出来るし、明らかにそれが却て得意にも思われるのであった。

久しく忘れていた身じまいのあとのすがすがしい気分が、軽い自惚れまでひき起して、帯や半襟やの色彩《いろどり》がいくらか複雑に粧われたのを、鏡の中に満足そうに見た。

『これで一かどの別嬪さんが出来上ったっていうところだね。』

『あら！』

『いや全くだよ。馬鹿に今夜は綺麗にみえるよ。』

満更それがひやかしでもなさそうに聞えたので、一寸すねようとしたのを妻は止してしまったが、それも、夫の目には今なんにも比較するものがないからだということには気がつかなかった。

『お待ち遠うさま、さあまいりましょう。』

『おい、おまえ錠をどこに置いたい？』と、兵古《へこ》帯をぐるぐる巻き直しながら、玄関に下駄を揃えている妻に声をかけた。

『わたし、持ちましたよ。』

雨戸を繰る音ががらがらと響いた。

『まあ暗い。』

二人はようよう外に出た。

ああ初秋《はつあき》の一夜！　なんという新しい生々とした気分が二人に満ちていることだろう！　口には出さないがお互に同じ心持ちを感じあって、人通りの少ない暗い道は手を握り合って歩いた。

『随分久しぶりね。』と、道々妻は幾度か繰り返した。

暗くなったり明るくなったりする停車場の電燈の下に、夫は妻の、妻は夫の晴々しい顔を見ていた。肌寒いほど稍々《やや》強く、風は吹いては過ぎた。やがて、闇の中に眼を輝かしながら、生きもののように電車が走って来た。

どやどやと乗り込んだ一群れの人に交って二人は明るい車の中にその姿を置いた。久しく家に燻ぶっていたので、訳もなく向く人達の眼にも一寸面伏せなような気がして、妻は夫の指してくれた空席に急いで腰を下した。そしてその前の吊皮に下っている夫の袖の下からそろそろとあたりを見廻した。

　まず安心したことには、あまり気早過ぎはしなかったかと内心気にしていたのであったが、車内の人の半分近くも袷せを着ていたことであった。それに味方を得たような落ちつきが出来て、つい真向いに腰かけている女が、妙にじろじろ見ているのを大胆に見返してやった。女に女が対手になる時には、無意識に自分を対手に比較するもので、まず縹致《きりょう》の好し悪し愛嬌の有無、著物《きもの》の品質を調べて、まだ得心がいかない時には、その柄合いの見たてでその人の趣味を判断したりする。でその女は、いやに人を蔑んだように見る癖によって反感を買ったばかりでなく、すべてに於いて弾ねかえすような軽い憎みを妻に感じさせた。けれども縹致《きりょう》はよかった。――それも俗な男に好かれそうな――と妻の心の呟きはつけ加えたけれども。身なりも、馬鹿にけばけばしくはあったけれど立派であった。いや敢てその女ばかりでなく、今夜のすべての女は、美しくあり立派であるような気がした。みんながみんな、真新しい柄合いの著物《きもの》を著て、心安げになんの屈託もなく振舞っているように見える。それにつけても、これがわたしの精一っぱいのお扮《つく》りなんだと思うと、妙に見窄《みすぼ》らしく自分の肩のあたりが眺められる。

　そっと夫の顔色を窺うと、窓の外に走って闇から闇にちらちらする街の灯にその眼は捕られていて、さっき暗い道の一つの軒燈の光りで見た時のような、自分にのみ心を傾けているような、純一な顔ではなかった。その瞳にはさまざまな社会の色が反映していた。

二人は万世橋の停車場を出て、光りの海のような須田町の交叉点の方に紛れて行った。

『乗る？』

『歩きましょうよ。』

二人は肩を並べるために、忙しく行き違う人を避けながら、片側の家並みを銀座の方へと歩き出した。

『ねえ。』

『ん。』

『今電車の中で、わたしの直ぐ向いに腰かけてた女があったでしょう？』

『うむ。』

『随分いやなやつね、傲慢な顔をして。』

『だけど、別嬪だったねえ。』

妻はちらりと夫の顔を見た。

『あなた、あんなのがお好き？』

『僕は好き嫌いを言ってるんじゃないよ、一寸美人だったっていうのさ。』

妻は再び夫の顔を見て黙った。『男ってものはどうしてあんな女を好くのだろう？』と、すぐに物事を偏せて考えてしまって、その男ってものは——に、夫を非難する意味も含めて、心密かに思った。何よりも妻には、今の夫の言葉の調子が気に喰わないのであった。

歩いても歩いても、明るい灯と賑かな店が続いた。軽々しい淡々しい夏めいたものはみな取りのけられて、早くも冬の仕度をうながすような気分が、その店々の装飾にみられた。

『ああ、すっかり秋だねえ。』と、夫は消息《ためいき》をつくようにして言った。

隙を窺い寄るように、なんとはない不安が、その胸のうちに入りくんで来るようなのを覚えていた。漠然としたものではあるが、男子の志といったようなものの焦慮が、事新しく世の中ということを思わせた。そんなことをぼんやりと考えていたので、

『まあ、随分思い切ったようないい柄！』と立ちどまった妻の言葉を遥かに遠いものでも眺めるような心持ちで聞いた。そして一寸はそれが何のことだかわからなかった。

妻は美しい新柄で飾られた呉服屋の飾り窓にとかく気をひかれて、なくてはならない自分達の冬着を揃える時のことを空想しながら頻りに胸算用をして歩いているうちに、メリンス屋の店に下げてある友禅形に目をとめて、思わず嘆美するように声を放ったのであった。そしてそれについて別段夫の言葉や態度は予期していなかったのだけれど、今ぼんやりと振向いた夫の顔をみて、急に我にかえったようになると共に、不思議に反抗するものがその心のうちに沸きかけて来た。その夫の顔は、自分とはなんの交渉もなさそうに、澄んで引緊っていた。

二人はお互に離れ離れになった心持ちを感じ合った。そしてそれを引返そうと試みれば試みるほど、益々あらぬ方に反れて行くようであった。

『わたしはあの人の為めにこんな苦労をしているのだ、そして不如意な生活に別段悪るい顔も見せないでいるのをいいことにして、当り前だといわぬばかりに、そこのところをちっとも考えてくれやしない。わたしのこの身なりの見窄《みすぼら》しさはどうだろう？　これが私の身上ありだけのものだって言ったなら、世の中の女達はまあどんなにわたしを憐むことだろう？　僅かばかり持っていたものは、今のところみんなお米の代にかわってしまったんだもの。』と妻がおもえば、

『女ってものはどうしてああ物質的なもんだろう。気持ちがせまくて、偏っていて、わがままで、自分のことより外は何も考えていないんだ、きさま達に男の心持ちなんてものが解るもんか。著物《きもの》が出来ないということを最大の条件にして、さもさもおれを意気地なしだと思っていやがる！　飛切りいい柄がぶら下っていたってそれがどうなんだい！　へんそれがおれへ当てつけの積りなんかい？』と夫は心に呟いた。

お互に黙りあって歩いてるうちに、二人はいい加減くたびれてきた。それでもようようのことで目的の銀座に近づいた時には、そこに二人とも何かを期待するような心持ちであった。

人の往き来は一層繁く、灯影はまた一段と輝かしく、暗いけれど高い空にほんのりと余

光をあげていた。風を切って行きちがう電車の煽りを喰って、街樹の柳がすうっと枝を靡かせて行く。

活々とした雑閙《ざっとう》と、華々しい灯の飾りの中にその姿を現わせば現わすほど、妻は自分の体から光りなり色彩なりを吸い取られて行くようなのを確かに覚えた。自惚れはいつか影もなく去り、自ら足り、自ら満足を感じた心も姿を隠して、ただぐわんぐわんするような物の響きに、散歩を楽しもうとした心もめちゃくちゃに掻き乱されてしまった。そしてただなんともいえぬ不思議なものの圧迫を感じるばかりであった。

知らず知らず台湾喫茶店の前まで来た時、夫は一寸たちどまって、ぐんぐん行きすぎようとする妻に声を掛けた。

『おい、寄らないのかい？』

妻は夫から眼を外らして黙っていた。そして夫が咎めるような顔をして傍に寄って来た時、

『お金もないのに止しましょうよ。』と言った。

しかしそれは今の今まで思いも寄らなかったことで、そこの前を通り過ぎる時軽く投げた一と目に、美しい女下駄をちらりと入口に見てから、急に入るのが厭になったのであった。どのように綺麗な立派な女がそこにいようかと、それが怖しかったのだ。

最後の希望は切れた。それをいくらか楽しみにもし、そこでなるべく気持ちを直して帰

る積りであったのだけれど、今言い切った言葉は丁度戦いを挑んだようなものであった。

二人の心の保ち合いは破れた。妻は決して夫の顔を振り向きはしなかったけれど、その眼がちらと光ったのを感じ、勝手にしろと言ったように足早に歩き出したのを知った。

いよいよ、休むことが出来ないのを知った足は、非常な速力をもって疲労を訴えて来た。

何物をも見、何物をも考えずに二人はただ歩いた。

やがて、

『帰ろう。』

『ええ。』

こう簡単な会話が交わされた。

夫はつかつかと赤い灯の柱の下にへき《ママ》進んで行った。

間もなく、夫は前から、妻は後から、お互にお互を心のうちに非難しあいながら電車に乗った。

二人とも此上もない不快な心持ちを、神の罪に受けながら。

カフェーの話

谷崎精二

二十六七から卅二三迄私は方々のカフェーを歩き廻った。今でもカフェーへはいらない事はないが、連れがあって一緒に話をしたり、散歩の疲れを休めたりする為めで、一人でカフェーへはいる事は滅多になくなった。稀に一人で賑かなカフェーの隅の椅子に腰を下して居たりすると、妙に極りの悪い、何だか場処にそぐわない気がして来る。

私の学生時代には今の様に方々にカフェーが無く、街上で簡単な休息所を求めるとなると、ミルク・ホールか、一品洋食屋へはいるより外はなかった。銀座にもレストランは沢山あったが、純粋なカフェーとしてはパウリスタとウーロン喫茶店位しか出来て居なかったと記憶する。カフェーと文士、乃至文学青年と云う者はどうやらつき物になってしまったが、其の頃はそんな事もなかったらしい。

カフェー修業では何と云っても広津が私の先輩である。いや、二人で殆ど同時にカフェー歩きを始めたのだが、いつのまにか広津の方が押しも押されもせぬ先輩となってしまった。私と彼とは二十六七の時分始終一緒に会って散歩ばかりして居た。其の頃着物の裾がひどく切れるので母に愚痴をこぼされた事を覚えて居る。そうして二人で散歩して居る中に喋り疲れ、歩き疲れて、結局何処かで休息する必要が生じて、そんな事からカフェー歩きが始まったらしい。

広津は其の頃第三帝国と云う雑誌の文芸欄を担当して居た。神田の神保町の其の編輯所の側にランポウと云うカフェーがあって、私は広津に誘われてよく其処へ行った。多分これが私のカフェー修業の始だったかと思う。其れから赤坂の電車通りにある赤坂カフェーや、溜池の横町にある何とか云うカフェーへもよく行った。広津が永田町に住んで居たので、其の関係からあの辺へ出歩いたのらしい。

其の次ぎに日比谷公園の前の日比谷カフェーへ通い出した。或る晩やっぱり広津と一緒に銀座を散歩して、帰途日比谷カフェーの前を通りかかり、『ちょいとはいろうか。』と云う様な事から二人で立寄ったのがきっかけだったと記憶する。此の頃からカフェーは散歩の途中に寄る処ではなくして、散歩の目的になりかかったらしい。

日比谷カフェーの次がウーロン喫茶店である。私は何処のカフェーでも所謂お定連《じょうれん》にならなかった。又其れ程足繁く通いもしなかった。だがウーロンでだけはお定連であったらしい。気弱で、極《きま》り悪るがりやの私は一人でカフェーへはいれなかったが、ウーロンだけは例外だった。そして其の頃居たウエイトレスたちにも皆顔馴染になった。

ウーロンへは何でも二年位出入して居たろう。広津や、宇野や、久米、佐々木などと云ら諸君にもよく落合った。今でも銀座へ出ると稀には立寄るが、此の頃あの店はすっかりさびれてしまった様だ。

私のカフェー熱はウーロン時代が絶頂であったらしい。それから次第に下火になって、わざわざ遠くのカフェー迄出かける元気が無くなった。其の後神楽坂の名物屋と云う家へ時々行ったが、此の店もなくなってしまったので、今では何処と云ってきまって行くカフェーはない。

カフェーで偶然知った人に会うのは嬉しいものだが、(勿論気心のわかった、感じの好い人に限る。)知らない人に突然話しかけられたり、側で自分の噂をされたりすると少なからず狼狽する。いつだったか、牛込の或るカフェーに一人でコフィーを飲んで居ると、文学青年らしい二三人の男が頻りに文壇の噂をして、宇野がどうだとか、広津がどうだとか論じて居たが、其の中に一人が『谷崎精二となると――』と云いかけた。

『しっ、居るぞ、彼処に居るぞ。』

もう一人の男がこう注意したので、幸い私の噂は出ずに済んだが、居たたまれずに私は其処を飛出してしまった。

カフェーへは又文学者の名をかたる男がよく出入する。数年前或るカフェーへ行くと、『あなたの兄さんが来ていらっしゃいます。』と云われた。丁度家兄は其の時支那へ行って居たので、変だと思って様子を聞くと、谷崎潤一郎と称する男が今電話を掛けて居ると云うのである。電話室の方を覗くと、見知らぬ男が春陽堂へ電話を掛けて、『僕は谷崎潤一郎だがね、泉鏡花君の家は何処だったか教えてくれ給え。』と頼んで居た。

もう一つ最近小石川の駕籠町とかのカフェーへ谷崎潤一郎、同精二と称する二名の紳士（？）が毎日の様にやって来ると云う話を、其のカフェーへ出入して居る青年から聞いた。

『兄さん、京都の方はどうです？』

『うん、やっぱり東京の方がいいね。』

此の愛すべき兄弟の紳士は睦まじそうにそんな事を話し合って居るのだそうである。そして弟の精二は『水のほとり』と云う著書に署名して、其のカフェーに居る何とか云う美しいウエイトレスに贈ったそうである。

此の外、神楽坂の紅屋の喫茶室へも谷崎精二と云う男が夜な夜な現れるそうであるが、これも私ではないから此の機会に弁明して置く。

私がカフェーに足が遠くなったのは、結局私がもう青年でなくなりかけた証拠かも知れない。実際今のカフェーは余りに青年の集合所であり過ぎる。疲れた者が一杯のコフィーに憩いを見出す為めの設備ではなくして、青年がいやが上にも元気を奮い起し、味覚と、聴覚と、視覚と、或いは其れ以上の官能の満足を求めん為めの、刺戟の強い娯楽場である気がする。中年者がそれぞれの孤独をそっと持ち寄って、ゆっくり落着いて居られるカフェー、そうした物がそろそろ私には必要になった。幕合の劇場の廊下で見られる様な喧騒を私はカフェーで欲しない。汽車の二等室に於ける様な適度の気品と慎ましやかさとを求める。

（大正十三年）

日記

村山槐多

一月一日　晴

午前九時山崎氏今関氏と共に清水賞太郎氏方に年賀す。それから小杉未醒氏方に至る。白石に会し山本鼎氏方へゆく、今関と別れ白石、余、山崎は池ノ端カフェに呑み共に代々木にかえる、道にてさちよさんのカフェに又呑む。

夕方白石かえりたる後杉村、余、山崎は代々木の新亭やはた館に小宴をはる、中途にして大風雨起り身を以ってのがれかえる。

一月二日

午前杉村、山崎、余と美術院新年会にのぞむ。白石を加えて浅草に至り午後をカフェ・ブラジルに消す、杉村大酔してビールをわる。

夜、駒形劇場に清水金太郎等の歌劇をみて後かえれり。

一月三日

午前散歩お松ちゃん山崎にキャラメルをやる。

内藤氏来る午食をやはた館にとりて遂に酔を発し夕刻に至る。

おさはちゃんの茶店にたこを上げたるに空中はるかとびされり。

夜は雑談の内に終り内藤氏泊す。

一月四日

朝、たこ羽子板に時をついやす。

午食後再び羽根、トランプ等をなす。

夕食後ことぶき亭に至れどさちよさん居ず、即ち座をお染ちゃんのカフェに移し杉村の神田に使するを待ち九時半同店を発して京王電車にて府中に至る。

一月五日

宿を出で多摩川をわたりて日野に至る、日野にて、昼めし後かえる、汽車にて国分寺に至りそれより府中に出でて電車なり。

夜無事内藤氏泊る。

一月六日

朝山崎と美術院へ行く、余は山本鼎氏方により紙をととのえなどして後至れり、午前のモデルの顔はよしとしても肉のまずき女なり、小柳、荒井、白石君来る、午後おかづさんモデルに来り、我素描の第一筆をなせり、終りて同行六人浅草に至りカフェ・ブラジルにうたい呑む、おかづさん呑めり、出でて東京軒にビールをのめば、すでに夜たけたり。

わかれてかえる新宿より歩したり。

一月七日

朝、山本をさそい美術院へ行く、昨夜の連中あつまり午後仕事終りし後また浅草に至りカフェ・ブラジルに痛飲しやや乱る、山崎と二人すなわち連中をまき吉原に至り再び浅草より神田によりポーリスタに宮崎氏ののろけをきけり。

一月八日

朝、美術院

モデルのわがままわが画をこわしさりたり、小山氏来る。

夕方連中代々木に向いわれ牛込に一寸より直に後を追う。お染ちゃんのカフェに呑みそれより浅草にゆき谷崎式放浪の事あり、すしを食いかえる、車中女優とたわむる。もう死にたくなった。

日記終り

アップルパイ、ワン!!

中戸川吉二

電車が通る。自動車が走る。荷馬車がよぎる、自転車が行く。ギラギラと無数の電線が目に迫ってきて、一寸《ちょっと》の間、ぐらぐらッと眩暈《めまい》さえがしたのだった。電車線路を渡って向う側の停留所へ行くだけのことなのだったけれども、その時、それだけの元気もなくぼんやり私は突っ立っていた。少し熱でもあるような体具合だった。晩春の午後三時頃のことである。――私は、一寸した用事を思いつくと矢も楯も堪らなくなって、うちの中にじっとしていられなくなって、今時分行っても到底いる男でないと承知していながら、駿河台下の近くまでFを訪ねて来たのであった。と、案の定、Fは留守だった。Fが留守となると私にはこの近くに他に訪ねるあての友だちもないのである。遠くまで友だちを訪ねてみる勇気も出なかったし、夕飯を食べるにはまだ早いし、仕方なく又うちへ引き返えそうと思って電車路まで来たのだった。が、もう、一歩も歩くのが厭になって、往来に突っ立ったままでいたのだ。――何処か恰好な、体を休めるところがないかと考えながら……。

（ああ、そうだ。パウリスタがある。パウリスタの支店が直ぐそこにある……）

それを思いつくと、不意に私の顔には意味のない笑が湛えられた。――ムッと靄《もや》のような濁った空気が漂って、生意気な書生や安官吏やヘッポコ会社員などがガヤガヤと一杯つめかけていて、安価な享楽を貪っている光景を思い画くと、堪らない気もしたが、ぼんやり突っ立っているうちに贅沢なことは考えていられなくなって、兎も角、直ぐ近くのパウリスタへ這入って行くことにした。

　這入ってみると、併し、何時《いつ》ものようにそう混雑してはいなかった。意外な感じがされた。殆んど、誰も客がいないと云って好いほどだった。――たった一人隅の方に、少《ちい》さな中学生のような男がいるきりだった……。

　私はホッとして、何処かに自分の席を定めようとして見渡したが、私の癖で、隅の方の席でなくては承知が出来ないのである。真ン中の方に席を占めると、あとから自分の背後の席にきた客に背中を視詰められるような意識ばかりが働いて、気になって気になって、どうしても落ちつけないからだった。――一体、一人離れて席をとる方が好きなのだけれども、小さな中学生であることに気安さを覚えて、私は中学生の陣どっている隅の方のテーブルの向う側に、自分の席をきめた。――そうして、先ず、コーヒーを一杯注文した。

　中学生は、ライスカレーを食っている。今まで一人ぼっちで静かに食っていたのに、不意に闖入者、――へんなおとなに享楽をさまたげられて了うと云った風に、一寸の間彼は顔をあげて、自分の前に席を占めた私の方を視た。私も彼の顔を視詰めた。もと、私のいたことのある中学校の徽章が帽子についていたから……。で、彼は心持顔を赧《あか》くして、俯いて、又熱心に匙を動かしてライスカレーを食い続けた。——みると、まだほんの少さな、一年生でもあるまいが、やっと二年生になった位の十四五の少年だった。上級生につれられたりして大勢でなら来たことはあるが、一人でこんな場所へ来るのは始めてだと云う風な様子があった。制服をキチンと著ているので、一見学校の戻りしなと解るが、腹がへって堪らなくなって、電車を途中で下りて、かつて連れられて来た覚えのあるパウリスタの前へ来て中を覗《のぞ》いてみると、誰も客がいない。それに勇気づけられて飛び込んで這入ったと云う風に私には想像された……。

やがて、注文をしたコーヒーをボーイが持って来たけれども、私はコーヒーを飲むよりかは、中学生の熱心にライスカレーを食っている様子をみている方が面白かった。実際、少し熱でもあるような体具合だったので、一寸口をつけてみると、ゴミ臭いような気がしてコーヒーは飲む気がしなくなったのだ。

中学生は一寸美少年でもあったし、良いうちの子供らしく、品の好いところがあった。洋服の著方《きかた》なども、生意気盛りの中学生らしく著頽《くず》していなかった。カラーもはめていたし、ボタンやホックもきちんとはめ、ゲートルもちゃんとはいていた。何処にも、こう云う飲食店へ学校がえりに立ちよったりする、不良少年らしいところはなかった。只、腹がへって堪らないからライスカレーを食いに来たのだ、と云う風にしかみえなかった。——

私は七八年前の、自分の中学生時代を思い出して一寸気恥しい気さえした。その頃、私は、今自分が思ってみても堪らないほどの悪少年であった。月曜日毎にきまって貰うお小遣だけでは足らなくて、本を買うのだとかなんとか嘘をついては、母から余分のお金を強請《せび》って、学校のもどりなどによく仲間のスベ連と一所《いっしょ》に、買い食いをしたり、飲食店にたちよったりした。馴染のお汁粉屋とかミルクホールとかに立ちよっては、ゲートルをとって了《しま》ったり、朝、行きがけに預けてあったマントを著たりして、自分では一人前のハイカラ男になった気でいた。そうして、煙草の煙でそこいらを一杯みなぎらしながら、女学生の噂やお稚児さんの噂をした。如何に自分が、仲間の者よりより多く不良であるかと云う点を誇りにしていたのだった。実際、今思ってみると虫ずの走る不良少年であった。そうして同級生などの、真面目な、善良な学生を、融通の利かない馬鹿気た男のように思い込んでいたものだったが、今思ってみると、そう云う学生の方に却って好意を覚える。好い感じがせられる。自分では学校の規律に反した洋服などを著込んで様子の好《い》い心算《つもり》でいたのだったが、女学生にしろお稚児さんにしろ、却って真面目な、キチンとした服装をした学生の方が注意をひいたに違いないのだ。……私は、目の前にいる、気の少さな、善良そうな中学生に好意が感じられてきて、又、じっと注意を向けていた。

　中学生はライスカレーを食べ了《おわ》った。ガチャンと匙をおいて、顔をあげて私の方を向いたが、ライスカレー一皿でお腹がふくれたとなると、今度は、何となくそれだけではもの足らない気でもして来たのであろう。一種の贅沢慾が、満されないもの足らなさを覚えて来たのであろう。テーブルの上から献立表を手にとって、静かに眺め始めた。両手で屏風のように献立表を立てながら、熱心に食うべき品を選択していた。私の方を、気にしいしいであったけれども、今、彼の胸にどんな幸福が宿っているかしらと思うと、私には羨ましい気がした、一杯のコーヒーをもてあましている自分が詰らなく感じられた。中学生は、やっと食う可《べ》き品の決心がついたのであろう。ふと献立表を閉じて、ボーイの姿を目でさがし始めた……。

「君、ちょいと……」

　中学生は、私の方を気にしながら、小さな声でこう云った。——カーキ色の制服を著込んだボーイたちは四五人客のないガランとした店の中を、日本館あたりで流行らした歌を唄ったりしながら、両手で胴のあたりをおさえて、歌劇役者を気取ってうろついていたが、自分たち同じ年頃位な中学生に反感を持ったものか、聞えないふりをして返事をしようとする者がいなかった。

「ちょいと、君……」と、ばつ悪そうにもう一度中学生は云いかけて、返事をする者がいないと、大きな声で呼び立てる元気がなくなって、おとなしくじっと自分の前を通りすがるボーイを待つもののように口を噤《つぐ》んでいた。私の脣《くちびる》には自然《ひとりで》に微笑が浮んだ。中学生のデリケートな感情の動きをみていることに、一種の享楽が感じられてきた。——もう此の夏には大学を卒業して、文学士になろうとしていながら、未だに美少年趣味に囚われていて、近所の中学生に現《うつつ》をぬかしていたり、そう云う自分の変態的な性慾を享楽しているような小説ばかりを書く、Sと云う友だちのことが思われて来るのだった。なるほど、奴め、こんな味が堪らなく好いんだな、などと思われて来るのだった……。

「あッ、君、ちょいと――」

ボーイの一人が、自分の前に通りかかって来ると、中学生はあわててこう呼び止めた。

「君ね、僕、林檎《りんご》のパイが一つほしいんだけれども……」

「えッ」と、ボーイは、立ち止って聞き返した。――瞬間に私は、憎々しい気がしてボーイの顔を視守った。ボーイは、私の注意を引かないように引かないようにと、気を遣いながらものを云いつけている中学生の神経に、少しの同情を持とうとしないボーイの調子が腹立たしかったのだった。

「林檎のパイを……」

「へ、へい」と、ボーイは、馬鹿にしたような大きな声で返事をしながら、荒々しい足どりで、帳場の方へ歩いて行った。解り切っていると云う風な図々し気な様子で、中学生の方を見向こうともしなかった。そうして帳場の前を横ぎって、そこの突きあたりの、料理場の方へ通じている、受付口のような穴の前まで行った。彼は、ふざけきった調子で壁へ両手をあてながら、一種の、気取った嬌態《しな》をしながら、穴の中へ顔を突っ込んで呶鳴《どな》るのであった。

「え——、アップルパイ、ワン!!」

馬鹿々々しく大きな、強い、バスの響《ひびき》は店の隅々にまで響き渡った。——私は目茶苦茶に腹立たしくなってかっとした。もうじっとその席に坐っていることが出来なくなった。ボーイの声に、ぼっと薄赤く顔を染めて了《しま》うであろう中学生のことを思いながら……。

漆絵の扇

浅見淵

一

　上京してから一二年のあいだは、私は鳥渡《ちょっと》した口実ができるとよく神戸へ帰省した。もちろん、休暇になると試験の済んだ日の夜行に乗った。そして、西に動きだした車窓から、暗い夜空に明滅するクスリハホシクスリハホシの赤い広告燈を眺めると、はんぶん神戸へ帰った気持になった。

　ところが、その一二年が経つと、だんだん私は神戸へ帰るのが臆劫《おっくう》になって来た。そして、休暇が遣《や》って来ても、その三分の一を暑苦しい下宿の四畳半でごろごろして暮し、家庭《うち》からの督促でしぶしぶ帰省するのであった。

　じっさい、又、私は神戸へ帰って二三日もすると、すっかり退屈してしまうのだった。顔馴染のカフェや小料理屋は無いし、中学時代の友達もたいてい疏遠になって、ひとりか二人しかゆききしてなかった。それで、一週間に一度金曜か土曜かの晩にヒリッピン人のバンド附きで映す、オリエンタル・ホテルの活動写真を見に行くとか、海岸通のエム・シー薬舗で二円五十銭で買って来たアッシュのステッキを振廻しながら、汗みどろになって裏山を歩き廻るなぞといった気紛れを除くと、大方昼寝をして暮した。そして、昼寝に倦きると毎日のように、トーア路をとおって三ノ宮のステイションへ出掛け、そこで二三種類の東京の新聞を買求めて、トーア路が鉄道の踏切を越えたところにあるカフェ・パウリスタに引返し、一二杯の珈琲と一二本の安葉巻をたのしみながら、隅から隅までその二三種類の東京の新聞にゆっくり目を曝した。

――今から四五年前の夏、私は神戸へ帰省して矢張そんな日を繰返していたが、或日のことだった。私は久振りで近所の伯父の家を訪れた。すると、ピアノの音が聴こえるのでそのまま中二階へ上って行った。その中二階は女学院の高等部に通ってる従妹の居間だった。――六畳の部屋で、洋机や、本箱なぞと一緒にピアノやミシン台がきちんと並び、床の間には年代ものの白い陶器のキリストを抱いたマリヤ観音像が置いてあった。

私が上って行くと、従妹は何か練習曲を弾いていたのであったが直ぐふたをして、洋机の傍へ部屋の隅っこから籐椅子を持って来て私にすすめた。そして、下からじぶんで、冷やした麦茶や風月の西洋菓子を運んで来たりした。それで、私は暫らく従妹と、結婚して外国へ行ってる私の妹の噂や、その頃やって来たロシアの話なぞして、暢気な会話を取交していた。

が、軈《やが》て話題が無くなると、私は鳥渡ピアノのほうへ振返って、『どうも退屈で困る。――どこぞに音楽会でも無いかしら？』と、半ば独語《ひとりご》ちのように呟いた。

『さあ？……』

従妹も同じく視線をピアノのほうへ遣って、鳥渡考えるような面持をしたが、じきに思い切って言葉を続けた。『なんせ、夏場の霜枯時なんですものね……』

『何かあったら知らして呉れない？』

『ええ、よござんす』

すると、それから二三日経った、なんでも日曜の午近くだった。私が二階の縁側の寝椅子にころがって何か雑誌を拾い読みしていると、小学校に通ってる末の妹が私を呼びながら梯子段を上って来た。そして、走って来て、

『これ、Sちゃんが、大きい兄さんに上げて下さいって』と言って、私に何か紙切を渡すと又どたどたと梯子段を駈け降りて行った。

拡げて見ると、それはロシヤ郷土芸術音楽会のプログラムだった。神戸市基督教青年会主催としてあったから、教会の帰りに従妹が鳥渡勝手口まで寄って、置いて行って呉れたにちがいなかった。

二

その晩が来ると、定刻の八時の五分か十分前に、私は帽子もかぶらずに自家を出、二町と離れてないY・M・C・Aのホールへ出掛けた。大方聴衆は集まってホールの八九分を占め、みな浴衣掛けだった。そして、おのずとさわさわした夏の夜の気分があった。

定刻になると、拍手に迎えられて、浴衣に袴をつけた基督教青年会の幹事が三人のロシア人を連れて登壇し、簡単に経歴を紹介した。それに拠ると、何処かこうチェホフの喜劇の人物を偲ばせる、ブルドックに似た顔かたちに髯の剃り跡が青い、粗末なアルパカの上衣を著た中年の男は、ヒライ・ドロウィノフ氏と言ってもと中部ロシアの或都会に住んでいた技師で、革命に追われて敦賀から長崎にやって来たのであったが、今度横浜からアメリカへ渡るのでその途中神戸へ寄ったというのであった。そして、外の二人の少女は彼の娘で、妻は行方不明になったというのであった。

やがて幹事が壇を降りると、ドロウィノフ氏は二三歩背《うし》ろへ下がって二人の娘と三角形の位置をつくり、徐ろにしわぶきを二つ三つして、三人で聖歌らしいものを合唱をしはじめた。――プログラムを見ると、『処女マリアの頌。』としてあった。

それは三部合唱であったが、石竹色《ピンク》の衣装をつけた妹娘のソプラノがずば抜けてうまく、ほとんど外の声を消してしまっていた。

ところで、その妹娘は十六七で、光沢のある茶色の切長の眸をした、新鮮な血の色が頬だけ透いて見える、ツルゲネーフの小説にでも出て来そうな美しい少女であった。それに、白い服装をした姉娘が、血色の悪い顔に雀斑《そばかす》の多い、背の低い貧相な女であったから、一段とその美しさが照り映えた。

　すると、その『処女マリアの頌』が最高音から最低音に移った時であった。ドロウィノフ氏はその妹娘のアレキサンドラを、――その名前はプログラムで私はしったのであったが、いきなり三角形の目付きをして、かの女の手許と眸とを見較べながら厳しく睨んだ。と、アレキサンドラは急に真赤になって、――耳朶まで赧《あか》く染めて、もじもじと気まりの悪そうな姿態をした。

　それはアレキサンドラが扇をあおぎあおぎ聖歌を歌っていたからだった。その扇というのは、元町通の外国の観光客や船員を相手の絵葉書屋なぞで売ってる、ところどころを朱や胡粉で色彩った不味《まず》い山水を漆で描いた扇だった。アレキサンドラのには不二山が描いてあった。

　しかし、アレキサンドラがぱっと赧くなった瞬間の風情にはまた格別な趣があった。そして頬笑みたいようなアレキサンドラのあどけなさが、しずかに私のこころにしみて来た。

　ドロウィノフ氏は、アレキサンドラが扇を畳んで鳥渡固くなって歌い続けているのを窃《ぬす》み見ると、これで今夜のお客にじぶんの一生懸命なところを汲んで貰えただろうといった安堵を浮べて、一そう真面目になって歌い出した。

それが済むと、また同じような聖歌が五つ六つ続き、最後に覚束ない日本語で讃美歌の二百四十九番の『主よ御許に近づかん』を歌って第一部の終になった。

第二部も第一部と大同小異であった。そして、プログラムだけ歌ってしまうと、いよいよ民謡や舞踏曲になった。その中には、二つ三つ私の聴き覚えのものもあった。

ところが、だんだん終に近づいて来ると、基督教青年会のひとびとが帽子を持って聴衆の間を廻り出した。——さまよえる三人のロシア人の為に、応分の喜捨を乞うというのであった。私はそれを見ると、何ともいえぬ憤りを覚えた。出口に立ってでもやればいいにと思った。辻芸人や物貰いじゃなし、目の前でじぶん達に喜捨される白銅や銀貨の音を聞いたら、三人のロシヤ人はどんな気持がするだろうと思った。

それで、ふいとドロウィノフ氏の顔を見詰めると、——それは私の思いなしかも知れなかったが、恥しさを折柄歌っていたルッシャン・バレエの曲に熱中することによって忘れようとするものの如く、ブルドックのような髯面を汗みずくにして強いて愉快そうに歌っていた。

けれども、アレキサンドラに視線を移すと、かの女はそんなことには気がつかないらしく、眸を細くし、白鳥のような頸を幽かに振りふり、全く楽しそうに舞踏曲に熱中していた。そして、それを見ると、私もいくらか救われた気持になった。

三

　その冬のことだった。或晩、私と同じ中学を出て美術学校の洋画科に入ってる友達が明石に帰省して、久振りで私を訪ねて来た。そして、九時近くにパウリスタへ珈琲を飲みに行こうというので自家《うち》を出た。

　私の自家《うち》からパウリスタへ行くのには、中山手の暗い大通を抜けてトーア路をとおらなければならなかった。で、その晩も二人はぶらぶらその路をやって来たが、トーア路の中ごろまでくると、突然聞き慣れない異様な合唱《コーラス》が街筋のどっかから聴こえて来た……。

　一体、このトーア路というのは、山ノ手の外人街の入口にある、赤い屋根をもったクリーム色のお伽噺のお城のようなトーア・ホテルの横から始まり、鉄道の踏切や電車道を越えて波止場に面した並木の多い旧居留地へ通じている坂路だった。そして、山ノ手の外人街から神戸の銀座というべき元町通へ出るには、どうしてもその路を通らなければならなかった。で、しぜん、その路をゆききするものには外国人が多く、街の様子も外の街とは毛色が変っていた。例えば、アカシヤの並木を前にした理髪店の二階に玖馬《キューバ》領事館があったり、ゴシック風のオール・セインツ・チャアチの傍らに紅殻《ベンガラ》塗の牧師館があって、その庭に熱《あつ》ぼったい夾竹桃の花が咲いていたり、そうかとおもうと高い煉瓦塀を周りに廻らした、二階の窓に朱塗の鳥籠が覗いてる支那人の金持の家があったりした。又、埃塗れの安ホテルやソーセージ専門のドイツ人の店や支那人のペンキ屋などがごちゃごちゃ並んでいたりした。そして、夜になると、露地の奥の売春窟には赤い軒燈が燈りたいていの家は戸を締めてしまって、ひょいとどっかの二階の鎧窓が開いたかとおもうと、ジャック・ナイフが閃めいて女の金切声が聞こえ、また直ぐにその窓は締まって元のしんとした寂莫に帰るといった、『カリガリ博士』の活動写真に出てくる街のような鬼気がその街一帯に漂って来た。

ところで、その深夜の街上で異様な合唱《コーラス》を聴きつけた私達は、何事かを期待して思わず立止まってしまった。——それは讃美歌とはちがうが、しかしどこかこう讃美歌に似た澄んだリズムがあった。そして、私達は合唱《コーラス》のしてくるほうへ目をこらした。

と、その晩はどうしたのか淡い霧が街一杯に立罩《たちこ》めていたが、半町程さきの霧の中に蠢《うごめ》いた人影が見え、そこだけ燈火が洩れてぼんやり明るかった。合唱《コーラス》はそこから響いてくるらしかった。

『確か、あすこは——。』

私は友達の顔に視線を移して同意を求めるように言った。『印度人の宝石商だったと思うがね……。』

すると、友達も、

『ん。——そして、あの左隣りはたしか中華堂っていう支那人の美術店だった。——黒鯛のような大きな黒目をした、南方人らしいきれいな若夫婦のね。ぼくはあすこでいつか、唐墨を買ったことがある。』と、頷いた。

そして、二人は急いで印度人の宝石商の前へ足を向けた。と、いつのまにか気附かないうちに、いろんな色をした宝石が並べてあった飾窓は取払われて居て、その代りにばね扉の擦硝子に RUSSIAN ORTHODOX CHURCH と金文字が入ってるのが、中の明りに透いて見えた。そして、乳色硝子の窓の隙間から、通りがかりのものが寄り集まって中を覗いているのだった。その中には、近くの支那人の洋服屋の小僧なども雑《まじ》っていた。

私は友達と顔を見合せて鳥渡頬笑んだが、軈《やが》て私は友達の肩を叩いて、つとばね扉を押して中へ入って行った。友達も私に続いた。

ちょうど中では、金で縁取った紫のガウンを著て、灰色の髪毛をした老人が薫香を焚きながら、――尤も、その薫香は私には余りいい匂がしなかったが、何かちょいちょい短い言葉をだみ声で誦《ず》して狭い祭壇を歩き廻り、そのガウンの裾をアリョーシャのような美少年が恭《うやうや》しくもってあとにつづいていた。そして、その老人の短い言葉が止断《とぎ》れると、左方の小学校の教壇のような台の上に並んだ男女の合唱団から、四部合唱の聖歌がおこった。ところで、祭壇を見ると、それは一切竹からでき、竹の額縁の中には石版刷の磔上のキリストが嵌《は》まり、その前には無数の赤や白の豆蠟燭が瞬いていた。

私はあたりの気分に同化すると、好奇心を以て濛濛と青白い薫香が漂よった狭い部屋の中を見廻した。そして、活動役者のマチステのような巨漢が床に坐って十字を切っては前額《ひたい》を床板に擦りつけているのや、貴婦人らしい女の白い指に燦めいてる大粒のダイアモンドなぞを物珍しく眺めていた。

そのうち、私はふと聴き覚えのあるソプラノに気が附いて、丹念に合唱団を眺めた。すると、案の条、アレキサンドラがいた。――真紅色《スカアレット》の衣装を著、心持ち上気した顔を少し上にかしげ、不相変《あいかわらず》澄んでいる睫毛の長い茶色の眸に敬虔な表情を浮べて、一生懸命で歌っていた。そして、ここでも極だってソプラノが響いていた。又、目に立って美しくもあった。

その外、雀斑の多い姉娘も、それからドロウィノフ氏も合唱団に雑っていた。――ドロウィノフ氏は山羊《やぎ》髯なぞ生やして、例によって勿体振った顔つきをしていた。

私は直ぐ金ができなくて未だアメリカへ渡れないのだなと、おもった。同時に、何をして暮らしているのだろうと、ドロウィノフ氏の風采を眺めながら考えた。

が、私達がそこにいたのは五分か十分で、好奇心が満足するとこっそり抜け出した。

四

それから数分の後、私達は談笑しながらパウリスタの片隅で珈琲を飲んでいた。そして、私は友達に漆絵の扇の話をした。

そのうち、友達はあらぬ方をじっと見詰めていたが、ふいと私のほうへ振返って、

『君、君』と言った。

『スミット老人が未だ来てるぜ』

それで、私は友達の視線を辿って眺めると、灰白の髯で頬のあたりが覆われた柔和な見覚えのある年老いたロシア人が、珈琲茶碗を前にしてしょんぼり坐っていた。すると、ある感慨が私のこころを占めた。いや、私ばかりではなく、友達も感慨に堪えぬらしかった。期せずして二人の間には、中学時代の話やその頃の仲間の噂が出た。

というのは、私達がスミット老人と名付けているその年老いたロシア人を初めて見たのは、未だ私達が中学に通ってた時分であった。その頃、私達は一読して何か感動した本があると、仲間のあいだに廻していた。そして、その頃みんなが感動して繰返しくりかえし読んだ本の中に、ドストエフスキーの『虐げられし人々』があった。が、ちょうどその頃、私達ははじめてその老人を見出したのだった。しかも、このパウリスタであった。

それは初めその老人の顔が、ガアネット夫人の訳したツルゲネーフ全集の包紙に出てるツルゲネーフの肖像によく似ていたところから、私達の注意を惹いたのだった。じっさい、あの写真に表われている灰白の長い髪毛や髯に包まれた温顔といい、その気品といい、そっくりだった。そればかりでは無く、リウマチス持ちのような憂鬱さまで、その老人には

あった。

　ところが、初めのうちは気が附かなかったが、五回六回と会ってるうちに、だんだんその老人の身なりが見窄《みすぼら》しくなってくるのに気が附いた。例えば、アストラカンの頭巾がいつのまにか古ぼけた鳥打帽子になっていたり、背広が薄汚ないルバーシカに変っていたりした。そして、思いなしかも知れなかったが、少し前屈みになって、椅子に腰掛けてるその老人の口からは、何か溜息でも洩れている気配がした。

　それからは、私達はいよいよその老人を注意して眺めるようになった。そして、たいてい午後の二時頃にやって来て珈琲一杯きりで夕暮までぼつねんとしていることや、よく元町通から南京街のほうをぶらぶら歩いてることなぞを知った。

　或時なぞは、いたずら盛りのボーイが、不相変空の珈琲茶碗を前にしてぼつねんとしているその老人のところへやって来て、

『代り、いる？』と、可笑《おか》しさをこらえた真面目な顔をしてひやかしているのを見た。すると、その老人は苦笑しながら、それでもいくらか顔を赧くして、しきりに手を振っていた。

　そのうち、誰かがその老人にスミット老人と名付けた。すると、みんなは適切にその命名がその老人の全てを言い表してることを認め、たちどころに賛成した。そして、そう名付けてからは以前より一そうその老人に親しみを感じた。パウリスタへ行ってスミット老

人に会わないとなんだか寂しい気持がした。

ところで、そのスミット老人というのは『虐げられし人々』の中に出てくる人物だった。

――スミットという老人が未だ中年の時、早く妻に死に別れて一人の娘を相手に静かに暮していた。すると、その娘が男と家出をしてしまう。それから、何十年か経って二人は深夜ペテルブルグの街上で邂逅する。その時は、娘は男に捨てられ一人の女の子を抱えて路頭にさまよってる。又、スミット老人も零落し、持物を売ってはいくらかの酒にありつけるのをせめてもの楽しみとして貧しい生活をいとなんでる。しかし、邂逅したスミット老人と娘とは顔を見合した瞬間にお互いに気附くが、二人は何故か気まりが悪く突嗟に顔をそむけてそのまま別れてしまう。或日、娘はスミット老人が通ってる酒場を知り、女の子を遊びにやる。スミット老人はそのじぶんの孫娘を慈しむ。そして、スミット老人と娘とはますますお互いに和解したくて堪まらない。が、スミット老人はむかし娘を勘当をしたことにこだわって、娘は父にそむいて零落したことを恥じて、お互いに相手が言い出すのを待っている。そのうち、スミット老人は全く無一文になってしかも病気に罹る。けれども、孫娘に会いたくって、毎日、アゾールカという老いぼれた犬をつれてとぼとぼといつもの酒場にでかける。そして、椅子にぐったり凭れて孫娘のやってくるのを待ってる。その足許で、アゾールカは寝そべっている。或日、矢張り酒場にやって来て、スミット老人はいつものようにぐったり椅子によっていたが、とうとうそのまま息を引取ってしまう。

すると、アゾールカも四五日経つと、酒場のもと主人がいつも坐っていた椅子のあたりで死んでしまうというのである。

私達がパウリスタにやってくるその年老いたロシア人にスミット老人と名附けたのは、スミット老人が老いぼれ犬のアゾールカをはべらして、酒場の椅子にぐったりしていると、ころが似ているというのであった。そして、又、そう名付けてみると、スミット老人に似た暗い身の上がその老人にも感じられてくるのであった。

友達が明石へ帰る汽車の時刻が迫り、二人がパウリスタを出た時は、しかしもうスミット老人の姿は見えなかった。

五

私が最後にアレキサンドラやスミット老人に会ってから二三年経って、――即ち、一二年前に、スミット老人にアレキサンドラを配した『鳩の巣』という一篇の浪漫的な小説を構想した。

それはこんな小説であった。尤も、筋の三分の二ほどはこの小説と大同小異であった。ただ、ドロウィノフ氏の代りにスミット老人をアレキサンドラの父にし、アレキサンドラの姉を省くところだけがちがっていた。

――『私』という主人公が退屈していてふとロシヤ郷土芸術音楽会へ行く。そして、ッルゲネーフに似た老人とその娘のアレキサンドラを見る。アレキサンドラの無邪気な美しさが何時までも『私』の頭に残る。それから暫らく経ち、偶然通りがかってトーア路の貧しいロシア正教会へ入る。そこで、『私』はまたアレキサンドラとその老人に会う。そのうち、パウリスタで、『私』はよくその老人が一人でやってくるのに出会うようになる。『私』はいつかその老人にスミット老人と命名する……

そこまでは、大略この小説と同じである。――尤も、描写はもっと細かくいきいきとさすつもりであったが。

ところで、これからがちがうのである。

――或日のこと、『私』はスミット老人がウォーツカを一瓶卓子の上に載せて、あおるようにグラスで飲んでいるのを発見する。そんなことはかつて今まで無かったことである。『私』は不思議に思って凝乎《じつ》とスミット老人を見る。スミット老人は苦悶に堪えない表情を抉るように顔に浮べている……

――すると、次の日から、スミット老人はぴったりパウリスタに来ないようになる。『私』はアメリカへでも行ったのだろうと思う。そして、アレキサンドラのことも何時のまにか忘れてしまう……

――スミット老人に会わなくなってから一ト月ばかりして、『私』は山ノ手の外人街を散歩している。と、ふと頭の上のほうで窓を開ける気配がするので、ひょいと上を向くと毛唐の女が青緑色の鎧窓を開けているのである。窓べりにはゼラニウムの鉢植が置いてある。『私』は直ぐ目をそらしかけたが、その瞬間白い鳩が飛んでくるのが目に入ったので、また視線を元に戻す。すると、白い鳩が二羽女の手に止まって豆か何かを喰べている。突嗟に『私』はここは『鳩の巣』だったと気が付く……。

『鳩の巣』というのは、神戸にある世界的に有名な毛唐の売春窟である。

港町では鳥渡した特徴のある招牌《かんばん》のイルミネイションとか軒燈の色とかいったものが、そのまま阿片窟とか売春窟の目じるしになっていた。そして、船乗の手から手へ渡る地図をたよりに、港に上陸した船乗たちはその目じるしを探すのであった。――『鳩の巣』は、軒下にたくさんの鳩を飼ってることがその目じるしになっていた。

――ところで、『私』が『鳩の巣』だと気が附くと同時に、女がこちらを見る。『私』はおもわずあっと驚く。何故なればその女はアレキサンドラであったのである……。

だが、結局、私はこの『鳩の巣』という小説は書けなかった。そして、それには、ほかの原因もあったであろうが、漆で不二山を描いた扇をもったままぽっと赧くなったアレキサンドラの印象が、一ばん影響してるらしかった。

――大正十五年七月十七日――

丸善からはじまった随想

北園克衛

日本橋の丸善にいくようになってから五十年ちかくなるが、ときどき店の様子を思いだすからおかしなものである。その頃の丸善は入口をはいると正面に階段が斜めについていて、そこから二階へあがることになっていた。二階はひろびろとしていて、表に向った方には小さな書棚がショーケースのようにゆっくりとならんでいて、そこにはちょっと手のとどきそうもない美しい立派な本がならんでいた。それをそっと引きだして見るのがじつに楽しかった。階段をのぼって、直ぐ左にいくとフラマリオンやカルマンレヴュやメルキュル・ド・フランスといったようなおなじみの書店の仮綴本やレクラムの一群があり、その先にいくとマクミランの小型本がならんでいた。どういうわけか、イギリスの本にはあまり魅力を感じないで、フランスのラフで無雑作な感触にひきつけられた。そして五フランから十フラン程度の本を二三冊手にいれると、おもむろに表通りの側にある明るいハードカバー本のコーナーの方に廻っていき、他人の本を手にするような疎隔感をかすかに感じながら、書棚の間をあるきまわっていたものである。そのころの丸善は、閑散としたもので、洋書売場になっていた二階などは、いつも四五人の客がちらばっているにすぎなかった。その二階の階段に近いところに小さな部屋があって、リプトンの紅茶などを飲ませる喫茶室になっていた。文明開化の名残りがほのかに漂ってたその頃の丸善の、閑雅といえるような静かな雰囲気は、いまの丸善には全くない。それは仕方のないことであるが、現在の丸善はあまりに騒然としていて、ゆっくりと本を買うこともできないのは困ったものである。

　最近、二階の片隅にコーヒースタンドができて、なかなかうまいコーヒーを飲ませている。ぼくはどちらかといえば、スタンド式が好きだ。そういうわけで、丸善にいくたびにそこに寄ることにしている。

　ついこの間のことであるが、スツールに坐ったとたん、誰かに肩をたたかれた。驚いて隣を見たが、それでもまだそれが誰だかわからないでいると、「僕ですよ」といわれてやっと思いだした。とっさに解らなかったのは、ぼくの頭のなかでは、その名古屋タイムズの社長は名古屋にいることになっていたからである。かれの話によると、ある古川柳の会の解散会に出席するために二三日前に東京へきたとのことであった。この東京というマンモス都市には、現代詩のことしか知らないぼくなどには想像もしないようないろいろのグループや研究会があっても、別に驚くにはあたらないのであるが、この隣に坐ってコーヒーを飲んでいる友人が、そういう会のメンバーであったなどとは寝耳に水といったところであった。

最近の詩人の生活というものが、どんなものであるか、ということについては、この十年ばかり詩人の会合にも出ないし、個人的に話しあったこともないぼくにはわからないのであるが、印刷されたものによって知る限りでは、ひどく平面的で索莫とした印象をうける。これはたぶん、いつも一つのアングルしかもたないか、いくつかのアングルを綜合的に表現する努力が足りないかのどちらかであるが、ほとんどのものは言葉の内面的拡がりがたりない。いつも一本調子に張りきっているが、客観的にはつまらないことを書いているとしかうけとれない。こんなことを書いてもしかたのないことであるが、読んでもつまらないから面白くないということをいいたかったのである。しかし、詩人が哲学者や思想家を気取っているのでない限り、これは致命的な言葉であるかもしれない。


　ぼくたちが日本語で作っている詩の伝統も溯ってみるといろいろ面白い時代や作品にぶつかるのであるが、そこにはいつもレジスタンスの精神に結びついた新鮮なエスプリがある。徳川時代に限ってみても詩のアヴァンギャルドのエスプリが川柳や狂歌によって最も端的に表現されたことは、誰もが知っていることである。しかし、それがどのような技術をもっていたか、またそれが、言語の機能をどこまで追いつめていったか、というようなことは、これからの詩人の研究テーマになってよいものであろう。

いつか狂歌の本を読んでいたら、天明の頃に数寄屋町で両替業をしていた馬場金将という人の作ったつぎのようなものがあった。

　二つもじ牛の角文字二つ文字
　ゆがみ文字にてひとつ飲まばや

　これは当時有名な作品であったらしいが、こうした洒落を考えるだけのエスプリがあり、それが有名になるだけの文化的背景をもっていたその時代をちょっと羨しく感じないでもない。

　今日の詩人の書いたものをみていると、とても詩などという高級な仕事をする人間が書いたものと思えないばかりか、まともな神経があるのかと疑いたくなるようなアフォリズムやクリチックがある。たのまれもしない肩の荷をおろして、すこしその若さを文明人らしくろくでもないことに楽しく使ってみたらどうだろうといってみたくなる。

　ぼくは二十四才ころまでは本ばかり読んでいて、仕事らしいものは一つも持っていなかった。退屈すると絵を描いたり散歩したりしていたが、金がたっぷりあったわけではない。いつか「新思潮」の会合をするから出席されたいという手紙をもらった。ぼくは「新思潮」の同人であったことはないのであるが、第何期目かの「新思潮」の表紙を描いていたことがあったせいであろう。いってみると、深田久弥、雅川滉《つねかわひろし》などが一つのテーブルを囲んでいて、それがぼくの表紙を使ったグループであった。その頃の「新思潮」はこれまでになく店頭で売れたが、それにはぼくの表紙も一役買っていることになっていた。詩人の丸山薫とその弟の丸山清が素晴しいショート・ショートを書いていた。特に丸山清君の作品には天才的な閃きがあったことをいまでも覚えている。どういうきっかけであったかちょっと思いだせないが、千駄ヶ谷の穏田に住んでいた玉村方久斗《ほくと》という日本画家を朝日新聞記者であった野川孟に紹介された。この画家は美術雑誌「高原」を自費で出していたが、まもなく「エポック」という立体派を紹介するような新しい雑誌にきりかえた。この雑誌を編集したのが野川孟の弟の野川隆である。「エポック」は三冊ほどで休刊して、「GE・GJMGJGAM・PRRR・GJMGEM」という雑誌になった。この雑誌のスローガンは「絶対に対する相対／存在に対する逆数／セルブスト・ロイヒターケルパー／虚無すら否定するニヒリスト／否定に対する無限系列的・創造的否定」といったようなものである。十冊ほど発行して止めてしまった。丸善にいた大浦周蔵という批評家が、この雑誌の紹介的批評を書いたりして、ぼくたちの運動は村山知義のグループで発行していた「MAVO」とともに活発な前衛的存在であった。ぼくが詩を書きはじめたのはその頃からである。いまそれを思いだしてみると、ほとんど完全にSFポエムである。そんなものは今のところどこの国にも存在しないし、これから先もたぶん存在しないかもしれないが、もしそういうジャンルがこれから発生するとしたら、ぼくたちがパイオニアということになることだけは確かだ。

ぼくは約四十年間詩を書いてきたが、自分自身を退屈させないために書いてきただけで、人間とか政治とか社会などのためには一行も書かなかったし、これから先もたぶん書く気にはなれそうにもない。というのは、ぼくというこの一人のホモ・サピエンスの思考を言語によって造型する面白さが、まだまだ続いていきそうだからである。そしてその「面白さ」がどれだけ高い次元のものであるかについて考慮するよりも、それが現在の自分の「面白さ」にどれだけ忠実に密着しているかを考えることの方がぼくには重要であるだけである。

マラルメはかつて「生はかなしい、そして私はすべての書物を読んだ」と書いた。かれが、Un coup de dés jamais n'abolira le hasard. をどういう気もちで書いたかをぼくは想像することができるような気がする。一八九七年にこの詩が印刷されてから今年で七十年になるが、世界のアヴァンギャルドは、このマラルメの詩のつぎの頁を書こうとしている。それはドイツのベンゼのグループ。スイスのゴムリンガーのグループ。ブラジルのカンポスのグループ。フランスのガルニエやボーリーのグループ。そしてイタリー、スペイン、アメリカ、メキシコの各都市に散在するconcrete, semiotic, plastic, computer (programmed), spatialisme 等の名で呼ばれている詩の実験者たちのことであるが、かれらがどのようにそれを発展させていくかが、いまのぼくには興味がある。（VOU一〇六号、

一〇七号「具体詩についての一考察」清水俊彦参照）

アン・ク・ド・デやカリグラムに感心するのは自由であるが、しかし、このようなポエジーと言語を造型的に融合しようとする伝統は東洋にもあるのであって、中国の蔵頭詩や日本の野馬台の詩、旋頭歌などは今後の実験の貴重な資料となるものである。もっとも今日の日本の詩人たちとは何の関係もない話であるとしても。

東京に喫茶店が二百軒しかなかったころ

植草甚一

女主人と看板娘

昭和二年から昭和四、五年にかけて東京には喫茶店が二百軒ちょっとしかなかった。なぜそうハッキリ言えるのかというと、そのころずっと喫茶店で出すその店のマッチ・レッテルをあつめていたからである。

すこしずつ喫茶店がふえていたが、ふえかたは一カ月に東京じゅうで一軒か二軒ぐらいだった。その近くに住んでいる友人がおしえてくれる。するとすぐ一人で行くか、喫茶店ゴロの相棒といっしょに出かけてみるのだが、どこにあるんだろう、ないじゃないかと言って捜しながら歩いていると、相棒が、あれだろうと指さすのだ。それがチャチな店だときているから、はいっても時間がつぶせない。それで神保《じんぼう》町の「クラールハイト」まで行ってみようかということになって、二軒目から三軒目になるのだった。

一軒目というのは早稲田の「スバル」か「ドメニカ」のどっちかで、穴八幡の坂上とっつきに二軒ならんでいた。学校から一番ちかい。坂下には学校をひかえて洋服屋と新刊本屋がならんでいて、いま思い出したが、フィリップ・スーポーの『パリ最後の夜』が訳者の名を忘れたが出版されている。原書の表紙はブルーの太めの線を服地のストライプふうに使っていたが、それとおんなじ装丁だった。

「スバル」は八人か十人くらいでいっぱいになってしまい、常連がはいってくると出ていってやった。といって二十人はいれる喫茶店はすくなかったのである。コーヒーはどこでも十銭で、角砂糖がはいった安っぽいガラス容器が、きまったように置いてある。その角砂糖でまた思い出したが、「キッサテン」ではなく「キッチャテン」と発音していた。いつから間違えて呼ぶようになったんだろう。それはやっぱり戦争が原因で材料皆無になった喫茶店は全滅した。そうして姿を消していた四年間のあとでは、本来の呼び名さえ忘れていたのである。

「ドメニカ」は「スバル」のあとで出来たが、ぼくたちの間ではドメニカ党とスバル党とがあった。「スバル」の看板娘は日本髪で、「ドメニカ」の看板娘はオカッパだったが、こっちも八人か十人くらいしかはいれない。そうするうちにトロイカ党というのができた。

穴八幡の坂とは逆の方向に「ニューヨーク」というバーがあってビールはここで飲んだが、その真向かいに喫茶店「トロイカ」があたらしく開店したからである。ここは十五人位はいれる四角っぽいスペースの店で、北海道生まれの若い女主人が看板だった。開店するなりイヤにはやったが、スバル党やドメニカ党とちがってここの常連は、地方から出てきた学生たちだった。

さっき「クラールハイト」という名前を出したが、ひさしぶりにこの店のマッチ・レッテルを手にしたとき、神保町へ行くたびに、かならずここへ寄ったのを思い出したからである。喫茶店の発生地は神保町すずらん通り裏の「新天地」で、三十軒以上タテヨコにならんでいた。そのまんなかの角に白くて円形になった「リリアン・パーラー」というのがあって、丸っぽちゃの顔をした看板娘が、当時アメリカ俳優で人気のあったチャールズ・レイの青春映画、たとえばもっと前だが、「懐しの泉」なんかで相手役になる女優みたいな感じがして、とてもいい。

それで受験勉強のため錦町にあった藤森良蔵主宰の日土講習会に出かけると、その帰りには寄らないではいられなくなったが、はいるとかならず流行歌「バレンシア」のレコードをかけてくれと言った。そのうち急にこの看板娘がいなくなったのでガッカリしたが、これは大正十四年のことなので、ちょっと前の話だ。そのころぼくはまだ喫茶店ゴロではなかった。

マッチのレッテルを集める

喫茶店ゴロになった昭和二年の秋からぼくは、喫茶店のマッチ・レッテルで気にいったやつだけを溜めておくようになった。それが五十枚くらい溜ったとき、お経の本みたいに開く奉書紙でつくった芳名帖があったので、それに貼りつけたが、最初の三枚は新橋の千《せん》疋《びき》屋のやつで、これが一番いいデザインだった。苺《いちご》と西瓜と丸いまんまの西瓜の三種類だが、これは上野美校の図案科を出た岡田喜三郎のデザインだったのが、あとになって分かった。

そのころ夏になってビールを飲むには千疋屋の二階が何といってもよかったし、伊東屋のそばにあったキリン・ビアホールのジョッキは、もっとよかったが、客でいっぱいなので酔ってくるまでが暑い。そこへいくと千疋屋の二階はボックスになっていたし、酔ってくるとすずしくなって寒くなるほどだった。

五十枚ほどあったマッチ・レッテルが百枚以上になって二冊目の似たような貼付帖ができ、そうして三冊目でやめてしまったのが昭和六年なのである。その三冊とも二人の友人にあげてしまったが、三冊だと三百枚以上になるし、マッチの表と裏を貼ったのがあったとしても、喫茶店が二百軒ちょっとだったのとは数が合わない。そうしてこの「ちょっと」というのは、マッチの図案がつまらないので棄ててしまった喫茶店なのであって、そういうのはぼくに言わせると喫茶店のなかに入らないのだった。

ところで昭和十七年だったが、東宝と新東宝が合併したとき、銀座にあった新東宝の宣伝部にいたオシャレの岡田喜三郎さんと仲よしになって、あの千疋屋のマッチ図案はオレがかいたんだよと言われたのである。そうだったのかと、ぼくはビックリしてしまい、それならたくさん貼ったのを全部あげようと言ったが、二冊だけしか見つからなかった。

もう一冊は「クラールハイト」が貼ってあったやつで、これも十年まえに平野甲賀さんが見て、おもしろいなあと言ったので、あげたのであった。そんな一冊のスクラップを、この原稿のためわざわざ捜し出してもらったのだが、この一冊は三冊のなかのまんなかのやつで、喫茶店のマッチだけでなく、銀座のバーや築地小劇場や田谷力三やバスター・キートンの宣伝マッチから剝《は》がしたのが貼ってあって、いまになってみると、こっちのほうが面白い。それでちょっと書き出してみたくなった。

築地小劇場「幽霊」（どうやら村山知義らしい絵だ）、田谷力三主演「もの云はぬ花」（高橋邦太郎原作のトーキー）、「キートンの恋愛指南番」（邦楽座封切）、平山蘆江《ろこう》「元寇」（大衆文芸）、チャップリン「街の灯」（新宿松竹座、一階席三十銭）、エミール・ヤニングス、アンナ・ステン主演「激情の嵐」（帝国劇場）、「キートンの結婚狂」（松竹座）など。

芝居の話と文学談義

こんな時代だったが、やっぱり喫茶店は二百軒ちょっとしかなかったのだ。そうして貼り付けたレッテルを見ていると、東中野の「火の鳥」のが二種類あった。最初のは表も裏もよくなかったが、それがなくなって黄色地に赤い鳥のができたとき、「こんどのはいいね」と褒めてやったのを思い出しながら、あのころの東中野は中央沿線で中野や荻窪よりも変てこな連中があつまった活気のある街だったというイメージが、浮かび上がってくる。東中野で有名だったのは、駅のそばの「ユウカリ」というバーで、ここに変てこな連中があつまったし、ここから不良少女の第一号と第二号が出ている。ぼくは二人とも知っているが、当時の不良少女とはモダンガール（モガといった）のことなのだ。鍋屋横丁のほうから東中野駅に近づくと「ユウカリ」の店の街燈が赤く見えて、それに黒いサソリがへばり付いている絵がかいてあった。

逆の方向へ東中野の通りを歩いてくると、喫茶店が二軒あって、その一軒でぼくは二時間はねばったままファッション雑誌の翻訳をやっていたが、そうしたころ「火の鳥」ができて、なかに入ると狭いスペースだが、その半分ばかりが一段高くした板木のフロアーになっている。そうすると格好がつくわけで、これが当時の喫茶店では流行した。フリの客だと低いほうの隅っこのテーブルでコーヒーを飲んでいる。けれど顔になると、はいるなりツカツカと一段高いほうへ上っていくわけで、ぼくもマッチが二種類あるように顔だった。

こんな喫茶店ゴロが東中野に出没していたのは、この付近に築地小劇場運動にかぶれた俳優の卵が大ぜい住んでいたからで、ぼくの友人に九州生まれの九島健次がいて、早百合葉子主宰の「蠍《さそり》座」劇団の一員だった。だいぶ以前に死んだが、「火の鳥」のすぐそばの借家で暮らしていたので、泊まるのにはもってこいだし、芝居の話をしていると面白い。
いったい何で芝居に足を突っ込んだんだろう。そんなことはここで関係ないが、ぼくも「蠍座」の一員だったし、内幸町の飛行館で二度ばかり舞台装置を組んだものだ。飛行館の講堂は一日借りるのに、たった二十円だったが、そんなとき早稲田の文科英語部の学生たちが大隈講堂で英語劇をやるので、ぼくに一幕物の装置をつくってくれ、五円あげるからと言うので、二人の仲間と講堂うらの空地でつくり始めた。

それには四日間かかったが二日目の夕方だった。大学正門前にある稲門堂書店の裏通りの角に「ドム」というガラス張りのせいか日当りがいい大きな喫茶店ができたので、仲間二人といっしょに入っていった。ところが翌日が開店日なのである。それじゃあ、あした来るけれど一休みさせてくれないか。ついでに三つコップをかしてくれ。これが飲みたいんだと言って、片手に持っていた白ブドウ酒のびんを見せた。

イヤなやつだなあ。追い出しそこなった「ドム」の女主人は、こんなに背が高い日本人がいるのかと思ってビックリしたが、「はい」と言ってコップを三つ持ってきたあとで、あしたの準備のためだろう、カウンターのうしろで何かやりだした。それでぼくたちは一時間ばかりタダで居据わったが、装置づくりでくたびれていたせいか白ブドウ酒でいい気持ちになった。

翌朝になって三日目の仕事に取りかかる前に「ドム」をのぞいてみると、また来たなという顔をしたが、いっぱいなのでイスがあいていない。おひるまでセットと取り組んで引っ返してみると、学生の半分くらいがジャガイモがはいったスープみたいのをスプーンとフォークで食べていた。

この店はテーブルが八つあって二十五人から三十人は客に困らない。そのうえ毎日いっぱいなときが多いから、まわりの店をすっかり食ってしまった。いったいどのくらい日銭がはいるんだろうと調べた同業者があって、その数字がぼくの耳にも入ってきた。驚いたことに一日の平均が八十円なのである。これでは見当がつかないと思うから、ほかの喫茶店の推定数字を参考のため列《なら》べてみると、「スバル」なら二十五円はいればいい日だろう。「ドメニカ」なら二十円、「トロイカ」なら十五円、「火の鳥」なら十円あがれば、らくに一カ月は困らないという喫茶店時代だった。

ぼくは「ドム」に日参した。というのも穴八幡の理工科教室から、こっちの建築科教室に移ったからだ。そうするうちに本屋の稲門堂は二階で食堂をやっていたが、その横っちょに張り出しをつくって、応接間みたいな喫茶室にしたが、ここが日当りがいい。故狩野近雄がひいきにしたので、彼の相棒のぼくも、ここが巣になった。

その食堂のほうでは学生たちが講師を招いて文学の話をしてもらうことがよくあって、そのころ人気があった片岡鉄兵がやってきたときは、ぼくも同席した。おぼえているのは、チェイン・スモーカーの鉄兵が「エヤーシップ」の五十本入りかんをそばに置いてスパスパやりどおしだった位のものだが、いっぽう文学部の教室では文学討論会がよくあった。ある日のこと、講師としてやってきた葉山嘉樹《よしき》と林房雄とが鉢合わせして大喧嘩になったときは迫力があった。

　建築科の教授で人づき合いがよかったのは、なんといってもギリシア装飾の講義をした今和次郎で、授業後に五人ぐらい学生をつれて高田馬場のほうへ歩いていくと途中の喫茶店でコーヒーをおごってくれた。この通りにあった店では「アルテミス」が感じとしては一番シャレていた。「パートナー」という通りから奥に引っ込んだ店で、ぼくは今さんに最初のマッチ・レッテル帖を見せたところ、二点ばかり褒められたことがあったのをいま思い出している。ほかに「ワセダ」「いなほ」なんかがあったが、高田馬場駅を抜けた狭い裏通りは、夜になると暗いが、そこに「紅雀」と「スパルタ」と「ロータス」の三軒が、ちょっと間隔をおいて並んでいた。

　この「スパルタ」というのが不良の巣であって、医者の待合室にあるようなソファがあるのでそれに腰をおろしたとき、ソファの脊中《せなか》のしたのほうが破けているのに気がついた。手を突っ込んでみるとナイフが出てきたのである。それからソファの前がイロリをつぶしたらしい形跡があった。そのなかの泥土を靴の先でほじくっていると十銭玉が二つ出てきたものだ。

　不良の溜りというより、アングラ喫茶店の最初の一軒だったのが本郷の「ブラックバード」で、大学正門前の万惣フルーツパーラーわきの細い横丁を入ったところにあった。当時はオキシフル液をつかって毛髪を赤っ茶けた色に変えるのが自称モボ（モダンボーイ）の間ではやっていたが、それがここの主人にはよく似合うし、浅草のオペラ歌手みたいでもあった。

左翼雑誌が置いてある店

銀座のバーでは喧嘩がよく始まるけれど、喫茶店での喧嘩はなかった。バーで一番こわいのは恵比寿界隈に散在していたが、そういう店では与太者の喧嘩のしかたが荒っぽかったり、バーの奥のほうにある部屋で女が買えたりするからで、恵比寿へ行ったら気を付けろとよく注意されたものである。「ブラックバード」はよくはやって評判になったが、コーヒーは五銭たかくて十五銭、まわりの壁面はまっ赤で、レコードがガンガン鳴っている。コーヒーよりもビールを飲んでいる客が多く、こいつは絡まれそうだなと思ったことがある。

万惣フルーツ店の筋向かいに左翼本を輸入している福本書院があって、小型で四十ページほどの灰色紙表紙の英訳『共産党宣言』や、アプトン・シンクレアの戯曲『二階の男』などを安かったから買った。アプトン・シンクレアは『石油』や『ジャングル』といった社会主義小説が前《まえ》田《だ》河《こう》広《ひろ》一郎《いちろう》の翻訳で話題になっていたのである。シンクレアの『拝金芸術』はいま読んでもハッタリがかった書きっぷりが興味ぶかい。

　この福本書院のすぐそばに「ハイジーン」というハイブローな感じがする白いつくりの喫茶店があった。名前どおり衛生的な内部だったが、看板には「廃人」としてあった。

　本郷からは浅草へ出やすかったが、田原町に「ピカソ」というちっぽけな店があって、そのなかが全部ウィスキーをダース詰めにする木箱のバラしたやつを打ちつけた壁面になっていた。

　こんな趣味も喫茶店の世界では流行していたが、そのはしりはレコードの名曲が揃っていることでは都内第一だった「田沢画廊」であって、まわりの壁面から天井のすみまでマッチ・レッテルを貼りつめてあった。ここでその日の喫茶店めぐりが四軒目になると、もうコーヒーはイヤになってレモン水を注文したり、一皿十銭のピーナッツにしたりする。あたらしい喫茶店のマッチを常連が持ってくるし、いったい天井や壁に何枚ぐらい貼ってあるかと数えはじめたこともあるが、とても計算なんかできなかった。

　この「田沢画廊」は、岩波書店のそば進省堂横の路地を出た神保町の裏通りにあったが、三軒ほど先の二階に昭和文壇史のエピソードに出てくることがある「サモワール」があった。当時はやりのルパシカを着た中年すぎの主人がいて、左翼雑誌などが置いてあったが、屋根裏の書斎みたいな感じで居心地はあまりよくなかった。

　ここまできてコーヒーの味について何も言ってないことに気がついた。じつはコーヒーなんかどうでもよく、その店を仲間たちの巣にして何時間もねばり、くだらないことを話し合い、あいつを捜しているのかい、それならあの店に行けばいるだろうといった連絡場所になったりするのが、ほんとうの喫茶店だったのである。

だから喫茶店がやりたいなあと夢にまで見たりする若い者がふえはじめ、牛込柳町の電車通りにも「オレンチダ」という突飛な名前の店が出来たくらいだが、二千円か三千円あれば二十円か三十円の家を借りて、なかをぶっ壊して改造したうえ開店することができた時代だった。

だからおいしいコーヒーを飲みたくなったときは別な方法があって、昭和二、三年ごろ東京で一番おいしいのは日比谷公園内の入口近くにあった「ジャーマン・ベーカリー」で、ドイツ人のミューラーという主人がいつもいた。ヘリの厚い白陶器のカップにいれた飛び切り熱いコーヒーが出てくる。そのふちにミルク入れをくっつけて、ゆっくり斜めにしていくと、ウィンナ・コーヒーみたいにミルクが浮かんで、それをスプーンで掻き回すと、とてもいい色になった。

いまある「ジャーマン・ベーカリー」で初代のころの話をしても、てんで通じないが、ミューラーの店は公園のなかのパン屋なのであって、コーヒーを飲む丸テーブルも二つしかなかった。カウンターのうしろにコックの格好をした主人がいて、そのまわりにパンやドーナツが置いてある。近所の勤め人が朝やってくるんだろう。昼すぎになると店がしまっていた。

　そのころの池袋になるが、いまとはちがい場末同様の田舎街だった。立教大学がある側のほうはまだいい。古本屋もすこしあったし、夏目書店では洋書でいいのがたくさん出たからよく買いに行った。だが、反対側の西武デパートがあるあたりは「三徳」という労働者向きの大衆食堂があったくらいで、右のほうへ歩いていくとテント張りの巡業サーカス団がやってくる原っぱみたいな空地になっていた。

　そんな池袋のあそこの店へいくといろんなコーヒーを飲ませるよ、と友人に言われたので、いま西武美術館がある筋向こうの「レッド・フォックス」というのに出かけてみた。なるほどいろんな種類のコーヒーがメニューに書いてあって、二度目に行ったときだが、そのメニューにある「ヴェニス・コーヒー」って何だろうと思って注文してみた。するとちいさいガラスのコップにはいった麦粉みたいなものと一杯の水と絵ハガキ帖を持ってきて、ヴェニスの絵ハガキを見ながら麦粉を口にいれて水を飲んで、ヴェニスへ行ったような気持ちになりなさいと説明された。それがまずかったので、いまでも思い出すとおかしくなってくる。

喫茶店ゴロは遠い思い出

　以上のようなことを雑然と思い出したのも、喫茶店ゴロの時代にあつめたマッチ・レッテルが出てきたからだが、いまある一冊には百十六枚貼ってある。それをまためくっているとき最初にあげた「クラールハイト」になぜよく出かけたかに気がついた。

それは早稲田の稲門堂喫茶室にいた女の子が神保町の新天地へ進出して自分の店を出したからだった。こういうケースも当時の流行現象で新天地なら商売に間違いなかったのだ。

いま神保町でおいしいコーヒーを出す店の一軒に「きゃんどる」がある。そのマッチがないのはほかの一冊に貼ったからだろう。

小宮山書店の横からずうっと歩いていったところにあるが、昭和三年にできた初代の「きゃんどる」は、すこし離れた先のほうにあって、天井が高くフランス式な大きい部屋みたいで全体が白く、神保町の喫茶店ではいちばん風格があった。

そういうモダンなタイプでは、新橋の「玉木屋」佃煮店をまがった先の「べっぴん屋」靴店の隣りにあった「ネスパ」が先端をいっていた。西条八十が店の名前をつけたが、ヴォーグ誌で見るようなドレス姿の女主人がいて、マッチはと見ると東郷青児の図案だった。

またマッチ帖に目を移すと「街の灯」というバーのがある。山田順子の経営だった。ほかにも「セレクト」や「サイセリア」や「ジャポン」や「葵」のが貼ってあるが、「葵」では太った洋装のマダムが、学生のぼくと相棒にむかって、シャンペンになさいな、と言った遠い昔のことを思い出した。

冷熱の喫茶店

戸川秋骨

讃美歌に『グリンランドの氷の山から、インドにありという珊瑚の島まで』というのがあるが、新宿のパン屋中村屋の主人の相馬君は随分変りものである。一方にはロシヤのエロシェンコ君のために一と肌ぬいで侠気をみせ、他方にはインドの名士に同情して御嬢さんを嫁がせた。社会主義とかインドの独立とかは私の知らない事だが、孰《いず》れもその相手とした処が、反イギリス国なのだから、私には痛快に感じられてならない。

もう此頃では店には居られないが、相馬夫人もまた変った人である、黒光女史とはその雅号であるが、今からはもう三十余年の昔、麹町は番町にあった明治女学校出身の才媛と来ると、新郎新婦の新聞記事に類するが、兎に角当年の新らしき女であった。たしか有島君の『或る女』にも関係があったかと思うが、少くとも国木田君のかげに居た援護者であったかと思う。私が中村屋の店頭に立つと、いつも先生と呼ばれるので閉口したが、実は私が明治女学校に関係した時には、女史はもう学校を去って居た人であったのだ。併し島崎——藤村《とうそん》——君は、私より先きに女史を知って居たので、私の女史についての知識は島崎君を通してであった。それだから店頭で女史に遇うと、女史はいつでも島崎先生は、と藤村君の話が出る。

明治女学校という学校も随分変った学校であった。当年の志士であり、精神家であり、而してその学校長であった巖本氏は、そういう類の人は大抵そうなるに相場が極《きま》って居るように、今日はケロリとして実業とか産業とかの方面に出て居るが、当時の氏の教育法なるものは可なり思い切ったものであった。随って出身者にも中々面白い人がある。女史の如きも正しくその一人であろう。教員室にもいろいろな人が居た。巖本氏の事業の才は教育の方面にも各種の人を集め得たのであろう。私は素《もと》より一介の書生であったが、その教員室での最年少者であった。国文学及び謡曲の方で名のあった大和田建樹氏は体軀肥満の大男で、これも同室に居たが、私に君は明治の生れですか、随分若いナアと云った事があった。当時明治生れと云えば若いものの代表であったが、今日ではそれが古いものの代表になって居る。そして何処へ行っても私は最年長者として扱われる。今昔の感にたえない次第だ。その教員室には津田梅子女史も居た。そう云ったら、いやな顔をされるかも知れないが、生活何とやらの方の塚本はま子女史も、夫君と一緒に如何にも睦まじそうにして椅子を並べて居られた。これ等の人達が孰《いず》れも私よりは年長者であるのだから、世は変ったと見なければなるまい。この学校と関係して星野天知《てんち》氏という人の居た事、北村透谷君の居た事も一言しなければならない。言いかえれば、この学校に関聯《かんれん》して雑誌『文學界』

が、右の星野氏に依って、公刊されるようになったのである事は、特筆しなければなるまい。併しそんな事が今この新宿に於ける中村屋に何の関係があろう。私はそんな私の癖である懐古談をする筈ではなかったのである。

ただこんな古い学窓だが、其処には何処か新らしい味があったものであろう。私の居た当時すでに卒業して居られた五島さん――当時は素より別の名であったが――というのは、今でも巣鴨で盛んに学校を経営して居られる、私は嘗てその訪問を受けて、自分の老人になったのに、五島さんのまだ若々しいに驚いた事があった。中にも今私の話題になって居る黒光女史の如きは当時は素より今日と雖《いえど》もなお且つ新らしく、夫君と共に或はハルピンに遊び、或は印度《いんど》の志士と交遊し、パンの店を経営して、いよいよ盛んにやって居るのは、むしろ驚くべきものである。相馬君についても私は聞き及んだ事がある。相馬君は民政党の降旗氏並になお他に一人と三人で郷里信州を出て、それぞれその志す方面で一家を成そうと誓ったのだそうだが、果していずれも、その所期の如く、その目的を達する緒に就いたのだそうだ。緒についたと云っては悪いかも知れないが、諸氏の志は定めし高遠な処にあるのであろうから、今日までの企業成功は、まだその緒と考えて居られるのだからと察して、左様云ったまでである。併しいずれにしてもその思うがままの針路に猛進して居るのは偉と云わざるを得まい。併しそう相馬君の徳を頌《しょう》するのも私の所期ではない。私は只一介の老喰心坊《くいしんぼう》に過ぎない。ダンテの地獄の初めの方に喰心坊のチャッコと云う男の罰の事が出て居るが、私も恐らく死んだら少くとも、このチャッコ程の罰は受けることと思う。尤もチャッコのようにそう無闇に他人の家へ御馳走にありつこうとして出入するのではないが。

震災後新宿の発展は大したものである。凡そ或る一個処の発展は、その銀行の数に比例するというが新宿には其銀行が無数に出来て居る。以て其処の繁栄は察しられる筈である。然るに食慾家——決して食通などとは云わない——に満足を与えるような食事の場所と云っては一つもない。新宿は私の買ものをする場所の一であるが、其処ではいつも昼食《ちゅうじき》をする必要の時刻に際会する。するといつも困ってしまう。ステイションの二階を始め二三食事場がないではないが、どうも手軽に行かなくて困る。やむなく三越の食堂に入る。笑っては困る、私共の食慾は三越で沢山なのである。併しそれにしてもその食物はあまりにお粗末過ぎる。のみならずアノ雑沓はどうであろう。学生ともお嬢さんとも、おかみさんとも、田舎のあにいとも、爺さんとも婆さんとも、肩を摩し膝を接しなければならない。うまいものを喰べさせる家での、このこみ合《あい》は却って興もあるが、三越如きのそれは些か恐縮せざるを得ない。恐縮と言えば、此食堂では屢々《しばしば》そういう破目に出遇って居る。先頃丁度食事を終って立とうとした時、すぐ前に来た婦人とハタと顔を合わせると、それはY嬢のお母ア様であった。甚だきまりが悪かったが、先方も恐らく同様であったろうと察しられた。またこれも遠からぬ時の事であったが、同し食卓に見覚のある紳士が坐って居たが、その連れの人との対話で、それが学習院の藤澤周次君である事がわかった、藤澤君とは二十年も遇《あ》わなかったのであるから、名乗って久闊《きゅうかつ》を詫び、いろいろ談話を交わした。これは必ずしも甚だきまりの悪い事でもなく、むしろ却って旧交を温める機会を得た話ではあるが、それでも多少具合の悪い処もある。こんな際立ったのは別として兎に角此処の食堂ではいろいろの知人にあい、また知名の人を見受ける。どうもこんな所で久闊を詫びたり、初対面の挨拶をしたり、近所に住む某々に出遇ったりするのは、総じてあまりよい図ではない。併し斯う簡単に食事の出来る処のないので、私もやむを得ず此処を利用して居たのである。

　そんな事から、かねて私は相馬君に食事の店をすすめて居たのであった。併し相馬君は今の店が手一杯なので、とても料理の方面には向えないと云って、承知しなかった。然るにこの程になって君は喫茶店を新設された。而して一寸簡単に食事の出来るようにした。そしてその食事が面白い。極《ご》く極く寒いロシヤの食物と酷熱の印度のそれとである。私が劈頭に讃美歌の『グリインランドの氷の山から印度の珊瑚の島まで』と云ったのは、この料理にも関係のある事で、いずれも中々うまく喰べられる。私は相馬君にどんな主義があるかを知らない。併しエロシェンコ君を扶けた事は、一片の侠気としても、私は実に快よく感じて居る。さらにインドの志士を優遇するに至っては、これ亦同じ侠気の発露と思うが、これ位痛快な事はない。アングロオ・サクソンは良い立派な人種であろうが、日本には、否、世界には厄介な奴だ。少しでも良いから、その鼻をひしいでやりたい。相馬君の喫茶店では、こんな気分も味えるし、食事はうまいので、もう私は三越のような処へ行く必要はなくなった。で唯に食事ばかりではない。喫茶店と銘打ってあるのだから、茶をのませるのが主意であろう。それ故時には茶をのみ、或は飲みもののみですます事もあるが、いずれも茶も菓子もそして果物もすべて吟味したものである。従って他より幾分価《あたい》は高いが、これは已《やむ》を得ない事であろう。

殊《こと》にうれしいのは、他の店に例のない日本の煎茶なり玉露なりを供する事である。吾々はどうしても日本人で、結局はこの煎茶なり、玉露なりを、要する人間であるから、そのサアヴィスは最も意を得たものと考えられる。黒光女史、ロシヤ、インド、そして願う処の味の良い食物、いずれも新鮮味があって、同時に私の懐旧癖にかなうのであるから、まことに難有《ありがた》いものと言わざるを得ない。

私の話は中村屋の広告のようになってしまった。どうも仕方がない。広告になったら、それでも構わない。私は何処までも食物の礼讃者である。

銀座周辺

田村泰次郎

これまでにも、たびたび、のべてきたように、新宿は私にとって、つまり、ホームグラウンドのようなもので、新宿を舞台にした作品を、私は数多く書いてきている。恐らく、その点では、記録保持者だろう。ところが、新宿という土地は、いまから考えると嘘のような話であるが、文士たちが一番多くあつまるところでありながら、文学作品の舞台としては、ほとんどとりあげられなかった。それというのが、西条八十が「東京行進曲」で、「いっそ小田急で逃げましょか」とうたった昭和五年前後（私が、早稲田へ入学した翌年あたり）は、まだ郊外の街という感じが強くて、早稲田の学生であった私たちも、それまでずうっと夜の散歩などに出かけていた、開校以来の遊び場である神楽坂界隈から、ぼつぼつ、そっちのほうへ足のむけ方を変えはじめた程度だったからである。そういう雑駁《ざっぱく》で、新開地的な感じは、文学作品の舞台として、その当時は適当と考えられなかったのにちがいない。「冬」、「風呂屋の小鳥」、「深夜興行」その他、新宿を舞台にして、私は風俗味の勝った短篇を、つぎつぎと書いた。その点でも、私は開拓者である。

新宿を舞台にしたのは、いま考えれば、武田麟太郎が下町や、銀座を舞台にして、さかんに、いまのいわゆる「風俗小説」を書きまくっていたのに刺戟されたのかも知れない。とにかく、仲間たちから、「カラスの鳴かない日はあっても、田村が新宿にいない日はない」といわれるほど、私は新宿の街のなかをほっつき歩いた。

が、そうかといって、四六時ちゅう、新宿にばかりいて、ほかの場所へ行かなかったわけではない。昼すぎに床から起きだすと、近所の食堂で、一ぱい二十銭の定食を喰い、それから大抵は銀座へ出た。その朝昼食をかねた定食を喰う金もないときも、すきっ腹をかかえて、やはり、銀座へ出た。銀座へ出れば、井上友一郎が「都新聞」にいたし、永山三郎が、昭和通りの角の純喫茶「テラス・エーホ」にいたし、東銀座一丁目の映画館には、神絢が支配人をしていたし、その上、井上立士が浜松町のアパートにいた。それらのどこかへ行けば、私は空腹を満たすことが出来たのである。

銀座にいる時間は、日によってちがうが、おそくて夜の九時か十時頃までで、それから新宿にひっかえすわけであるが、新宿は追分の交差点を境に、二丁目遊廓寄り、つまり、三福の裏側一帯が、午前二時までにぎやかであった。それはいうまでもなく、二丁目遊廓を、その地帯のなかにふくんでいたからにちがいない。

そういうふうに、私は午後から翌日の午前二時頃まで、日課のように、銀座と、新宿のあいだを行ったりきたりしていたが、銀座へ出ると、私はほとんどそのたびに、井上立士と逢って、時間をすごした。立士は五尺そこそこの小男であるが、軍人の息子で、はじめ、幼年学校へ行き、そこを中退して、私より二年下であったが、早稲田の英文科へはいっただけあって、きりりとよくひきしまった身体つきをしていた。

彼は小男ではあったが、全体が均整のとれた体格で、いつもよくプレスの利いた洋服をきちんと着こなしていると、まるでショーウィンドーのなかの人形のようでもあった。表情もそのとおりで、ひと前、特に女の前では、絶対といっていいくらいに、内心をあらわさない。仮面のように無表情な表情を崩さないで、いんぎんていねいで、しかも、親切なのである。

「ぼくは、暗闇でも、二百メートルくらいはむこうまで見えるんですよ」

立士は、あるとき、私にそういった。幼年学校時代の訓練の賜物である。私たちはよく、深夜のガード下や、街角で、店からひけて帰る女を待って、たたずんでいることがあったが、そんな際、私がまだなんにも見えないのに、「あっ、きた、――」といって、私をおどろかせた。彼は、暗闇をこっちへ歩いてくる女たちの名前を、つぎつぎとあげたが、それがことごとく的中した。彼は自分でフェミニストをもって任じていた。彼の尊敬するのは、精神的な傾向の強い女ではなくて、その逆の肉体のよろこびに、素直に浸りきれる女であった。前者を偽善的な女として軽蔑し、後者を真実を愛する女と考えていた。肉欲を好む女に対しては、魅力を覚えるのは、無論であるが、その一方で、また、精神的傾向の強い女に対しては、偽善に対するファイトをそそられるらしく、その偽善をあばきだそうとする意欲にかられるのである。要するに、どんな女に対しても、彼は関心を持った。

井上立士が、ある女に眼をつけると、私たちのそんな場合とちがって、彼は綿密な作戦計画をつくりあげる。一度、彼のアパートで、私はその作戦計画書なるものを見せてもらったことがある。それが旧陸軍の方式どおりのものであることは、そのときは、まだ軍隊経験のない私には、よくわからなかったが、とにかく、作戦開始日を×日として、それから幾日目に、どうして、また幾日目に、どうして、最後は遂に、所期の目的を達成する、というふうになっていた。彼は、一人ずつの女に対して、一つずつの作戦計画書を作成したが、それは綿密に下調べが行きとどいていて、その上に組みたてられたもので、女の身の上、趣味嗜好、健康状態は勿論、目標の女の生理日なども、よく調べ、女がその時期には、どうなるか、ということも、ちゃんと計算にはいっていた。

彼は、その作戦計画にもとづいて、いつの場合も、行動を開始した。計画どおりには、なかなか、進行しなかったとしても、敵陣地の攻略は、おおむね、うまく行ったようだ。私たちが横から見ていると、彼は女を攻略することが目的というよりも、その攻略のための計画をたて、その計画どおりに自分が行動していることが、うれしくてたまらないようだった。

あるとき、彼は川崎のダンス・ホールの女に惚れた。例によって、早速、作戦計画がたてられた。相手の女は、堅いので、ホールでも評判だった。堅陣であれば、あるほど、彼の闘志はわきたった。行動が開始された。懸命に、作戦計画どおりに彼は相手にはたらきかけたが、相手はまったく、反応を示さなかった。

彼は本格的に、作戦を練り直さねばならなかった。こんどは、どんなことがおきても、所期の目的に邁進することに決意を固めた。彼は毎日、川崎のダンス・ホールまでかよった。女は、相変らず、反応がない。彼の経済は、急速にかたむきはじめた。もともと、親元からの送金で、生活していたのだから、そこには限度があった。その限度をこえる部分は、なにかの方法で、補給しなければならなかった。ところが、彼は、たとい、友人からといえども、他人から借金することはきらいだった。彼は身のまわりのものを、質屋にはこんだ。質屋へはこぶよりも、売ったほうが、余計に金がはいるものは、惜しげもなくたたき売った。彼の部屋は、たちまち、がらんどうになった。

「どうだい、形勢は」

「わからない。夜間行軍のようなものだ。どこへ出るか、敵状がどうなのか、まるで見当がつかない」

戦線膠着《こうちゃく》である。頑敵は、健在を誇っている。彼は、遂に寝具を処分した。夜は、それが四畳半の部屋のなかに残っている、たった一つのものである机を、彼はひっかむって寝た。

「人間の肉体は、なにかに抵抗しているときは、熱を生じるものですよ。机を載せていると、その重みをはね返そうと、身体じゅうの筋肉が抵抗し、熱を生じるらしくて、結構、寒くないですよ」

井上立士は、不敵に、表情を変えずに笑った。

彼は一日二食に、飯をへらした。へらした一食分を、ダンスのチケットにまわした。そのうち、とうとう、彼は一食にへらした。すると、急に、彼の顔色は青くなり、そうでなくてもやせている身体つきが、一段とひどくやせ、足もとがふらつきだした。そんななかでも、背広にプレスが利き、髪には櫛の目がきちんとはいっていた。

いよいよ、最後の日がきた。その夜、ケリがつかなければ、彼はもうどうしようもなかった。

「これから、ぼくのアパートに行こう」

彼は静かにいった。女はうなずいた。彼の胸は凱歌を奏でた。彼はそんな場合、表面、決して有頂天にならなかった。落ちついた微笑を、口もとに浮かべただけであった。

京浜線の電車で、新橋に出た。新橋で降りて、浜松町の彼のアパートまで歩いた。彼は途中で、何度も、めまいを覚えた。階段をあがり、廊下をとおって、自分の部屋の前に立ち、自分のポケットから鍵をとりだして、鍵穴にさしこんで、まわそうとしたとき、すうっと、身体じゅうから、なにか波がひくようにひいて行くものを覚えた。彼が気がついたときは、部屋のなかで、女のひざに頭をのせられていた。

井上立士は、早稲田の英文科も中退し、その後は同人雑誌などをやりながら、新聞社や、雑誌社に勤めたり、やめたりして、日をすごしていた。高見順が、友人の高洲基とはじめた「新時代」にも、勤めたこともある。彼の理想は、「鉄兵さんのように、金もはいり、女にも持てたい」ということであった。はじめのうちは、新興芸術派的な軽いものを書いていたが、次第に、その軽さのなかに、人間をふまえた、鋭い、正確なものを、書くようになった。

私が応召した、十五年頃からあとの井上立士については、あまり、知らないが、彼は、やはり、その頃の新人仲間であった、田宮虎彦、南川潤、十返肇、船山馨、青山光二、野口冨士男、牧屋善三たちと、「青年芸術派」というグループをつくって、文壇の一角へ頭をだしかけていたらしい。そのグループの雑誌があって、彼はそれを戦地の私のところへ送ってきた。彼はそこに、「雌雄」という一〇〇枚ばかりの作品を発表していた。それは私と彼が、一人の女をなかにしてあらそい、私が敗れ去った実際にあったことを、書いたものであった。あらそうというと、大げさになるが、その女は、新宿の花売り娘で、はじめに私と仲よくなり、女は私のアパートへきて、何度も泊ったりしたが、肝腎の身体をゆるさないので、私がふてくされているとき、立士があらわれて、彼女を慰め、彼のアパートへつれ去って、ものにする話である。その作品は、そういう際の女の心理の動きや、男たちの気持が、実に的確に浮彫りにされていて、私は自分がモデルにされたという気持のこだわりよりも、彼の文学的技倆のみごとな開花に、はるかに祝福を送ったことを覚えている。十返肇によると、そのあとに書いた「男性解放」という作品が、彼の最大傑作だそうである。

　戦争も終りに近い十九年九月、私は戦友たちとともに、河北省から蒙疆地区にむかって、軍用貨車につめこまれ、はこばれていた。秋色ようやく濃くなろうとする万里の長城を望みながら、私たちは索漠たる気持で、貨車にゆられていた。たしか、南口付近であった。私はふと、隣りの男が読んでいる雑誌をのぞきこんだ。そこに、井上立士に似た男の肖像写真が載っていたからだ。その肖像写真は、黒ワクでかこまれていた。

「おい、ちょっと見せてくれよ」

　私は雑誌を借りて、そのページを読んだ。その写真の主は、たしかに井上立士で、雑誌は「航空朝日」であり、朝日文学賞の発表のページであった。彼は「編隊飛行」という小説を発表し、みごと、文学賞を獲得したのであるが、すでにその前に、病死したことが報じられていた。私は、信じられぬもののように、その黒ワクでかこまれた彼の肖像写真を、いつまでもみつめていた。尚、その紹介文によると、立士の弟さんは、満州で、航空将校として勤務ちゅう、演習の際、空中衝突によって墜落死したと書かれていた。「編隊飛行」一篇は、恐らく彼の愛弟への手向け草であるにちがいない。のちに聞いたところでは、立士は高見順夫妻と親しくし、そのときも、高見夫人に頼まれて、なにかの届けものを持って、発哺《ほっぽ》温泉に滞在ちゅうの高見を訪ねて行ったのであるが、途中雨に打たれたりして、発熱しているのに、高見が不在だったので、そのままひっ返し、新宿駅まできて倒れたのだという。死因は、粟粒結核とかいうことだったが、要するに、肺炎をおこしたらしい。

井上立士のことをいえば、当然、その名をあげなければならないのは、永山三郎である。永山のことは、前にものべたが、立士とはまるで正反対の性格ながら、どちらもフェミニストをもって、自称し、学校が同期であり、都会主義者（そんな言葉はないにしても、都会というものに、骨の髄まで惚れぬいている連中）である点で、好一対であった。それに私が一枚加わって、三人が顔をあわせれば、話題は「都会に生きる女たち」に終始した。私たちは、雨のたそがれや、霧の夜の東京を、こよなく美しいものとして感じあい、そこにはたらく女たちを、それこそ地上の美神のように讃えあった。

永山は、これも早稲田で、私と同じクラスだった男で、ときどき、とっぴなアイディアを思いつく、小城という男のはじめた「喫茶街」という雑誌を手つだって、それこそ、東京じゅうの喫茶店を調べ歩いた。どこには、なんという名の女の子がいて、どんなコーヒーを飲ませる、ということを、細大もらさず、調べあげ、経営方針まで研究して、たちまち、喫茶店学（?）の権威になった。いまの「酒」という雑誌のような体裁であるが、内容は喫茶店にはたらく女の子の、写真入りのインタビュー記事などが多かった。駅のホームなどでも売るようにしたので、予想以上に部数が出て、小城が別の原因からする金づまりで、それを投げだしてからも、他の出版社が買いとって、しばらく続刊していた。

永山は、その頃、銀座で、従来の純喫茶よりも、店内の調度類もモダンなスタイルで、デラックスな感じをだし、高給を払って、一流酒場クラスの娘をあつめ、「銀座茶房」、「東京茶房」、「新橋茶房」、「鎧屋」、「芝エーホ」、「テラス・エーホ」などのチェーンの店を、つぎつぎとひらき、喫茶店界に旋風を巻きおこしていた「東京工房」（社長、和田三郎）から招かれて、昭和通りの角にあった「テラス・エーホ」のマネージャーになった。この一連の系統の店には、私はよくかよった。この「東京工房」には、優秀なスタッフをそろえて、永年のカンによる、旧態依然とした水商売を、科学的な計画的企業に切りかえた。もと左翼の人間で、窪川鶴次郎や、高見順の旧同志であった河野茂介や、大久保武（現「二笑亭」主人）、原弘（グラフィック・デザイナー）、水島雅男がいた。河野は頭を丸坊主にし、太いロイド眼鏡をかけた、表面、ほがらかな男で、ちょっとつかみどころのない感じだったが、どこかにさびしげな陰影がないでもなかった。高見は、戦後、その河野のことを小説に書いているが、それによると、河野が死んだとき、細君は、どこへ知らせてよいか、わからなくて、困ったそうである。ふだんから、自分のことについて、まったく、話さなかったらしい。一種のミステリー・マンであったようだ。その細君は、やはり、「東京工房」系統の店ではたらいていた女の子で、背丈の高い、眼の大きな、エキゾチックな顔立の女であった。私は河野と結婚する前から彼女を知っていたが、河野の死後、ある偶然のことで、私は彼女と親しくなったこともある。

　私が早稲田の学部を卒業した九年頃から、十三、四年までは、高級喫茶店の全盛時代といってよく、それまでは、喫茶店といえば、ミルクホール式の殺風景なものか、そうでなかったら、そのすこし以前から中央沿線の阿佐ヶ谷とか、高円寺とか、東中野とかいった街の小路や、路地の奥などに、自分の家の娘を店へだしているような、こぢんまりとしたものであった。あるいは若い画家が、親からわけてもらった財産で道楽半分でやっていて、自分の細君を店へだしているというようなケースが多かった。それが、その頃には、銀座、新宿、上野といった盛り場には、かなり大がかりな大喫茶店が出現するようになった。相当な資本も投下されて、ゴシック風からスペイン風、ルイ王朝風、桃山風といった具合に、いろんな色彩の内部設計や装飾が、そのデラックスさを競いあうようになった。恰度《ちょうど》、日本の商業美術というものの最初の生長期にもあたっていたので、その方面の気鋭の若手たちは、また、その企画設計に加わって、つぎつぎと新しい意匠を試み、私たちの眼と心とをたのしませてくれた。原弘、水島雅男、本木勇、亀倉雄策、河野鷹思たちと知りあったのも、その頃である。仕事はちがうが、同じような共通の仲間で、やはり、日本にまだなかった職業写真家の世界の確立をめざしていた、木村伊兵衛、土門拳、伊奈信男（写真評論家）、渡辺勉（同）なども、知りあった。渡辺勉は、その頃、新宿の「武蔵野茶廊」

（経営者、伊藤鐘次郎）の美術嘱託であった。

資本にものをいわせて、銀座、新宿、上野などの高級喫茶は、郊外の小喫茶店の美少女をスカウトした。例えば、中央沿線の高円寺の路地の一喫茶店に、いま、一人の美少女があらわれたとする。付近の学生や、若者たちは、蟻の甘きにあつまるごとく、日を逐うて、客の数がふえる。が、彼女は、その店に半月とはいないで、姿を消し、店はふたたび、ぽつりぽつりしか客のない、もとの状態にかえる。そのときは、すでに、彼女は新宿の高級喫茶店に、その美貌を誇っているという具合である。

新宿には「エデン」、「武蔵野茶廊」、「チェリオ」、上野では「プリンス」、銀座では、「東京工房」系統の店、それに、交詢社の下にあった「紫烟荘」などが、代表的な店であった。私たちは毎日、昼間からそれらの店を、つぎつぎとまわっては、一ぱい二十銭のコーヒーを飲み、美少女を鑑賞してまわった。当時の小喫茶店のコーヒー代が、十銭であったから、それらの店の一ぱい二十銭のコーヒー代のなかの十銭は、美少女鑑賞代だったわけだ。いくら物価の安い時代でも、十銭で美少女をつくづくと眺め、ときには、彼女たちと短い会話をとり交し（というのは、喫茶店では、風俗取締規則で、決して客席に、並んで坐ってはいけないことになっていたので、結果として、こちらは腰かけ、むこうは立ったままでの会話でなければならなかった）デラックスな気分にひたれるのは、貧乏な私たちにも決して高いとは思えなかった。

　夕方には、よく銀座の表通り（当時）の洋菓子店「コロンバン」にあつまった。ここのコーヒーは、十五銭だったが、本格的なフランス・コーヒーであった。無論、私たちはコーヒーを飲みにあつまるわけではない。ここで、コーヒー一ぱいで、時間を稼ぎ、仲間があつまるのを待って、夜の街をのし歩くのである。そういうとき、よく私たちは、片岡鉄兵のあらわれるのを待った。氏があらわれれば、私たちはご馳走にありつけたからである。新田潤、牧屋善三、井上立士、番伸二（本名、古川真治、大衆文学を書いていた）たちと毎日のように逢っていた。片岡鉄兵は荻窪の奥から、運転手に自家用車を運転させて、三日に一度は、颯爽とあらわれた。冬の日などは、うす茶色のラクダのオーバーを着ているのが、私たちの眼には、ひどく豪華に見えた。戦後、鉄兵未亡人から、このオーバーを買ってもらえないか、といわれて、着ようと試みたら、肩幅もせまく、手も短くて、その体格の相違におどろいた。そのとき、私は井上立士が生きていたら、恰度、ぴったり寸法があうのではないか、とふと思ったことを覚えている。それにしても、そのオーバーは、私たちが昔、銀座でいつも見ていたまぶしいような印象とちがって、毛はすりきれ、色はうすよごれ、型は崩れて、かつて、それを着ていたひとの、他人には見せなかった内ぶところを見る思いがした。いくら流行作家として、沢山の収入があるように、世に喧伝されていても、裏にまわれば、文士のふところ具合など、たかが知れたものなのにちがいない。

　作家の遺品といえば、これも戦後、近松秋江の机を、遺族のもとへ出入りしていた松尾秀夫（現、「内外タイムス」記者）からの話で、買いとった。ケヤキの大きな机であるが、あまり大きすぎて、使いにくいので、物置きの奥に埃をかぶらせたまま、使ったことはない。そのとき、やはり、秋江の着ていた、大島絣の対の着物や、庭の水ガメを買わないか、という話もあった。水ガメは、ひびが入っていることがわかりやめたが、大島絣の着物の、羽織のほうの裏には、秋江が誰かに描かせた「お俊伝兵衛」の絵があるとのことだったが、どうしてそれを手に入れなかったのか、いま考えれば惜しい気持もする。

私は、近松秋江は、面識があるという程度で、格別、思い出があるわけではない。秋江は、晩年まで、生活に追われていたらしく、よく七、八歳くらいの女の子をつれて、「行動」をだしていた紀伊國屋へ原稿を持ってきていたのを見かけた。原稿とひきかえに原稿料をもらおうとして、紀伊國屋のなかにあった喫茶「コードー」で、一時間も、二時間も、おとなしく待っていた。ジャーナリズムは、そのとき、すでにこの老作家の存在などをおき去りにして、さきへ（果してそれが、実質的な進歩であるか、どうかは、別として）すすんでいた感じで、私の記憶では、「完全に時代にとり残された作家」という、落莫たる印象であった。ときおり、「行動」などに発表される秋江の作品に対しても、あまり月評子などはとりあげないようであった。

「行動」と老作家とで、思いだしたが、その頃、武林無想庵がフランスから帰ってきて、「行動」誌上で、文芸時評を受け持ったことがあった。その時評のなかで、私は無想庵から、恰度、その月の「行動」に発表した「冬」という短篇を讃められたことを覚えている。「冬」は、さきにもいったように、インテリ崩れの暴力団が、ヤクザに刺される末路を書いたものだが、人生の戦いに敗北し、絶望して、フランスから帰ってきた老作家（そうはいっても、そのときは、まだ、それほど老人というのでもなかったろうが）の心に、共感を呼ぶものがあったのかも知れない。やはり、同じ頃、なにかのあつまりで、私は武林無想庵を見た。あらい格子縞《チェック》のスポーティーな上衣を瀟洒に着こんだ、彫りの深い顔の紳士なのに、一見奇異の感に打たれた。結局、私は氏とは、路傍の人におわってしまったが、戦後、氏が死の床まで、綿々と書きつづった、「むさうあん物語」発行のための維持会員の一人になることによって、私は、三十年近い前の、この私の一小作品の理解者に対して、自分の感謝の気持をわずかにむくいることが出来た。

　私は生来ひと見知りをするたちなので、これまでにも、先輩作家と知りあう機会に、いくらでもめぐりあいながら、それほど多くの先輩作家を知らない。佐藤春夫も、その一人だ。同氏には、「行動」に書いた「日月潭工事」という作品を、「文藝春秋」でほめられたが、その頃の文壇で、そういう場合にする習慣であったらしい、礼状も出さなかった。「日月潭工事」は、台湾奥地の土木工事場を舞台に、流れ者の男女の明日のない恋愛（というよりも情欲）を描いたものであるが、同氏の、これを批評した文章のなかに、「なかなか、台湾の奥地の風物も、よく描けている」という意味の箇所もあった。私はじくじとした思いにせめられた。私は台湾へ行ったことがなく、しかも、同氏は一連の台湾物で有名であり、そのなかには、日月潭の描写もあったからである。戦後も、私の「肉体の門」その他の作品を推賞してくれている同氏の文章を、眼にしたが、遂に今日まで、よくなにかの会場などで、顔をあわせながら、未だに名乗り出る勇気(?)はない。

作家というものは、他人の場合を見てもそうであるが、自分の作品を、かつて、どこかで、ちらりとでもほめてくれた人間は、絶対に忘れない。これは人間が、自惚れを持たなければ、生きて行けない証拠の一つであると思う。自分に自惚れをあたえてくれた者の名前を、絶対に忘れないということは、それほどそのことが自分にとって必要欠くべからざるものであったからにちがいない。はじめて職業雑誌に発表したという意味で、私の処女作といってもいい、「選手」(新潮、九年四月号)を、「文藝春秋」誌上でほめてくれた、牧野信一も、私にとっては忘れ得ない。佐藤春夫の場合とちがい、氏とは、私は文藝春秋社のあったビルのレインボー・グリルで、同じビルに事務所を持つ「モダン日本」の大島敬司の紹介で、まもなく、知りあった。意外に、書生っぽい感じのひとで、他人はどうか知らないが、私にはとてもつきあいいい人間に思えた。

ところが、この牧野信一が、私の義兄(姉の良人)の長兄で、当時、恵比寿駅の近くで、かなり大きな病院を経営していた医学博士の二号に持たせていたアパートの一室に住んでいた。医学博士も大酒呑みであるが、牧野も大酒呑みである。ときどき、二人で酒を呑んで、大騒ぎをし、そばの二号を困らせたという話を、医学博士の口から聞いたことがある。坂口安吾も、このアパートでの牧野信一との、朝も、晩も酒樽のなかにひたっているような交遊ぶりを、書いていたように思う。その後、牧野は郷里の小田原に帰り、まもなく、首を吊って、自殺をするが、その親戚にあたる医学博士も、いまでは冥界へ去った。

　ところで、永山三郎であるが、彼はそのように、毎日、女の子たちにかこまれながら、そして、彼自身はつぎつぎと絶えず、身近の女の子に惚れながら、ついぞ一度も、彼の恋愛が成功したのを、私は見たことがなかった。女の子には、礼儀正しく、優しくて、心の底からフェミニストでありながら、一体、これはどうしたというのであろう。女の子たちは、「永山さんって、優しいひと」とはいうが、彼の愛情に応えようとする者はいなかった。井上立士は、そういう永山を評して、「あんなに女を理想的に考えては、相手の女も、永山君の前で、マタをひらくと、永山君から軽蔑されるのではないか、という気になるよ」といったが、そういうところも、たしかにあった。

　戦争中は、大島敬司が海軍報道部と組んでやっていた、「戦線文庫」で、さまざまな筆名をつかい、一人五役くらいの執筆者であったことは、前にのべたとおりであるが、郷里へ帰った、という噂だけで、私たちの前から、彼の存在は、まったく、消えてしまった。私のこれまでの生涯で、それほど親しくしていた人間が、それほど、ばったりと消息を絶ったこともすくない。生きているとすれば、彼もまた、ミステリー・マンの一人というべきであるかも知れない。

銀座で近づきになり、ほとんど、銀座でしか顔をあわせたことがなかったひとの一人に、徳田秋声がある。秋声とはじめて逢ったのは、どこかの試写室であった。映画の試写室の常連というのは、映画が第八芸術といわれるだけあって、それに関係する人間も、その頃は、ほとんど若い連中ばかりであったが、秋声と、もう一人、白柳秀湖とは、異色であった。秋声は、どこの試写会へも、あの謹厳そうな顔を、よく見せていた。別に、一しょにつれてきている、まわりのひとびとと、それほど話題を弾ませることもなく、いつも定刻より、すこし早目にきて、だまって、試写がはじまるのを待っていた。あるとき、私は、同氏と隣りあわせに席を占めたが、試写のはじまるまでのわずかの時間、同氏と思い出の映画について、話しあった。いまでも覚えているが、私が、「先生は、これまでに、なんという映画が一番面白かったですか」

とたずねると、考えることもなく、即座に、

「商船テナシティーだね」

と、秋声は答えた。それから、映画「商船テナシティー」のなかで、二人の男のうち、まじめで、固そうな男の真実の恋よりも、女主人公の気持が、もう一人の、遊び馴れた、従って、女をあしらい馴れた男の頼りにならないかも知れない愛情のほうにひきつけられて行くところが、面白い、といった。私には、氏のいう、「面白い」という言葉が、「真実

である」というふうに理解された。

秋声は、すでに相当な高齢であったが、よくダンス・ホールへもかよっていた。その頃、溜池にあったダンス・ホール「フロリダ」でも、同氏が若いダンサーを抱いて、たのしそうに踊っているのを、見たこともある。

当時、徳田秋声を中心にして、舟橋聖一、岡田三郎、榊山潤、豊田三郎、野口冨士男たちの「あらくれ」というグループがあり、小冊子もだしていたが、私はそのグループにはいっていたわけではないので、そんなにしょっちゅう、氏と顔をあわせていたわけではなかった。が、最後に、秋声と顔をあわせたのは、銀座の表通り、「千疋屋」の前あたりで、ある天気のいい午後であった。同氏はそのとき、長い病床から、やっと起きあがったばかりで、まだ顔色は悪く、頬の肉はこけ、とてもそとを歩けるひとの健康状態ではなかった。

秋声は、女婿の寺崎浩と、長男の一穂とに、左右から腕をささえられて、ひょろひょろと、四丁目のほうから歩いてきた。私は新橋のほうから四丁目のほうへ歩いていた。ばったりと出逢ったのが、「千疋屋」の前あたりであった。私は立ちどまって、あいさつをし、型どおりに、病状の軽快の具合をたずねた。氏は、私にまじめにあいさつを返し、私たちは一かたまりになって、そこにしばらく立っていた。そのときであった。ぴかぴかに車体を光らせた、一台の外国車が、私たちのそばの歩道際にとまり、ドアがひらかれて、なかから、すらりと背丈の高い、白いドレスを着た、洗練された物腰の、二十五、六歳に見える美しい女性が降りた。私たちのほうへ、ちらりとも視線をむけず、大股に、「千疋屋」の階上に消えた。

秋声は、彼女が「千疋屋」の店のガラスのドアをおして、なかにはいり、ハイ・ヒールのかかとを、かっ、かっと鳴らしながら、階段の上へあがって行く、その強靭そうな、長い脚の動きを、だまって、じいっと喰い入るように眺めていた。彼女の姿が、私たちの視界から、すっかり、消え去ると、同氏は、はじめて私たちの耳に聞えるか、聞えないくらいの声でつぶやいた。

「あんな女と、遊んでみたいな」

その言葉を、口にのぼすひとは、長い、絶望的とさえいわれた死の床から、ようやく、起きあがったばかりの、まだ手足の自由もままならぬ、七十歳（氏はそれくらいだったにちがいない）の老人である。相手は、いまをさかりの肉体の力を誇る女である。そのときの私の、秋声の印象は、決していやらしい、という感じではなかった。それどころか、私は、ものの真実を、とことんまでつきつめて、たしかめねばやまない、生粋の自然主義作家の、飽くことのない探求欲に、烈しく打たれた。私はそこに、壮烈な魂の、絶えざる爆発を感じた。

私が自分の眼で、徳田秋声を見、その言葉を聞いたのは、それが最後であった。尚、そのときの女は、私の眼にまちがいがなければ、宝塚歌劇の若き日の春日野八千代であった。

思い出す牧野信一

中原中也

牧野信一が縊死した。原因が何であるか。私は知らない。新聞に拠れば、神経衰弱が原因だし、宇野女史との恋愛なぞということも一寸載っていたが、どれも直ちに信じる気にはなれない。仮りに正しく神経衰弱が原因だったとしても、単純な受験生のそれではあるまいし、その神経衰弱の因って来た所を考えてみたくなる。恋愛の方はといえば、てんで問題にしたくはない。牧野さんという人は、恋愛に殉じる態の純情家というものとは遥かに縁遠いと思われるからだ。

人が自殺した時、それも作家が自殺した時、その原因を簡単に云ってしまうなぞはよくないことである。何も記者が簡単に云えるものと考えているとは思わないけれど、それを一般世間が可なりオーム返しに信じたりする風景は、なさけなく思われるのである。恐らく、人が、思わず云い過ぎをしてしまうように、自殺も、思わずしてしまうようなものに相違ない。

芸術家としての牧野さんは、幾分線が細過ぎたように私は思う。「西部劇通信」だの

「ゼーロン」だのを書いた昭和五年の頃は、彼の返り咲きの観があったし、評判がよかったのであるが、あの頃のものよりも、それから暫く後に書いた、水車小屋の壁に凭れて月の明りで手紙を読む短篇なぞの方が遥かに牧野さんらしいものであると思われる。「西部劇通信」にも無論個性は十分に現われているのであるが、人物をギリシャ人に仕立てたりするあの仮構は、作者自身にしっくりしたことではなかったと思う。手短かに云えば、作家牧野は、もっと書き流す態の作をするにはあまりに純粋の要求があり過ぎたし、完固たるフォルムに到達するためにはあまりに情調派であり過ぎたのである。即ち自家の文体を実現し了せなかったこの作家は、一生涯習作をしていたといえるし、絶えざる模索の状態は彼を鬱屈させていたのであった。

そのような彼が棲息するに、ただもうゴマカルことを事としているかの如き現代インテリ界は不適当なものであった。それかあらぬか彼はただ徒《いたず》らに気を弱くされていた。

私が最初に会ったのは、一昨々年の五月である。西銀座の「きゆぺる」の二階で会った。その夜我々は新しく始める同人雑誌の相談で、同人二十人ばかりで其処へ集っていた。同人中の谷丹三が牧野さんを知っていたので、その夜来て貰うよう頼んでおいたのであった。大変元気で粗忽が自慢でもある、甚だ罪のない男がその夜の進行係をやっていて、一人で大声で喋舌っていたが、大部分の者は聴いてもいなかった。とにかくその座はザワザワしていた。其処へやって来た此の鉄色がかった栗色の肌の牧野信一は、部屋に這入るなり進みもしないで坐った。久留米絣を着ていて、既に酔っていた。「僕、邪魔はしないからねえ、邪魔はしないからねえ」とみんなの者に云ったのがその時の挨拶であった。みんなむしろ邪魔されて欲しいくらいのところへ、この挨拶は、一寸ツカないものであった。牧野は酔うと仕方がないというのが牧野さんの周囲の人達の定説であったのでもあろう。そういう定説というものを云い出す方は案外呑気に云い出すのであるが、云われる方は辛いものである。おまけに牧野さんが酔うと発しはじめるのなぞは、当人に自制力がないよりも、周囲が彼にとってはあまりに不真面目に見える所から起るのであったと考うべき点もあるのであるから、そういう定説が呑気に繰返されることは辛かったのである。

　進行係は依然大声を出していた。牧野さんの近くにいる四五人の者が、何かかゝ牧野さんに話していた。聞きながら、大きいガッテンガッテンを、アクセントをつけてやっていた。それがなんだか気の毒で、私は何も云い出せなかった。その会合の終り頃になって、私は名刺を出しただけであった。名刺を読むと、しきりにまたガッテンガッテンをしながら私の顔をみて、それからタモトに入れたのであった。

　それから二タ月くらいして、やっぱりその同人の集りのあとで、谷君他三人ばかりが円タクの中からオイデオイデをするから行ってみると、これから牧野さんを誘い出しに行くから乗れというのである。車が芝南寺の少し手前まで来ると、助手台に乗っていた谷丹三の親友が、急に停車を命じた、と、それは花屋の前であった。やがてケシの花だったかを買って円タクに帰って来ると、その男は花を一本ずつ我々に配った。一本ずつ持って牧野さんを訪ねるというのである。

牧野さんは当時南寺の借屋にいた。四丈半の真ん中に卓を一つ置いて、原稿紙を前に坐っていた。まだ一字も書いてはなかった。横手の障子をアケヒロゲて、カヤリを焚いていた。障子の外は、真っ暗であった。浴衣一枚の胸をハダケて、恐らく我々が来るまで、彼は頭をカカえていたに違いなかった。谷君がこれから出掛けて飲みませんかというと、出たそうだし出たくなさそうであった。谷君の方で早速遠慮を示したので、結局出掛けないことになって、「では二階に行こうか、此処は子供が目を覚ますんで話が出来ないんだ」と牧野さんは云った。それもなんとなくみんなが遠慮して、結局そこで小さい声で話すことになってしまった。みんなが何を話したか別段記憶しないが、ともあれみんな文学青年が先輩を詣でた式のことで、主人は間もなく退屈した。而も帰って欲しそうでもなかったので、何か話し出そうと思ったが、私は疲れてもいたので黙っていた。私の正面の壁に子供の小学校の霜降の服と、糊でビリビリの日覆をかけた小学帽とが掛かっていた。カヤリの煙がユラユラと壁に映って、十一時頃であり、そのうちまた出掛けそうな気配にもなったりして、時は刻々に過ぎつつあった。

その手クビは細かった。格別細い感じがした。其処に月光的な悲哀が漂っていた。牧野さんの作品には明るい風景が出て来るし、陽に透いた桜の葉のような色や又赤い色があるが、その赤はうでた小海老の赤である。

斯の如き男にとって、世間は荒いか、さもなくば衒学《ペダン》的に思われたであろう。その中間はすっかりの空虚であった。彼がもしそのことを歎いたとして、当今人々は云うのである。「それはお前だけのことだ、お前の註文があるだけのことだ」と。けれどもそのお前自身にしてみれば、その註文を抱いてこそ生きているようなものでもあるのだ。

分類が終るや能事足れりとなす所に、現代インテリの過ちがあり、恐らくこの過ちが彼を不幸にした大きい理由であったと云えよう。

（文學界一九三六年五月号所掲）

西郷さん

小山　清

戦時中、私は下谷の龍泉寺町で新聞配達をしていたが、その頃私は「西郷さん」という渾名《あだな》で呼ばれた。西郷さんというのは、いまも上野の山にいる、あの裄丈の短い着物をきて犬をつれている、あの人のことである。私は西郷さんのことをよく知らないけれど、なんとなくあの人が好きである。私がそんな渾名をもらうようになったのは、その新聞店に入店した当時、私が粗《あら》い模様の飛白《かすり》の着物を寝間着にきていたので、そんな私の姿を見て朋輩の一人が、「西郷さんみたいだ。」と云ったのがはじまりである。その頃の私は、いまに比べるとずっと肉づきがよく太々としていて、そんな渾名も不釣合ではなかったようである。こないだ私は知人のもとに残っていたその頃の自分の写真を見たが、写真の中の自分が豊頬で人擦れのしていない目つきをしているのを見て、案外な気持がした。

私の渾名はいつか隣人のあいだにひろまるようになり、はては区域のお得意にまで知られるようになった。「西郷さん。」と人から呼ばれるのは、悪い気持はしなかった。そういう呼びかけには、自然に親しみが籠められるものである。けれども、大人のあいだには、遠慮するむきもあった。私のことを、「西郷さん。」とこだわりなく呼んだのは、店の近所の子供たちであった。

私の店は、龍泉寺町の茶屋町通りという店家の多い賑やかな場所にあったが、隣り近所には小さい子供たちが大勢いた。私の店は通りに面して南向きで陽あたりもよく、また商売柄店の間が板張りなので、子供が遊ぶには恰好だったから、子供たちはそこを自分たちの遊び場所のように心得て、毎日のように集ってきた。いつか子供たちは、私のことを「西郷さん。」と呼び馴染んで、大きい友達あつかいをした。幼い子供は、私がほんとうに西郷という名であるように、思い込んでいるらしかった。

購読者の拡張に出かけ、一軒もお得意が取れなかったりして、がっかりして帰ってきたようなときや、またなにか屈托しているようなときに、そんな私を見かけて子供が「西郷さん。」と呼びかけてくれると、私はいつもほっとして気持が和んだ。また、自分で僻《ひが》んで世の中を狭く考えているようなときでも、そういう子供たちの顔を見ると、私はまた元気をとりもどし、まともに世の中に立ち向う気持になった。

私の店の横は小さい袋路地になっていたが、その路地の中の一軒の家に、仕立屋の一家が住んでいた。夫婦に女の子が二人いた。貧しい暮しなのが、よそ目にもわかった。亭主は色白のやさ男で温和な人柄で、おかみさんは小柄な丈夫そうな感じの人であった。女の子は二人共に、まだ学校へ行っていなかった。姉の方は父親に似ていて、妹の方は母親に似ていた。姉の名はせっちゃんと云い、妹の名はよっちゃんと云った。せっちゃんにはどうも子供らしい無邪気なところがなかった。私はよっちゃんが好きだった。

よっちゃんが店に遊びにくると、私はよっちゃんに話しかけた。

「よっちゃん。大きくなったら、西郷さんのとこへお嫁にくる？」

すると、よっちゃんはうなずいて云った。

「くるわよ。」

私はよっちゃんの顔を見ると、ときどき同じ質問をくりかえした。そのつど、よっちゃんも同じ答をした。あるとき、また私がよっちゃんをつかまえて、「お嫁にくる？」をやっていたら、せっちゃんがそばから、よっちゃんに入智慧をした。

「いやって云いな。」

すると、よっちゃんは私の顔を見て云った。

「いや。」

それからは、よっちゃんは私が話しかけようとすると、いつもすぐに、「いや。」と云うようになった。また、いきなり唾《つばき》をひっかけることもあった。

あるとき、私が夕刊の配達から帰ってきたら、道端でよっちゃんが独りで遊んでいた。

私がよっちゃんの顔のうえに肩紐のさきを垂らしたら、よっちゃんは手をあげて摑もうとした。私が肩紐を上にあげたら、よっちゃんは脊のびをして、なおも摑もうとした。通りかかった女の人が、よっちゃんのその幼い姿態に思わず見とれて微笑んだ。

よっちゃんはまだ舌がよく廻らなくて、私のことをいつも「サイゴちゃん。」と呼んだ。

あるとき、雨の日に、私が店の事務机の前に腰かけてぼんやりしていたら、大きな傘をさしたよっちゃんがやってきて、私の顔を見あげて、

「あたい、サイゴちゃんと遊ぼうかな。」

と云った。

私の店の向いに、洋品屋があった。主人は浅草橋辺のメリヤス問屋の通い番頭をしていて、店の商品もお店《たな》から仕入れたもので、主人が勤めに出ている留守の間を、店の営業の方は、おかみさんと女中の二人が担当していた。この家は子沢山であった。小学校の六年生である長女を頭に、男女とりまぜて五人の子供がいた。次女は四年生、長男は一年生、三女はまだ学校へ上らず、次男はまだ赤ん坊であった。夫婦共に甲州の人で、主人はそれほどでもなかったが、おかみさんは日常の会話に露骨に甲州訛《なま》りを発揮していた。主人は脊は低いがどっしりしたかっぷくの人で、おかみさんは反対に大柄なすらりとした人であった。俗に云う、蚤《のみ》の夫婦であった。この家は内証はそんなに悪くはないらしく、夫婦仲も円満のようで、子供たちの性質もみんなのびのびしていた。女中はおとみさんという名の十七、八の娘で、主人の縁辺にあたるらしかった。

この家と私の店とは、とくに懇意にしていた。私の店の者は、肌著《はだぎ》類はみんなこの洋品屋の品物で間に合わせていた。子供たちばかりでなく、おかみさんもよく赤ん坊を抱いては、私の店に顔を見せにきた。おかみさんは、いつも、

「こんちは。また来ましたよ。生きとるかね。死んどるかね。」

という、きまり文句の挨拶をした。そして、私たちを相手に、ひとしきりお喋りをして行った。

私もまた、この家によく遊びに行った。夕刊の配達前など、本社から夕刊を積んだトラックが廻ってくるのを待機している間に、よく行った。そして、そこの店さきに腰かけて、おとみさんや子供たちを相手に遊んで、時間つぶしをした。そんなとき、おかみさんは大抵奥にいた。おかみさんが居合わすと、やはり私も遠慮がちになった。

私は行くと、いつも、「御無沙汰しました。」と云った。毎日のように遊びに行っているのである。それから、私は三女のマア坊をつかまえて、よっちゃんに云ったのと同じことを云う。

「ねえ、マア坊。大きくなったら、西郷さんのとこへお嫁にくるね。」

すると、おとみさんがそばから、せっちゃんがよっちゃんに入智慧したようなことを云う。

「行かないって云いな。」

マア坊は云う。

「あたい、サイゴちゃんのとこへ、お嫁に行かない。」

おとみさんは、「うわあい。」と喚声をあげて、なおもマア坊を焚きつける。

「きらいだって云いな。」

「あたい、サイゴちゃんなんか、きらい。」

こんなにされると、相手が子供でも、なんだかべそを掻きたくなってくる。こんな場合に、おかみさんが居合わしたりすると、そばから執成《とりなし》をしてくれる。

「これ、マア坊。なにを云うじゃ。西郷さんはいい人じゃないか。きらいだなんて云うことがあらすか。罰が当るよ。お前、西郷さんが好きだって云ったろ。お嫁に行きますって云いなさい。」

長女はフジ子という名で、器量よしであった。この家の子供たちは、男の子も女の子もそろって母親似で、ぱっちりした目をしていて可愛らしかった。フジちゃんは利発な大人びた感じの子だった。学業の成績もよく、級長をしていた。秀才型であった。けれども、そういう子にありがちの蒲柳の質で、学校も長く休んでいることがあった。この家庭にとっては、ただフジちゃんの軀の弱いことだけが心配の種のようで、そのほかは全く申分がないように見えた。

あるとき、フジちゃんがひどく癇癪を起したときに、おかみさんがフジちゃんのことを、「ひゃくなり婆さん。」と云ったことがあった。それを聞いて私が、「ひゃくなりってなんのことだ。百唸るのか。」と云ったら、みんな笑った。それから、私はフジちゃんのことを、「ひゃくなりさん。」と呼んだりした。私が「ひゃくなりさん。」と呼ぶと、フジちゃんは「なあに。西郷さん。」と素直に返事をすることもあり、また、「ひゃくなりなんて人はいませんよ。」と云って怒ることもあった。私には、「西郷さんとひゃくなりさん」という言葉が、なにかおもしろい語路《ごろ》合わせの文句のように思われた。

私はフジちゃんから、彼女が描いたクレヨン画をもらった。それは、お祭の花笠を被っているマア坊を描いたものであった。私はその画を、その頃私が間借りをしていた部屋の壁に貼った。私はその画を大事にしていたが、終戦の年に、B29が東京の下町一帯を襲撃した際に焼失した。

次女はトシ子、長男は広重と云った。赤ん坊の名は覚えていない。トシちゃんも広重君も、フジちゃんが病弱なのに引替えて、二人共に見るからに健康そうな子だった。トシちゃんも姉さんに劣らず器量よしで、そして広重君はなかなかの腕白小僧であった。広重君は私を呼ぶのに、いつも「ニセ西郷。」と云った。

私がおとみさんと話していると、奥からおかみさんが不意に、「娘をからかわないでおくれよ。」と云うことがあった。年頃の娘を預っていると、心配になるのだろう。おとみさんと私は喧嘩友達みたいなところがあった。私たちは顔を合わせるとすぐ、つまらない口喧嘩をした。おとみさんの方が言葉敵を買って出る傾向があった。

あるとき、私の店で店員がそろって、鎌倉だかへ遊びに行ったことがあった。私だけが行かなかった。私が店の机に向って本を読んでいると、おとみさんがやってきて、私に云った。

「どうして、みんなと行かなかったの。」

「行きたくなかったんだ。」

「なぜ、行きたくないの。」

「気が進まないんだ。」

「ふんだ。」

「僻《ひが》みや。」

「おれは留守番をしている方がいいんだ。」

「僻んでなんかいないよ。」

「僻んでいるじゃないか。ああ、可哀そうに。誰もあんたに忠告してくれる人なんかいないんだろ。」

「うるさい。帰れ。」

「ふんだ。あんたも、うちへ来ないでね。」

「行かないよ。」

そのあくる日、私はまた、「御無沙汰しました。」を云いに出かけて行った。

私が徴用されて軍需工場に行くことがきまったとき、おとみさんが、「いま何時？」と私の店の時計を覗きにきた。自分のとこの時計が止るかどうかしたのだろう。私は帰りかけているおとみさんに向って云った。

「おとみさん。西郷さんになにか云うことがあるだろ。云うならいまのうちだよ。あとになると手おくれだよ。」

おとみさんは、なにも応酬せずに駈けて帰った。私が彼女に冗談を云ったのは、これが最初でありまた最後であった。

龍泉寺町の電車通りに明治屋というミルク・ホールがあった。大きな店で、この近辺ではいちばん繁昌していた。この店の向いに、線路を隔てて大きな自動車屋があって、しょっちゅうそこの運ちゃん連がきていたし、また私の店の者もみんなよく行った。私たちは配達のひまには、購読者の拡張をやる。私たちは店を出ると、まず明治屋に寄ってコーヒーを飲んで英気《えいき》を養ってから、それからそれぞれ自分の区域へ出かけて行った。私の区域は方面違いにあったので、はじめ私は明治屋にはたまにしか行かなかったが、そのうち誰よりも私が足繁く日参するようになった。

明治屋の主人は讃岐《さぬき》の出身で、この家は龍泉寺町にきてからまだそれほど経ってはいなかった。ここは前もミルク・ホールで、そのときはあまり流行らなかったのだが、この人の代になってから繁昌するようになった。主人は五十がらみの人で、家内はおかみさんに、娘二人、息子三人、それに雇女が一人いた。偶々《たまたま》長男は出征していた。

私は明治屋へ行くうちに、いつからともなく家族の人達と親しくなり、とりわけ二人の少年、小学校の五年生である正則君とその弟の末っ子の三ちゃんとは、仲よしになった。姉さんの話によると、三ちゃんというのは愛称で、而も当人が自分からなんとなく云いはじめたものだそうで、家内の人もいつとはなしにそう呼ぶようになったのだという。私は三ちゃんの本名も聞いたけれど、その方は忘れてしまった。私が明治屋へ行きはじめた頃は、三ちゃんはまだ学校へ行っていなかったが、その後一年生になった。

明治屋では、カウンターに近い隅のボックスが、私の占有物みたいになった。私はほかの席では気持が落着かなかった。先客がそこを占領していて、仕方なく私がほかの席にいると、やがて客が帰ると共に、店の人がその空いたことを知らせてくれた。私は朝夕刊の配達と、体裁ばかりの読者拡張と、店で寝ること以外は、殆ど明治屋のその隅のボックスの上で過した。とりわけ夕刊配達後は、ミルク・ホールが看板になる時刻まで、そこに蟠局《とぐろ》を巻いていた。私はそのボックスにいて、私の小さい友達と遊んだり、またその姉さん達や雇女と話をしたり、また蓄音機が奏《かなで》る流行歌を聞きながら本を読んだりして過した。

この店では、私の勘定をそのつど現金払いをするのではなく、月末払いにしてくれた。私は酒は飲まず、ただコーヒーを飲みパンを食うだけだったが、ひとつきの払いはその頃の金で拾円あまりであった。いざ払う段になって私は金が無く、友達から借金したので、その金額を覚えているのである。

正則君も、三ちゃんも、快活ないい子だった。家庭が円満に行っていれば、子供は順調に育つものだと思う。正則君は色黒だった。なんとなく、黒んぼの拳闘選手を見るような感じがした。まだ互いに親しくならなかった頃のこと、正則君が店のテーブルに向って独りカレー・ライスを食べている容子をふと目にして、私はこの家の子らしいが、いい子だなと思ったことがあった。その後親しくなってからも、そのときの印象が憶い起された。三ちゃんはいかにも末っ子らしく、家族の寵愛を一身にあつめて甘えているけしきがあった。正則君も、三ちゃんも、私がボックスで本に読み耽っていると、不意に肩に摑まったり、頸に手を廻したりする、そんな子供らしい親愛の表現をすることが、よくあった。私たちは一緒に、電車通りの向い側にある大音寺の庭でトンボ採りをしたり、午の日（吉原の縁日）に出かけたり、また銭湯へ行ったりした。私は二人の少年をまのあたりにしながら、なんだか二人が可愛い寒山拾得《かんざんじっとく》のように思われ、たとえば自分が古本屋の主人で、二人が店の小僧だったら、どんなにいいだろうと、そんなことを想像したりした。そして若し実際に自分が古本屋を経営していたとしたなら、この店の主人は二人の息子を自分に託すだろうかなど、そんなことまで考えたりした。

二人の娘は、姉はまさ子と云い、妹はしづ子と云った。まさちゃんは店の手伝いと云うよりは、彼女が主になって雇女のおてるさんと二人で、客のサービスをしていた。庖厨《ほうちゅう》の方は専ら主人夫婦が受持っていたようである。しづちゃんは女学校に通っていた。四年生だった。この家では、息子と娘が、父親似と母親似と、二通りに分れていた。しづちゃんと、名前を忘れてしまったが、中学校に行っている次男と、そして三男の正則君の三人が父親似で、まさちゃんと三ちゃんが母親似であった。しづちゃんは色が黒かった。正則君に次いで黒かった。銭湯へ行ったとき、湯船の中で、正則君が泳ぎの姿勢で私の腕の中に這入ってくる、その顔を正面《まとも》に見て、この子はしづちゃんに似ているのだなと私は思った。私はしづちゃんに嘘をついたことがある。明治屋では、正則君がいちばん色が黒く、その次ぎに黒いのはしづちゃんだと正則君が私に告げたというそんな嘘を。そのときしづちゃんは、正則がそう云ったのと、腑に落ちたような落ちないような表情をした。私も下手な嘘をついたものである。しづちゃんは学校から帰ると、忙しいときは、店と台所を掛持ちで手伝っていた。夏休み中はよく店に出ていた。私はしづちゃんの夏休みの宿題を手伝ってやった。私はしづちゃんにほのかな恋心みたいなものを感じていた。私が正則君や三ちゃんと遊んでいるところへ、しづちゃんが来て加わったりすると、また、私がひとり本を読んでいる前の席にしづちゃんが来て教科書をひろげたりすると、私は幸福な気持がした。店にしづちゃんの姿が見えないと物足りなかった。しづちゃんはある少女歌劇の役者のファンだった。私は正則君や三ちゃんを連れて午の日に行ったときに、その役者の写真を極大に引伸ばしたのを売っているのを見つけて、それを買ってしづちゃんにあげた。その写真はカウンターのうしろの壁に貼られた。あるとき、私としづちゃんが隅のボックスで話していたら、私の店の朋輩がそばにきて、にやにや笑いながらしづちゃんに向って云った。

「西郷さんを誘惑してはいけませんよ。」

茶屋町通りの四つ角に、大きな呉服屋があって、そこに名前は忘れてしまったが、小学校の五年生になる男の子がいた。この子は正則君とは同級生であった。この辺の子供は、みんな龍泉寺小学校に通っていた。この子は眼鏡をかけていて、そしてなかなか茶目だった。私の店にもよく遊びに来た。私はいちどこの眼鏡君にまんまと担《かつ》がれたことがある。ある日、私の店に眼鏡君が掌のなかに隠れてしまうほどの極小のカメラを持ってやってきて、

「西郷さん。写真をとってやろう。」

と云った。眼鏡君はなかなか蘊蓄《うんちく》ありげな手つきでカメラを扱った。私も少し緊張した。

「はいうつりました。」

と眼鏡君が云ったので、私はほっとした。すると、眼鏡君はにやりとして、

「嘘だよ。うわあい。」

と云った。玩具のカメラだったのである。

「気取ってやがらあ。」

眼鏡君はなおも私を嘲弄した。

眼鏡君はなかなか西郷さんには懐柔されなかった。けれども、眼鏡君はいちど私の使いをしてくれたことがある。私はある人の許に、眼鏡君に手紙を届けてもらったのである。私はその人にお嫁にきてくれないかと云ったのだが、その人はいやだと云ったのである。それでも、私は思い切れず、いつまでもくよくよしていた。私は眼鏡君が間違いなく、その人に手紙を手渡してくれたかどうかを念を押した。眼鏡君は、

「大丈夫だよ。こういう形の髪をしている人だろ。」

と云って、両掌でその人の髪の形を真似て見せた。私は眼鏡君の掌のなかに、その人の俯いた姿勢をはっきり見ることが出来た。

本郷・落第横丁

安田　武

もう十五年以上も前のことだが、東京新聞の投書欄に載っていた一主婦の文章を、私は忘れることができない。

「――終戦の年だった。梅雨のむし暑い一日、配給事務の用事で市役所を訪れた私は、いくら呼んでも、だれ一人窓口に現れないのに業をにやして、ドアの向こうのへやをのぞいてみた。へやのすみのある物体に毛布を何枚もかぶせて、若者がそれを取り囲んでいた。毛布の中からは押し殺したようなか細い音楽が聞こえたが、よく耳をすますと、それは『ラ・クンパルシータ』であった。久しぶりに聞く情熱的なアルゼンチンタンゴのリズムに、若かった私の胸はポッと火をともされ、危うく涙がこぼれそうになった。モンペ姿の市役所の職員も、手足でリズムを取りながら、みんなうるんだまなざしをしていた」

タンゴもブルースも、頽廃《たいはい》的な「敵性音楽」は、聴いてはならぬとされていたのだ。

「ラ・クンパルシータ」のレコードを所持していたため、憲兵隊へ拉致《らっち》された話を、別の主婦が書いていた。「タンゴはおろか、青春の喜びいっさいに毛布をかぶせ押し殺してしまったあのころ……」という。まったく、そのとおりだった。

私にも、たとえば酒場の片隅などで、ふとタンゴを耳にした瞬間、まざまざと思い出される一つの光景がある。それは、むろん、この主婦の投書が描いている時よりは、もう少し早い頃のことだけれど。

――「夜のタンゴ」が流れていた。黒ビロードの襟に白い兎か何か毛皮のついたハーフコートを着た若い娘が、電蓄の上に片肘《かたひじ》をつき、タンゴのリズムに小さく首を振っている。外はドシャ降りの雨だった。客の洋傘から滴る雨水が、セメントの床の上に、次第に大きく地図のような流れを描いていった。娘は、ほとんど無意識に、ハイヒールの爪先で擦るように、その雨水の地図を拡げている。きれいな脚をしていた。

昭和十五年十月、全国のダンスホールが閉鎖された直後のことだった。場所は、本郷の「青木堂」。「フロリダ」のダンサーが幾人か、青木堂へ入ってきた、その一人なのだ。激しい雨音と、「夜のタンゴ」と、美しい脚の元ダンサーと――。ビールの軽い酔いが、私の官能を揺する。

中学も最上級の五年生となれば、そろそろ少年期にお別れだ。酒も飲みはじめる。煙草も吸う。京華中学で、もっとも親しくなったのは、平田禿木《とくぼく》の息子の夏雄だった（彼は、どうしているだろう。戦後の消息をまったく識らない）。その他二、三人、いつもきまった顔触れで本郷へ出た。俗に落第横丁と呼ばれていた大学前の路地で、撞球《どうきゅう》場「すずらん」

や「ブラックバード」という昼は喫茶店、夜は酒場といった感じの店、それから路地の突き当たりのお志る粉屋「松月」（ここに手提げ鞄をあずける。いつも日本髪のすばらしい美人娘がいた）などへよく出入りした。

撞球は、中学三年の夏休み、北京のグランドホテルで、父から手ほどきを受け、二本くらいの腕前になっていた。松月の美人娘が文学少女で、横光利一や堀辰雄らについて、飽くことなく語り合った。タンゴが、いまも私に想いを誘うのは、広々とした青木堂とは反対に、狭く薄暗いブラックバードでも、いつもタンゴが流れていたからだ。「ラ・パロマ」、「思い出の島カプリ」、「小さな喫茶店」、「薔薇のタンゴ」……。

正門前にあって、辰野隆、鈴木信太郎、中島健蔵ら仏文の教授・講師のお得意だったフランス料理の「鉢の木」、ここの一人娘、井上悦子と親しくなった。紹介してくれたのは、あの仰高小学校の幼友達赤鍋和子であったが、そのうち赤鍋和子ではなく、井上悦子と誘い合わせ、芝居や温習会などへ出かけることの方が多くなった。後のことだが、ドウリットルによる東京初空襲のあった昭和十七年四月十八日、たまたま、清元寿国《じゅくに》太夫《だゆう》の会で有楽座にいた私たちは、中階段の窓から、悠然と飛び去る敵機と、それを追って空しく炸裂《さくれつ》するわが高射砲弾を、何か半信半疑といった気持ちで眺めたこともあった。

小柄で色白の和服のよく似合う人であった。その頃、私は大層な橘や（十五代市村羽左衛門）贔屓《びいき》で、日常の湯呑みから箸箱類まで、すべて橘の紋入りという熱狂ぶりだったのに、彼女の方がまた、大の播磨や（初代中村吉右衛門）贔屓で、仲よく喧嘩したものだった。

戦前戦後、私の銀座

澁澤龍彦

土手に咲くツツジの花が美しい閑静な駒込駅から省線電車に乗って、有楽町か新橋の駅で降りる。これが私の少年時代の銀座に出るコースだった。昭和十年代前半のことである。戦前から戦後、そしてオリンピック以後の現在へかけて、有楽町の駅も変貌に変貌を重ねたような気がする。たとえば戦後の一時期、銀座方面への出口のまん前に、かなり間口のひろい一軒の古本屋があったことを私はおぼえているが、こんなことが今どき信じられようか。日比谷方面へ出るには、お稲荷さんのある曲りくねった細い道を通らねばならなかったことを記憶しているひとも、今や少数派ではなかろうか。

そのころ、小学生の私が両親といっしょに数寄屋橋を渡っていると、かならず街頭写真屋にパチリとやられたものである。親子づれはねらわれたのであろう。実際、日劇の前から数寄屋橋にかけて、通行人をスナップしようと待ちかまえている街頭写真屋の数はおびただしく、たしか太平洋戦争がはじまってからは禁止されたのではなかったろうか。

数寄屋橋の上から眺めると、朝日新聞社の向うに白っぽい色をした、邦楽座の建物の背面がちらりと見えるのも印象的であった。

昭和十六年二月、李香蘭が日劇に出演して、日劇のまわりを七回り半の長蛇の列が取り巻いたのは有名な話であるが、そうでなくても地下のニュース映画を観るために、当時、いつも日劇のまわりには、地下から地上にあふれた長い列ができていた。もう戦争もはじまっていたころ、私は両親とともにニュース映画を観てから、和光の裏の梅林（珍豚《チントン》美人《シャン》）でトンカツを食べるのがなによりの楽しみだった。

梅林の箸袋には、チントンシャンにちなんで、豚が三味線をひいている絵が描いてある。今はどうか知らないが、子どもの私には、これがおもしろくて仕方がなかったものだ。

クリスマスには、頬を上気させて宵の銀座の雑踏に揉まれながら、二丁目の伊東屋までぶらぶら歩き、そこで文房具かなにかを買ってもらって、お茶を飲んで帰ってくるというコースになった。帰りは須田町経由の市電で神明町車庫前まで来るか、さもなければ奮発して円タクに乗ったものだ。

このあたりで、そろそろ戦後に話題を移そう。

あれは私が浦和の旧制高校にいたころだから、たしか昭和二十一年だと思うが、あるとき、私は友だち二人とともに、数十冊の本をかついで銀座へ売りに行ったことがある。友だちの父が蔵書家だったので、その書斎からこっそり本を持ち出したわけだ。有楽町のガードの下にゴザを敷いて古本をならべている露天商に、私たちは本を売って金を手に入れると、さっそく東劇でフランス映画を観た。たしか「商船テナシチー」だったと思う。それから東劇の前の川でボートに乗って遊んだ。もちろん、今は川はない。

銀座で売ったのは本ばかりではなくて、私は旧陸軍の兵器廠から盗み出した、双眼鏡や革のベルトなんかを新橋の闇市で何度も売ったことがある。どんなものでも右から左へ金に換えることができる時代だった。

昭和二十三年、旧制高校を卒業した私は大学の試験に落ちて、いわゆる白線浪人になった。このとき、二十歳になったばかりの私を引っぱって銀座へ連れ出し、そのワルプルギースの夜のようなおどろおどろしい戦後の息吹に浸らせてくれたのは、今は亡き姫田嘉男氏である。東和映画のスーパーインポーズをやっていた姫田氏は、またヤクザ小説の作家でもあって、高見順と仲がよく、いかにも親分肌のところがあった。

そのころ電通ビルの前に「ねすぱ」という喫茶店があり、ジャーナリストの溜り場になっていたが、私はここで、当時「世界文化」を出していた気鋭のジャーナリスト水島治男や広西元信に会っている。有楽町から築地に移った、文士や編集者の溜り場のごとき「お喜代」にも、私は姫田氏に何度も連れて行かれた。なにしろ若かったので、談論風発する多士済々のなかに混じって、私は学生服をきて、ただ黙々と酒を呑んでいるほかなかった。

こうして私は、娯楽雑誌「モダン日本」を出していた築地の新太陽社にアルバイトで勤めることになり、同社の編集部にいた吉行淳之介と知り合うことになるわけであるが、この経緯はもう何度も書いているから、くわしくは書かない。むしろ当時の銀座のことに話題をしぼろうと思う。

ある日、私は編集長から命ぜられて、たしか三原橋の交差点だったと思うが、そこの広場に立っている広告板に書かれた、笠置シヅ子の「東京ブギウギ」の歌詞を筆写しに行ったことがある。替え歌をつくるから歌詞が知りたいと編集長はいうわけだ。ぞろぞろ人通りの多い銀座のまんなかで、手帳を出して流行歌の歌詞なんか写しているのは、なんともカッコわるく、私は編集長をうらんだことをおぼえている。念のためにいうが、この編集長というのは吉行さんではない。

そのときの替え歌というのは、次のようなものである。

電車ボロボロ　レール凸凹
ガラス壊れて　あぶない
川を渡りゃ　落ちるよ
電車ボロボロ
ボロの電車は　日本の恥だ
遠い昔のあの夢（以下略）

当時はドアが急にあいて、乗客が振り落されたりするということがあって、電車にも安心して乗れないような時代だったということを頭に入れておいていただきたい。

敗戦このかた社交ダンスが猖獗《しょうけつ》をきわめ、銀座に雨後の筍のようにダンスホールが乱立したのも、この昭和二十三年ごろのことだ。そして、この当時もっとも人目をそばだたせた銀座風景の一つは、メリーゴールドのダンサーたちが野球のチームを結成、ユニフォームをきて、ビルの谷間の空き地（今では考えられないが、銀座に焼け跡の空き地があったのである）で、野球の練習をしていたことであろう。

私は会社に通う途中、キャーキャーと黄色い声をはりあげて野球をやっているダンサーたちのすがたを、一度ならず目撃したものである。

そうかと思うと、今ではなくなってしまった数寄屋橋ぎわの小公園で、踊る宗教の連中が恍惚たる無我の表情で、踊り狂っているところに私はぶつかったこともある。これも昭和二十三年夏のことだ。

新橋の烏森側に「凡十」という飲み屋があり、のちには同じ経営者が有楽町のマーケット街に「マルセーユ」という店もひらいたが、これらの店で、私は若き日の写真家の林忠彦氏や漫画家の加藤芳郎氏や、そのほか数限りないひとたちと酒を酌み交わしたものである。もっとも、まだ海のものとも山のものとも知れない若い編集者にすぎなかった私を、向うさまがおぼえていらっしゃるかどうかは、はなはだ疑わしいと申さねばならぬだろう。

「夜の会」のこと

埴谷雄高

廃墟のなかのここかしこから思いがけぬ奇怪な頭を擡《もた》げて次々と出現してきたパルチザン達は、それぞれに適わしい小グループをかたちづくって、それまで長く果たせなかった「胸の奥の暗い思い」を果たそうとしたのであった。従って、この敗戦後の一、二年ほど、それぞれの目的をもった幾つもの団体が輩出した時期はないであろう。彼等は、何度も会合して、古くから「夢想」していたと自分にも思われる或る団体をつくりあげたが、その度重なる会合自体が、すでに、「夢想」の或る程度の実現にほかならず、そして、その後の運動自体は、「殆んどつね」に出発時の予想の何十分の一の目標をも果たせなかったのである。そうした意味からいえば、廃墟からの出発時、或る団体が「数人のひとびとを集めて」つくられたこと自体のなかにこそ、私達の生がそれなしにすまされぬところの「ついに実現しがたくとも、しかも、渇望せざるを得ぬ」或る目標のかたちが表示されていたといわねばならない。

ところで、当時、狛江にいた花田清輝のもとへ岡本太郎が訪ねてきて、そして発足することになった「夜の会」について振り返ると、いま、かなり多くの仲間がすでにないことに哀惜の念なきを得ないのである。「夜の会」と「近代文学」の仲間は殆んど重なりあっていて、その二つの団体はそれぞれ他方に欠けていると思われる部分——アヴァンガルド芸術と実存主義を補いあうためにできたかのごとき「二つの団体」であったが、全体の人数が少なかったためその比率からいって、「夜の会」の会員の方がより多く亡くなった感じである。いま残っている仲間達も、いずれは、すでに去ってしまったものとして記録されるにいたるに違いないけれども、しかし、「夜の会」の半数近くがすでに亡いことには、並々ならぬ感慨なきを得ないのである。つまり、「夜の会」として数えてみると、すでに亡くなったものは、梅崎春生、椎名麟三、中野秀人、花田清輝の四人に達し、残っているのは、岡本太郎、佐々木基一、安部公房、関根弘、私の五人といった具合で、殆んど半数近くがいまはないのである。

東中野の「モナミ」が「夜の会」の常設的な会場になって一種公開の「芸術運動」がおこなわれる前は、私達それぞれの個人の家、遠い狛江村和泉の花田清輝宅やまだ青山に移る前の岡本太郎宅や吉祥寺の私の家などに集ったのであるが、或るとき、岡本太郎宅での会合に、当時日本に帰っていた「ヨーロッパ風美人」鮎沢巌令嬢が出席して、梅崎春生をすっかり驚かしたことがあった。ジュネーブ駐在の長かった鮎沢巌の娘として、その挙措、態度のすべてがすっかりヨーロッパふうになるのは当然であるけれども、岡本太郎とフランス語だけで話し、日本語で話しあっている私達を「一見」まったく無視しているふうに見えるその「新女性」の出現に、梅崎春生は野間宏、椎名麟三の「戦後文学の出現」以上にびっくりしたのである。

――へえ、日本人も随分変れるものだな。

そう感嘆して、梅崎春生は、遠い何処かの薄暗いニヒリズムの領域をぼんやり視野にいれている日頃の伏目のはしで、その「ヨーロッパ風美人」の鮎沢厳令嬢の方ばかり眺めていたが、この「新女性」たる令嬢は、そのヨーロッパ風態度に適わしく、その後、確かフランス人と結婚して向うに住んでいる筈である。

薄暗いニヒリズムがいわば一種の美徳としてすっかり身についていた梅崎春生は、論議の空しさを底の底まで知りぬいているふうに、私達の果てしない議論を斜め横から聞いていて、時折、穏当とも皮肉ともとれる短かな言葉をはさむだけで、殆んど黙っていたのであった。「夜の会」のひとびとは、喋れば喋るほど自己増幅してエネルギイがでてくる濶達な岡本太郎をはじめとして、吃《ども》り吃り「熱弁」をふるう椎名麟三にしても、巨大な問題をその巨大さに適わしい「永劫宇宙的スローテンポ」でぽつりぽつり話す野間宏にしても、神々に反抗する不敵な面魂をもちながらしかも女性的に裏返した掌で口許を抑え隠して優しく笑う花田清輝にしても、一度論議しはじめたら、どうにもとまらず、もし彼等が永生を約束された或る種の神的存在なら「永劫の議論天国」はすでに彼等がそこにいるその場自体に現出せしめられて、喋りつづけても、喋りつづけても、とうてい尽きないといったふうであったが、その真っただなかで、梅崎春生ただひとり、永劫の騒音のなかでの「覚めた単独沈黙者」のごとくに喋らなかったのである。そして、その喋らぬ事態は「モナミ」における公開の研究会においても同じであった。

花田清輝は、芸術とは芸術運動のことである、といったテーゼをもちつづけた一種天性の組織者であったから、私達議論好きが一室で夜更けまで喋りつづけている空しい事態を忽ち「社会化」して、東中野の「モナミ」を会場として、月に二回、誰でも出席して公開討論できる研究会を開くことになったのである。

「モナミ」の支配人が岡本太郎の古くからの知人であったからできたことであるが、それにしても、出席者のすべてが僅か紅茶一杯を注文しただけで数時間も粘りながら部屋を使用しつづけたということは、こういう店まで一緒に捲きこんでしまった戦後の「求めよ。そしてまた、さらに求めよ……」といった探求的気分を物語っている。

この公開研究会の最初の報告者は中野秀人で、議題は「神について」であった。ところが、そのとき討論者の一員としてその場にいた私は、何しろ最初の公開研究会でもあり、主題も、神、なので、皆が静かに聞いていたと思いこんでいたのに、報告者たる中野秀人自身はその直後、討論者達がみな真面目でなく、自分の意見に対して嘲弄的であったとして、その「神について」の最初の報告とともに、「夜の会」をやめてしまったのであった。

その後、中野秀人はキリスト教に入信したくらいだから、そのときの「神への打ちこみ方」が私達と違っていたかも知れないけれども、その会合で中野秀人の意見に嘲弄的であったものなどひとりもいなかったというのが私自身の古い記憶である。

さて、第二回は、私が「悪魔について」報告した。最初が「神について」で、つぎが「悪魔について」というのは、その主題は「夜の会」に適わしくまことに対比的であって、そのときの私の報告要旨は――嘗ては人間も神も悪魔も、すべて、未分であったけれども、次第に一元的な神が確立し、その秩序厳しい統制時代へ移るにつれて、やがて、多元的な悪魔達、その時代に生きている人間の数とまったく同数の多様な悪魔が出現することによって、私達は見違えるほど生彩あるものになり、そして、「私は悪を欲して、しかも、善をなすところのあの力の部分です」と自己紹介するメフィストフェレスの出現こそその生彩ある悪魔達の代表者の出現を示すことになった、といった内容であった。ところで、花田清輝はこうした芸術運動と組織の「真のヴェテラン的実際家」であったから、この公開研究会にも既にちゃんと、月曜書房と奈良の一出版社が資金的後ろだてとして「組織」されており、月曜書房を代表して、嘗てバスケット・ボールの選手として背の高い永田宣夫が長いテーブルの遠い右はしに腰かけ俯向きながら聞きいっていると、その反対側の左はしには、奈良の出版社の東京代表である、黒い袴をはいた総髪の「柳生連也斎」こと五味康祐がむっつりと夜の大鴉《おおがらす》のように腰かけていて、神や悪魔などとは何をちょこざいなといったふうに、こちらを睨みつけているという具合であった。

　こうして殆んど全期を通じて流会もなく珍らしいほど着実におこなわれたその研究会の記録の一部分を月曜書房が「夜の会」編『新しい芸術の探求』と題して昭和二十四年に出版している。月曜書房の編集長であった永田宣夫の頭のなかの計画では、このあとさらに同じかたちの続篇をもう一冊出す予定でそれらの原稿を整理しており、私も自分の報告に手をいれたりしたが、その続篇の方は月曜書房自体が存在しなくなったため、ついに出ず、その幾つかの原稿の類も何処へまぎれこんでしまったのか、なくなってしまったのである。

　この『新しい芸術の探求』には、岡本太郎『対極主義』、安部公房『創造のモメント』、埴谷雄高『反時代精神』、椎名麟三『人間の条件について』、花田清輝『リアリズム序説』、野間宏『実験小説論』、関根弘『社会主義リアリズムについて』、佐々木基一『フィクションについて』の八篇が収められていて、評論嫌いの梅崎春生は一回の報告もおこなわなかったことがここにも示されている。

　これらの研究会のなかで、最もエネルギッシュで異彩をはなっているのは岡本太郎の『対極主義』といえよう。だいたい岡本太郎は「世界人第×号」と何処かの世界国家事務局から名づけられていいほど、湿っぽい日本的情緒の虜になど絶対にならない超乾燥風快男子で、私は彼に会っただけで遠い宇宙の何処かから、地上のちっぽけな私達に必要な甘い酸素以上の、いわば宇宙的存在の現存に必要不可欠な、まったく未知な超高単位の「×

×元素」といったものが彼とともに「広大に、無辺に」流れこんでくるといったひどく精気溌剌たる気分に何時でもなるのであるが、と同時にまた、私は、日頃から、「好漢、惜しむらくは、その仕事がその人物ほどの高密度で全的実現されていない」と思いこんでもいるので、彼に会うと、何時もきまりきってつねに「岡本太郎分裂説」を出して彼の凄まじい憤激を呼び、果てしもなく活気ある論争になるのであった。

後年、まだ健在だった高見順をまじえての「読書人」においての気楽な放談会『夏の夜の悪魔談義』において、岡本太郎と私はこんな議論を交わしている。

「**埴谷**　それから、きみの話を聞いたり、きみの本を読むわけだな。ぼくは、きみの話を聞いたり、きみの本を読んだほうが、デモーニッシュなものを感じるんだ。ところが、きみの絵を見たら、それを感じないんだな。そういうふうにきみの印象が分裂しているということは、きみが何らかの概念に、この悪魔が大悪魔にやられているんじゃないか、抽象画という概念にやられているんじゃないか。

岡本　えらそうなことを……。（笑）つまり絵のほうは、次元が違うんだよ。きみがたどりつけないんだ、まだそこまでは。だって、一人の人間が書くものに、魔術があるとすれば——どうして、何々にあって何々にないって……。ほとけ様は、爪だって足あとだって魔力を持っているわけだよ。」

ここで岡本太郎が述べている「ほとけ様は、爪だって足あとだって魔力を持っているわけだよ」という言葉はまことに適確な至言であって、私の「岡本太郎分裂説」は暴言的極論であるけれども、どうやら会ったはじめから私の彼に対する観点はそんなふうに固定してしまっていたらしく、『対極主義』の討論でも岡本太郎と私は何時終るともしれぬ対立的議論を盛んに交わしているのであった。しかし、いくら頑固に対立して激烈な議論を交わしても、それが「しこり」の小さな根になどさっぱりならず、飽くまで北天のオーロラのごとくさらりとしているのが岡本太郎のいいところで、このように生れながらに「一種の永久自動機械性」を体内に備えている人物は吾国において珍重すべき得がたい存在であると思いながら、しかも、会えば必ず一種根源的な「対立的見解」を互いに述べあうことになってしまうのであった。

　この岡本太郎の見事なほど「世界人的志向」に支えられ充満した内的情熱と、その手先の動きが、分裂しているとすると、花田清輝はまぎれもなく、そのヴィクター・マチュアそっくりな顔が「分裂」しているのであった。彼は、眼玉をぎょろりと大きく開いて西部劇の拳銃を手先で廻してみせる勇者のように凄んでみせるのに、不意に、口許に裏返した掌をあててこれまた裾の長い白衣をきた西部の可憐な少女のように、ほほ、としとやかに笑ってみせるのであった。つまり、彼の顔は天国と地獄を共有しているのに、不思議な輝きをもったスライド写真を右から左へ動かしてみせるようにその一方の世界が顔のスクリーンに映っているときは他方の世界は闇の向うに隠れているふうで、花田清輝の最も好きな言葉を使えば、エラン・ヴィタールとフラン・ヴィタールが非平和的に見事に共存するのはまさしく彼の顔のかどばった正方形内においてなのであった。私が彼とひどく仲よくなったり、また、これまた手ひどく喧嘩したりするのは、後年、白内障になるほどの私の眼がはじめから曖昧模糊と悪く、或るときは現われた彼の顔の上半部だけ、また他の或るときは、僅かにその下半部だけを眺めていたからかもしれない。その頃の彼には——そしてまた、そこに集った私達全部には、実存主義とアヴァンガルドとコンミュニズムが三位一体ふうに完璧に統一していて、彼は、安部公房や針生一郎や武井昭夫などの十二使徒（尤もほかの使徒達が誰と誰であったか、名をつまびらかにしない）を率いて荒れた曠野を熱っぽく進んだのであるが、その長い流れが「新日本文学」だけにいま生きているのは残念である。彼が組織した運動はもっと幅広いものであったから、私達の力のあわせ方がもっと弁証法的に発展的なものであったならば、現在の「戦後派」の状況ももっと違ったものになったに違いないのである。

そのほかの異色ある報告者を挙げれば、それは椎名麟三であって、彼は吃り吃り、そして、ポケットからハンカチをだして絶えず額の汗をふきつつ、内心の暗い混沌の奥から「混沌そのもの」の言葉をひきだしてきて、「あまりに訥弁すぎる雄弁」を一語一語と押し進めてゆくのであった。彼の魂の熱烈な吐露を眼前に眺めていると、その話の内容はどうであるにせよ、とにかく彼の魂に共感し、頷かねばならぬと或る種の至上命令のごとく思われてくるのであった。もしイエスが、こうした「吃り吃り熱烈に喋る椎名麟三型」の一人物を十二使徒のなかにもっていたら、その教義の伝播のかたちもこれまたもう少し違っていたかも知れない。

赤坂溜池にあった真善美社が、廃墟から現われたパルチザン達の最初の根拠地となったことはすでに幾度も述べているが、ここに現われた月曜書房は、いってみれば、花田清輝が選んだ第二の根拠地であって、本郷三丁目へ移った真善美社が悲愴に瓦解したあとも暫らくはそれらのパルチザン達を懸命に支えていたのが月曜書房であったことは、この書房で設立した「戦後文学賞」という新しいかたちにも現われているのである。

その頃、月曜書房の事務所は、野間宏の「散歩小説」『崩解感覚』のなかにも現われてくる飯田橋の大きな前田家から神保町へすでに移っていて、いまは筑摩書房にいる野原一夫なども編集部にいるひとかどの出版社となっていたが、戦後文学の栄光を支えるべきその「戦後文学賞」も、昭和二十四年に第一回、島尾敏雄『出孤島記』、第二回に安部公房『赤い繭』と二回つづけて闇のなかに青と赤の花火をあげることができただけで、この第二の根拠地たる月曜書房もまたやがて瓦解してしまった。現在、「平林たい子賞」や「川端康成賞」の仔細が「新潮」に記載されているごとく、この「戦後文学賞」についての記事は、「近代文学」に発表され、その二回とも私が原稿を書いているが「夜の会」と「近代文学」がいわば兄弟として重なりあっていることは、この戦後文学賞の詮衡委員の名を列記すれば、花田、椎名、梅崎、野間、佐々木、私の六名になることにも示されているのである。

僅か二回しか続かなかったけれども、この「戦後文学賞」については野間宏と椎名麟三が最も熱心で、私達もまたここから何かが闇の中空にでてくるというふうに力をいれていて、そのとき多くの作品をとりあげたなかにはすでに堀田善衛も富士正晴の作品名もでてくるのである。すでに当時から隆盛であった前田建設の社長の弟が創設した出版社であるこの月曜書房は、編集を優先した「おっとりした」社風であったが、神田の月曜書房に集って私達が詮衡会議を開いていると、当時花田清輝と仲よくなった田中英光がその長身な顔を出し、こんなにみなで集っているのはうらやましいなあ、とほんとうらやましげに述べたものである。脱党した田中英光はそのときまったく孤立していたのである。その暫らくあと、数多くの党員達が「賑やか」に「一緒」に除名になった時代とはまったく違った完全な孤立の淋しい影が背の高い大男の田中英光にあったのである。

月曜書房の次第の衰頽と「夜の会」の徐々な衰頽は、精密な運動カメラのように互いにつながっているが、しかし、「夜の会」がまぎれもなく衰えはじめたときは、すでに「モナミ」での公開研究会への精勤な出席者であった針生一郎や瀬木慎一などと「夜の会」の若手である安部公房などがともに「世紀の会」を創設し、いわば若い世代に「夜の会」は或るとぎれもない継続のかたちを示してひきつがれたのであって、たとえそれが歳月とともに末細りになったとしても、花田清輝がはじめに考えた、芸術とは芸術運動のことである、というテーゼはまさしく暫らくは生きつづけたといわねばならないのである。

東京の喫茶店

戸川エマ

お酒の方の書き手はたくさんあるので、喫茶店の方をとのことで、うっかりお引受けしてしまいましたが、考えてみると、その喫茶店の方もいざとなるとちっとも知らないのに気がつきました。新聞社や放送局、映画会社に多少関係のある仕事をしているので、有楽町、銀座方面には週のうち三回くらいは出かけるのですが、喫茶店はおろか、銀座の表通りさえ通らずにあわただしく帰宅してしまう有様ですから、そんな仕事のためでなく、ごくたまに子供を連れて買物に銀座通りを歩くと、つい近くの裏通りまでは昨日も、ある時など三日も続けてきているのに、表通りが何ヵ月ぶりだろうと、新らしく出来たお店にびっくりすることがあります。ふた昔以上も前、「コロンバン」のテラスがあった頃、私たちはよく舗道に近いテーブルをかこみ、冷めたいレモンティとプティ・ソーシソンを注文して休んだものでした。知合いが何人も通り、そのうちの誰かが合流したり、風変りな人に紹介されたり、時には教室で講義をなさっている先生がフラリと入っていらして、私たちの分まで払って下さったりしたものでした。現在ＮＨＫの演劇課長の中川忠彦さんは私の同窓ですが、その頃よく銀座裏のバアで飲んでいて、御機嫌がよくなると、花売娘から買った花束を手に「コロンバンのマダムに捧げてくる」と姿を消してしまいました。

「この辺にブルドッグがいたのをおぼえていない」とたまたま連れ立っている人に話しかけても「さあ、そうですかね」と気のない返事をします。たしかに昔、現在の不二コロンバンのあるところから少し尾張町よりの表通りに、どこかで飼っているのかブルドッグがいたのです。でも無理もありません。気がついてみると私が話しかけた相手はその頃まだ生れてなかったかも知れないのです。フランソワ・ヴィヨンではないけれど、「去年《こぞ》の雪、いまいずこ」の感慨です。このように往年の銀座族はどうしているのかしらと思うのですがそのうちの何人かに偶然お目にかかるのは大変なつかしいものです。映画評論家の飯島正さんなど、今でも比較的よくお会いする方たちの一人です。先日も銀座にある外国映画の配給所で試写を見ての帰り、何となく「資生堂」でお茶を飲みました。飯島さんのお連れの若いきれいなお嬢さんと岡田真吉さんも御一緒でした。映画評論家であるヴェテランであるお二人が、今見てきたばかりの作品について感想をおっしゃっているのを、昔教室でお講義をきいた時のように神妙に伺っていると、何かうしろに視線を感じふり返ってみるとマリちゃんがにこにこ笑っていました。マリちゃんとは父の親友だった内田魯庵氏のお嬢さんで私と同じ小学校の二級下にいらした、現在は新制作派の伊勢正義夫人です。資生堂では時々昔なつかしい人たちに偶然あうことが出来ます。なつかしいといえば、このお店には、私の娘時代からいるボーイさんがたった一人残っていて、相変らずの表情であんまり年もとらず立っています。もうボーイさんと呼んでは失礼な立場なのかもしれませんが、私の方はこの人の姿を見ると、一瞬時間がさっと逆行して、何年か前の自分がいまここに来て、恋人でも待ち合わせているような錯覚におちいってしまいます。資生堂は戦前戦後を通じて、私が表通りでお茶を飲む唯一のお店のようです。時代が移っても趣向を変えるわけでもなく、物静かなサーヴィスぶりが安心していられるからだと思います。

銀座で資生堂と同じくらいよく立寄るのは「ジャーマンベーカリ」のビーコンです。どういうわけか、ここへはいつも、新聞、雑誌の編集部の方たちと一緒の時が多いので、自然「いまの映画の女主人公の立場について五枚位で」「でいつまでですの」「それが急いでましてすみませんが、明後日中に何とか」「もう一日延ばして頂けないかしら」なんて話し合いながら、私はパイを食べたり、ライ・ブレッドのサンドウィッチに辛子をきかせてムシャムシャやっています。お腹が少しすいているけれど、食事をする時間でもない時、このライ・ブレッドのサンドウィッチはちょうど手頃で、夜また仕事のあるような時大変便利なのです。まっすぐ家に帰る時は、子供たちのためお菓子を包んでもらったり、明日の朝のパンを買ったりいたします。ここはそう広くはないので、円いとまり木みたいな椅子に腰かけてコーヒーを飲む時もありますが、見ず知らずの方と隣り合わせに坐っても、不思議と窮屈でないのは、似たような人種が出入りするからでしょうか。ここのクロワッサンも私の好きなものの一つで、お店では頂きませんが、よく買って帰ります。昨年手術のため癌研に入院していた時、花や果物やその他たくさんのお見舞いをみなさまが毎日のように持ってきて下さいましたが、パンがやたらに食べたくなって困ったことがありました。そんな時従弟が手ぶらでやってきて、「何が欲しい」とききますから待っていたように「クロワッサン」と答えましたところ、すぐ出て行ってとどけてくれたのもジャーマンベーカリのクロワッサンでした。私はさっそく配膳部に朝の食事をことわってもらい、トマトジュースといちじくに牛乳をかけたのとクロワッサンにバタとチーズをつけたのを食べながら、女王さまのようにいい機嫌でした。そして、たまに入院などすると、単純なことにうれしくなり、自分が非常に素直になっているのがよく分りました。病院といえば私は入院中仕事のことを何もかも忘れて、探偵小説ばかり読んでいました。いつの間にか私につきそっていた若い看護婦さんがつりこまれたように読み始め、お隣りのベッドの老婦人まで退屈なままに私のまくらもとの一冊を手になさいました。それがガードナーか何かだったので、「いろいろな名が出てきておぼえられませんね」とおっしゃっていました。退院の日が迫ってくると、看護婦さんは、「奥さんのいらっしゃるうちに、読んでしまわなければ」といい、私も彼女も無言のまま、ベッドの上と下とで読みふけりました。退院して一週間目、外診でまた病院にきた時、私は同室の方たちに会いたくなって、自分のいた室に入っていきました。ほんのわずか二週間ばかり暮した殺風景な部屋でも、そして偶然となり合わせたベッドを並べ、これから先もう再び会うこともないかもしれない人たちでも、たまらなくなつかしいものです。私についていて下さった看護婦さんはすでに別な患者さん付になっていましたが、私の姿を見ると飛んできてくれました。その患者さんの買物で外出するという彼女を私は無理に誘って銀座の方へ歩き出しました。病院から割に近いところに「ブラジル」という名のお店があったので、始めてだったのですが入ることにしました。コーヒーとハンバーグサンドウィッチを注文しましたが、あとで人にきくと、銀座でおいしいコーヒーを飲ませる店の一つだとのことでした。トーストなどかごに入れて出すのも、ちょっと気がきいているお店でした。

　コーヒーといえば、産業経済新聞社が帝国ホテルのそばのビルディングにあった頃は、よく「アートコーヒー」に行ったものでした。当時週刊サンケイの編集長は三田文学で顔なじみの鉢木さんでしたし、婦人記者の宇佐美さんは私の学校の後輩だったので、私もよく原稿を書かせて頂いたり、銀座に出た帰りにはよくここで気軽におしゃべりをしたものです。産経が新しいビルに移ってから自然私もここのアートコーヒーには行かなくなりましたが、東京駅構内のアートコーヒーには買物で疲れた時など立ち寄ります。去年の暮「暮しの手帖」社から卓上でひける可愛らしい小型のコーヒー挽きを贈って頂いてから、私はよくこのお店でコーヒーの豆を買って帰ります。私はコーヒー通でないどころか、一日のうちそうたくさん飲めないたちなので、お店で飲むより近頃はもっぱらこのコーヒー挽きで子供たちと飲むのが一番おいしいと思っています。

話がお菓子のことになりますけれど、私は和菓子より洋菓子、それもいい材料をたっぷり使って、香料のきいたクッキーが好きなので、それを知っている神戸のお嬢さんが上京の度、「ユーハイム」のお菓子をわざわざ持ってきて下さっていました。先日も久しぶりに東京に出ていらして、うちまで寄って下さった時「ユーハイムも東京にお店が出来てしまって、持ってくるものがなくなりました。それで今日はこれを持ってきたのですが、まさか東京にきてはいないでしょうね」といって出されたのは「ヒロタ」のエッフェルという軽いウエハースのようなお菓子でした。すべての名物が東京に集まるのは便利なことは便利なのですが、ちょっと味けない思いがすることもあるものです。そこの土地にしかないものを、はるばる持って来て頂くのは、たとえそれがごぼうのつけ物でもうれしいものですし、都電を乗りかえたりして小さなお店で買って手土産にする気持も一層心がこもるような気がするものです。私の好きな名古屋の守口大根も京都のすぐきも名店街で買えるようになってから、味が落ちたように思うのは気のせいなのでしょうか。そうはいっても銀座に「ユーハイム」が開店したことはうれしいことでした。開店して間もない頃、ある会の帰り中里恒子さんと飯沢匡さんと三人で二階の喫茶室に上って行きました。ここのバウムクーヘンは余程粉そのものを吟味しているのか一番おいしいと思います。甘いお菓子が欲しくない時はミートパイを注文する手もあります。

またクッキーのことになりますが、どんなにおいしいと思っても飽きるもので、「和泉や」、コロンバン、「柏水堂」、「ボン・マルシェ」、「クローバー」とそれぞれ特色のある味も、慣れてしまうとたのしみがなくなります。つい先日のこと、避暑地の友達のうちで大変おいしいクッキーを御馳走になりました。箱には何も書いてないし、どこのか見当がつきませんでしたら、「自由学園」でやいている上等のクッキーとのことでした。その時友達の一人が「どこそこのお店のこれはこういう味と知ってしまうと興味がなくなるので、これどんな味かしらと一つ一つ口に入れてみるのがうれしいのね」といいましたが、味に飽きるというより、「これどんな味かしら」という期待がたのしいというのがほんとうなのでしょう。ですから個人の家庭のコックさんやお料理の上手な奥さんがデザートにやいて出して下さるホーム・メードのお菓子が「こんなおいしいもの近頃食べたことない」と思わせるのは、やはり思いがけない味に舌が満足するからなのだと思います。

　銀座に出た帰り、私は少し遠くても新橋まで歩いて永福町行のバスに乗って帰ることにしています。階段を上ったり下りたりする手間もないし、バスはわずか三十五分でうちのすぐそばに止まるからです。タクシーなら小型で三百五十円のところを、自動車と同じ道を通って三十五円ですみます。その途中ふと降りたくなるのが六本木で、理由は二つあるのですが、その一つはクローバーがあるからです。何という名か忘れましたが、うすい小さなのとチーズの味のするクッキーは好きなものの一つですが、マロン・グラッセもよくおつかいものにいたします。味ばかりでなくここのお店の魅力は包み紙が大層きれいだからです。娘もこの包み紙だと、よく教科書のカヴァーにしています。お菓子売場の横にお茶を飲むところがあって、女同士気軽く好きなお菓子をお皿にとってもらい、おしゃべりをするのにまことに気のおけないお店です。

ユーハイムといいクローバーといい、私が行く喫茶店はどうもお菓子のお店が多いことになりますが、私としては妙に暗くして気分を出したような店や、まるで汽車にでも乗っているようなアヴェック席のある店、そうかと思うともったいぶったクラシックの音楽が鳴っている店、ジャズ喫茶などより、明るい気取ってない店が性に合っているからなのでしょう。

さて六本木で降りたくなるもう一つの理由は、交叉点を三河台町の方に後藤花店の前を通って少し行くと、うっかりしていると通りすぎてしまうほど小さな店があるからなのです。「ルバイヤット」と書いてある喫茶店なのですが、まずここにお客様が入っていることはあまりありません。では誰もいないのかというと、そうではなく、つまりお金をちゃんと払ってコーヒーなり紅茶を飲んでいるお客様は少ないということなので、年中いろいろの人で賑わっている不思議なお店です。御主人は文学座の俳優青野さんで、その夫人（夫人という概念からはおよそかけはなれた万年いたずら小僧といった方がいい）が私の年下の友達で、というか一の乾《こ》分みたいな人で、「エマ先生、お茶漬け食べたくなったら、いらっしゃいよ」という間柄なのです。何か教えたわけでもないのに彼女はどういうわけか先生と呼びます。時間がポカリとあいてしまって、家へ帰るのも面倒なような時、ふらりと入って行くと、御主人夫婦が留守でも、万事心得ている気のいいカメさんというお手伝いの方とスピッツが大歓迎してくれます。カメさんはどんな時でもにこにこしていて「先生、今日はおいしいコブとお好きな干物がありますよ」といった具合なのですから、寄りたくなるわけです。青野さんがいらっしゃると、少しどもりながら「芥川さんが、杉村さんが、長岡の輝ちゃんが……」と文学座のけいこの話などしながらコーヒーをいれて下さいます。お店でコーヒーを飲んだのですから、ちゃんとお勘定を払うべきなのですが、何だか失礼のような気がして、私はいつもありがたく頂だいしていますが、青野夫人は「ちっとも失礼じゃないよ、払ってくれよ」と内心思っているのかも知れません。ここは俳優座も近いので、演劇人の出入りも多いし、若い絵描きさんの顔もよく見られます。二葉あき子さんに始めてお目にかかったのもここだったのではないでしょうか。彼女が音楽会で「ミラボー橋」を歌うことになり、鈴木力衛さんも交え夜おそくまで、私たちは「……クール・ラ・セーヌ」と歌った時もありました。青野さんの生家はそこから近い三河台町にある老舗「青野」だと分れば、コーヒーをただで飲まれても平気でいられることがうなずかれることと思います。但しちゃんとお金を払っているお客様もあることを念のため書きそえておきます。

和菓子があまり好きでない私でも、たまに一口食べたくなる時があるもので、そんな時はルバイヤットから足をのばして御本家に行って、お店の奥の喫茶部で、お煎《せん》茶を頂きながら一つつまみます。近年売り出されたものの中に「つれづれ」と星野立子さんが書かれたくさ色の帯をとって紙包みを開くと、小さな和菓子が三色出てくるのがあります。長岡輝子さんが洋菓子のプチ・フールにたとえパンフレットに書いていらっしゃいますが、一つでは多いけれど、ちょっと甘いものが食べたい時に、この思いつきはまことに気がきいています。

燈台下暗しといいますが、つとめ先が神田にあるのに、最近まで知らずにいて、なんと葉山に住む友達に教えられたのが、駿河台下美津濃運動具店の向いにある「エス・ワイル」というお店です。ここもお菓子を売る店ですが、暑くて食欲のない時でも、レモン・ティにババロアなら食べてみようという気になります。先日もここで森茉莉さんにお会いしました。森さんも人からきいて本屋へくるとここへ寄るのだといっていらっしゃいました。私の友達で長く病床にある人も、ここのマドレーヌというお菓子がおいしかったといっています。このお店のようにまだ私の知らない喫茶店が広い東京に数限りなくあることでしょう。

このような原稿を依頼されたのをきっかけにして、これから行く先々で思いがけない店を発見してみようというたのしみがふえました。

喫茶店・ラドリオ

伊達得夫

神田でただ一つ、鋪装されていない道路がある。神田神保町ともなれば、倉庫と豆腐屋しかない小路でもちゃんと鋪装されているのだ。なのに、その露地だけは忘れられている。区役所の土地台帳から落ちているのかも知れぬ。そしてこの露地を忘れているのは区役所だけではない。太陽もまた、この露地を忘れて地球をめぐる。

ある日、二人の高校生がこの露地で喧嘩をしていたことがある。肩からカバンをはずして、胸ぐらをとり合った。帽子がとんだ。服を泥だらけにして、壮烈になぐり合った。

またある日、あわただしくここに駆けこんだ少年が、あたりを見まわしながら、尻をまくってウンコをしていたことがある。かれが使用した紙きれは露地を吹きぬける風にころがっていった。

そのようなことが、特にこの露地をえらんで行われるのは、ここが鋪装されていないことと密接につながりがあるのではないか。

喫茶店ラドリオは、この露地に沿っている。ラドリオだけではない。ミロンガという店もグレースという店も、やはりこの幅一間、長さ一町ほどの、この露地にある。それぞれのローマ文字の軒燈は異国風な雰囲気をつくっているが、しかし、もはや誰も、その異国風にだまされはしない。

ぼくはラドリオの椅子に毎日三時間くらいは腰をおろしている。ぼくに向い合っている人は、毎日違うのだ。ぼくのオフィスもまたこの露地にあって、そこがあまりにも狭いので、応接室として、ラドリオを利用しないわけにはいかない。そして出版などというものは、人と応接するのが最大の仕事だろう。コーヒーを啜り、煙草をふかし、かわりばんこにトイレットに行ったりしながら、ぼくは相手の話を聞いている。相手は殆ど若い詩人たちである。

「大恋愛をしてるんだ」とAがいう。

「恋愛に大小があるのかね」とぼくがいう。「あるんだ。ぼくのが世紀の大恋愛といったようなもんですよ」

けれども、その大恋愛は成功しなかった。「無理しないがいいナ」とぼくは言ったが、やがてかれは致死量の催眠剤を飲んだ。それから一月ほど後、ぼくたちはまたラドリオで対坐していた。「のんだんだ。ところが生きかえっちゃった。くすりなんて、ダメなもんですよ」「いよいよ飲もうとしたときはいい気持でしたねえ。サッパリしちゃって。あんないい気持って無いナ」

Bはいう。「ね、別れ話つけてくれないかな。ほんとに恩に着るよ」「何故さ」「ひどいんだよ。身から出た錆だけどさ。あ、コーヒー代ぼくが出すよ」

CはDはEはFは……。

わざわざ、ぼくの前で逢いびきする者もいる。恋人が来ると、そそくさと立ち上る。そして、翌日、ぼくはその夜の経過を逐一聞かされるのだ。「ホテルを出たら雪なんだ。一めんに真白！　よかったなあ」

ぼくが始めて喫茶店というものに入ったのは中学生のときだった。ぼくは悪友とおそるおそるガラスのドアを押した。「未成年者お断り」の貼紙があった。籐の椅子が並んでいた。ぼくたちはそこでタバコの練習をした。銀色の表紙の『悪の華』が、『英単語一〇〇〇語集成』とともに、ぼくの風呂敷に包まれていた。無限の未来がペンキぬりのその店をとおして、ぼくの裡にえがかれた。

兵隊になってぼくはシナ大陸へおくられた。風と砂漠の邑ですさまじい体験をしたあと、一年ぶりで中支の都会に出たとき、行軍の隊伍の中から、ぼくはちらと町並の喫茶店に目をやった。ぼくの肩には小銃があり、背には背嚢があった。しかしそれらのどれよりも重く、思い出がいっせいにぼくの胸をおさえつけた。その喫茶店に入ったわけではない。ただちらりとシナ人の店の間に《MORINAGA・TEA・ROOM》の看板を見ただけなのに。

おそらくは何百という数の喫茶店に出入したであろうけれど、ぼくに最も強烈な記憶となったのは、この二つの店だ。そして、三つめが、ラドリオ。コーヒーよりもにがくジュースよりも甘い物語をぼくはここで日ごと味わいつづける……。

そして外に出るともう露地は夕ぐれ。中学生のころ学帽をオーバーの裏にかくして喫茶店を出たときの感動を追憶させるほどの、淡いむなしい疲れが、そのときのぼくにひろがる。

新宿＝風月堂

山崎朋子

〈民族の社会主義革命的な統一〉の運動に生きた朝鮮民族の一青年との結婚生活とそれへの別れとをもって、読者は、わたしの生涯のひとつのドラマが終わったと見て、さて、〈第二の人生〉がどのように始まるのか——と思われるにちがいない。たしかに、わたしと光澤《グアンテク》さんとの交渉は絶えたのだから、ドラマは終わったと見なくてはならないのだろう。

しかし、わたしが光澤さんの許《もと》を去ったのは、彼を嫌《いや》になったからではなく、〈わたしの選んだ人〉である〈彼〉の〈人生〉を全《まっと》うさせてやりたいがためであった。とすれば、現実における関係は絶えても、わたしの彼にたいする人間的信頼と愛情は変わっていないのであり、その意味では、わたしに、光澤さんを完全に消去しての〈第二の人生〉などというものはないのだ。わたしに〈第二の人生〉が考えられるとすれば、それは、光澤さんとの関係によって得た人間的・思想的な根柢をさらに深められるような方向、および人間的な結び附きにおいてだけなのである。

そして、そういう〈第二の人生〉の端緒をわたしがつかんだのは、しばらくの後、新宿の喫茶店〈風月堂〉を介してであった——

東京＝新宿の〈風月堂〉、一九七三年の夏に閉店したからその後の世代は知っていないが、一九五〇年代から七〇年代初めまでの東京山ノ手の知識人層、取りわけ文学・美術・音楽・演劇・舞踊・放送・デザイン・ジャーナリズムなどの仕事にたずさわる男女でこの店に一度も足を踏み入れなかったという人は、おそらくひとりもいないだろう——というふうに言われている喫茶店。新宿＝三越デパートの裏手、新宿駅東口を出て、いわゆる新宿通りではなくて少し西寄りの柳並木の新宿中央通りを追分口に向かって三分程歩くと、右側に、前面総ガラス張りのスマートな店があった。そしてこの〈風月堂〉は、一、二階を吹き抜け造りにした当時としてはウルトラ・モダンな店内で、名曲のコンサートを催し、壁面では美術展をおこなって、その文化性が人を惹きつけていたのである。

わたしはというと、光澤さんの許を去り、移り住んだ新宿の借間で火事に遭い、放火犯人と疑われ、ようやく疑い晴れて、知人＝笠井礼子さんの代々木八幡駅に近い間借り部屋へ転《ころ》がりこむことが出来たところだった。〈プロヴァンス〉という喫茶店でウェイトレスをしていたが、ある日〈風月堂〉の前を通りかかってその瀟洒《しょうしゃ》なスタイルに気持を引かれ、数日後にまた通りかかると、表のガラス壁に、「女店員求めます」の張り紙が。

思わず知らずガラスのドアを押したわたしは、数日後には、もう、黒いワンピースの制服を着て、〈風月堂〉で立ち働いていたのだった。

〈風月堂〉の経営者は横山五郎という人で、深い文化的教養の持ち主で、集めたクラシック音楽のレコード五千枚、名だたる美術家の油絵や彫刻のコレクションも凄いもので、美術館をひとつつくれる程であるとか。そのレコードを常に流し、油絵や彫刻を掛けていたので、〈風月堂〉には、文化的・芸術的な雰囲気が流れていたのである。なお、いまひとつ、横山氏は働く人たちの自由を尊重し時間的に縛りつけるようなことをしなかったため、ウェイターにもウェイトレスにも俳優や歌手志望の若い人たちが増えた。そしてそういう職業の志望者には面立《おもだち》の美しい人が多く、そのことも、この店を華やかなものにしていたのではなかったろうか。

ウェイターやウェイトレスで一等多かったのは、秋田雨雀《うじゃく》が学長をつとめていた舞台芸術学院に通っている人たちであったと思う。レジスターの係をしていたのは、職場演劇から現れた劇作家、戯曲「島」で注目されていた堀田清美氏の夫人、小柄で美しい女性だった。ウェイトレス仲間として、やや大柄で整った顔をした西章子さんがいたが、この人は、すでに舞台芸術学院を出て〈舞芸座〉という劇団に所属されていたような気がする。そして、わたしとほとんど入れ違うように入って来た人に上甲《じょうこう》まち子さんがあり、今では劇団〈青年劇場〉の看板女優、先だっても、日本国憲法創造のドラマ「真珠の首飾り」でヒロイン役をつとめておられた。

こうした俳優志望・歌手志望の若い男女に立ち混じっていると、わたしには、光澤さんとの暮らしのあいだも決して放棄したのではなかった演劇への思いが、促々《そくそく》として甦えって来た。そこで、ふたたびスタニスラフスキーの本を手に取り、光澤さん、ロシア語の家庭教師として出逢いながら遂に彼からは教えてもらえなかったロシア語を学ぶため、代々木の日ソ学院（現＝東京ロシア語学院）へ通いはじめたりしたのだったが——〈風月堂〉に働く人たちのことを先に記してしまったが、それでは、この店の客はというと、大まかに見てふたつあった。第一は、この店を音楽と美術を楽しめる休憩的空間と見て〈個人〉的に通って来る人、第二は、同人誌や各種の会の連絡や交友のため〈グループ〉で集まる人たち。

ウェイトレスとして働いていたわたしからして、記憶に残っている第一のタイプの客は、たとえば松山樹子《みきこ》氏や岡本太郎氏。松山氏の場合、ドアを押して入って来られるその歩き方からして独得で、「あ、この方、バレエを為《な》さる方」——と分かったし、岡本太郎氏にあっては、その眼と話し方とゼスチュアとが何ともユニークであったので。三國連太郎氏も、銀座を歩いていたところをそのままスカウトされて映画俳優になったというだけあって、精悍な風貌の目立つ人だった。

また、数杯のコーヒーでほとんど一日じゅう粘《ねば》っているジャン＝ルイ・バロー（フランスの俳優）に凄味を加えたような長身の青年がいたが、間もなく映画に出るようになって、天本英世がその名だった。そして近年、経営者＝横山五郎夫人の邦江さんより聞いたところでは、今の天皇も、学習院大学に通っていた青春期、ウェイトレスのひとり、銀行員の娘でたいそう美しかった前野《さきの》さんという女性を目当てに、お忍びでしばしば通って来ていたということである。

　そしてその第二のタイプ、同人誌や各種の会の連絡・交友のために集まっていた人たちはというと、それは数えきれぬ程あっただろうが、わたしとしては、その典型を、〈木曜会〉という一グループに見るほかない。わたしの再婚の相手である上《かみ》笙一郎が加わっていた故に情報をキャッチ出来たのだが、この〈木曜会〉は、当時、一九五〇年代後半期における若い世代の文学＝芸術のムーヴメント、幾つものサークルの代表的な青年が毎週の木曜日の夜〈風月堂〉に顔を合わせて、連絡を取るというものだった。

　この〈木曜会〉に出ていた青年たちは、当時は貧しく無名であったこと勿論だが、その中に、後年、文学分野でユニークな活躍をした人たちがいたのである。――たとえば、堀川正美（詩人）・山田正弘（詩人・脚本家）・水橋晋（詩人）・江森國友（詩人）・三木卓（詩人・小説家）・山口洋子（詩人）・伊藤聚（詩人）・寺山修司（詩人・劇作家）・若林一郎（児童演劇作家）・大沢郁夫（演出家）・原宏（フランス文学者）・李《イ》丞玉《スンオク》（朝鮮文学者）・加藤平八（中国文学翻訳家）・北川幸比古（詩人・童話作家）・林光（作曲家）・上笙一郎（児童文化評論家）……といったふうに。

　上の話によれば、彼の属した〈木曜会〉は毎週木曜日の夜〈風月堂〉に集まっていたのだが、一夜、「木曜会に電話です」のアナウンスがあり、電話器のところへ行ってみると、上のほかに数人の人が来ていたという。すなわち、〈風月堂〉に木曜日を定めて集まるグループが幾つもあったということであり、それを木曜以外の他の曜日にも及ぼすなら、〈風月堂〉にはどれ程の文化的なひろがりがあったか分からないということになるのであるが——

こうした多くの客のなかに、わたしの眼に、少し風変わりに映った青年がいた。毎週木曜日の夜かならず仲間と一緒に来る人で、世に言う中肉中背で細面《ほそおもて》、正直そうな眼をしており、時に洋服地でつくった着物や浴衣《ゆかた》姿で現れるので、わたしの見当では、医師か教師の御曹子《おんぞうし》かと。そしてこの青年がわたしに風変わりと印象されたのは、手に持っている本が、かならず古い童話の本——しかも、わたしが子どもの時に読んだ小川未明の『赤いガラスの宮殿』であったり浜田広介の『龍の目の涙』（一九四一年・フタバ書院成光館）であったりしたからである。

大学を出て教養もあるらしいのに、小説ではなく子どものために書かれた童話を読むというのが、その時のわたしには不思議に思えた。その青年が、わたしが小学校四年生のとき読んだ小川未明の『鳩とりんご』（一九四〇年・新潮社）を手にして現れた折には、懐かしさから声をかけてしまいそうになったが、〈風月堂〉ではウェイターもウェイトレスも客との会話を禁じられていたため、思いとどまった。そしてその青年との関係は、

「何になさいますか？」

「――えーと、ホットコーヒー」

といった遣り取りだけで終わったのである。

しかし、この童話本の記憶は、新たな出会いへの伏線であった――としなくてはならない。一年近く経ったとき、写真家の人たちからモデルになってほしいと誘引され、そのために会話したことを咎《とが》められてわたしは〈風月堂〉をやめる破目に。わたしはウェイトレスの勤めを中野の喫茶店〈ロン〉に移し、そこで知り合った男から顔を傷つけられたことは、すでに詳しく記したところである――

さて、顔に傷を受けての後のわたしはというと、生計のためにふたたび〈ロン〉に勤め、演劇への望みの断たれたことを自覚して、新たな道を求めなくてはならないと思った。そして、顔の傷痕にこだわる心を抑えに抑えて、日ソ学院に通い、愛読しはじめていた作家ロマン・ロランを研究する会などに出席するように努めていたのだった。

そうして数箇月が経ち、確か一九五八（昭和三十三）年の九月中旬か下旬の夜のことだった。神楽坂でおこなわれたロマン・ロラン研究会の果てたあと、わたしは、その研究会のリーダーだった蜷川《にながわ》譲《ゆずる》氏と兵藤《ひょうどう》正之助氏に誘われるまま、新宿駅西口に密集する庶民的歓楽街の焼鳥屋の二階へ行き、ロラン論の続きに耳をかたむけていたのである。

一時間経ったのだろうか、二時間が経ったのだろうか、ふと眼を上げると、少し離れたテーブルでわたしに向かって手を挙げる人の姿が。見ると、三、四人のグループのなかのその人は、〈風月堂〉で童話の本ばかり読んでいた青年である。わたしも、思わず手を挙げてしまっていた——

それから更に一時間くらい。わたしたちのグループの方が先に帰ることになったので、わたしは童話本青年のところへ足を運び、初めて〈個人〉同士としての挨拶を交わした。そして、彼＝童話本青年は一枚の名刺をわたしに呉《く》れたが、そこには、「上《かみ》笙一郎」と刷られてあったのであった。

数日ののち、その上笙一郎からわたし宛ての手紙が届いたところからすると、わたしも彼に姓名とアドレスを教えたのだろう。数通の手紙の遣り取りを経てわたしは彼と会ってみたが、真っ直ぐに物を見、他人と争ったり陥《おとしい》れたりする性向の人ではないとの印象しか得られなかった。

そのうち、彼から、「家へ遊びに来ませんか」という手紙。案内に従って池袋駅から東上線に乗り四つめの駅＝中板橋で下車、江戸時代から庶民の信仰を集めているという轡《くつわ》神社近くに彼の住居を訪ね当ててみたら、その家は、医院でもなければ教師らしい雰囲気の住宅でもなく、小さくて貧しい印象の自転車屋であった。

わたしの交際している人は〈上笙一郎〉であるのに、その家である自転車屋の看板が〈山崎自転車店〉と書かれているのは何故だろう。店に隣る茶の間に通され、彼の父と母

にも引き合わされ、雑談のなかで訊《き》いてみると、

「わたしは、二十歳《はたち》の春から小学館や学習研究社などの児童雑誌や教育雑誌への売文で暮らしていて、そのための筆名が〈上笙一郎〉。本名は〈山崎健寿《けんじゅ》〉というんだけれど、この名は、家族と親戚と十代までの友達しか知らないですね」

との答えである。追いかけて、

「あら、そうでしたの。〈上笙一郎〉って、すっきりして良い名前だと思いますけど、どうしてそういう姓と名を選んだのかしら？」

と尋ねたところ、返事は、

「笙《しょう》の音を聞かれたことがありますか、立ち昇るような幽玄な音。それを好きなので〈笙〉の字を名前に使い、笙にちなんで〈上〉という姓を選んだのです。上《うえ》または上《かみ》という姓、少ないけれど有るんです――奈良時代からつづいている楽官の家の姓で、一文字なのは、元来が中国からの渡来人だからですね」

ひとしきり父母とお茶を飲み、それから彼の寝起きしているという裏手の六畳間へ連れて行かれたが、驚いたのは、壁面がすべて書物で埋まっていたことだった。林檎《りんご》箱に紙を張ったのを積み重ね、その中へ二重に本を収めてある。奥の列の本の背は見えないが前の列のそれは見えるので、ざっと視線を走らせてみると、童話があり小説があり教育書があったが、それよりも多かったのが社会主義と労働問題に関する本だった。

そして更に意外だったのは、女性史というか女性問題というか、その関係の書物がずらりと並んでいたことである。しかも、平塚らいてうの第一評論集で発売禁止処分を受けた『円窓より』（一九一三年・東雲堂書店）をはじめとして、山川菊栄の『女の立場から』（一九一九年・三田書房）や『伊藤野枝全集』（一九二五年・大杉栄全集刊行会）といったふうに、いわゆる稀覯《きこう》的な資料に属した本が沢山にあるのだ。

この童話青年のところに、一体、どうして、このような本が集まっているのであろう。若《も》しかしたら、この青年に姉がいて、その人が女性問題に心を寄せて買い求めたのでは？

しかし、わたしの疑問に答えて彼の言ったのは、

「わたしには、兄や弟がいるだけで、女きょうだいはありません。これらの本は、みんな、わたしが買い集めたんです」

そして、童話や童謡の批評・研究を目的にしているあなたが何故《なにゆえ》にこのような本に興味を持つのかとのわたしの問いに、彼は、おおよそ次のように答えたのである——

「わたしはですね、貧乏な家に生まれて育ったから、労働者や農民の解放を望む社会主義の思想に立たざるを得ません。労働者と農民、〈持たざる階級・虐げられた階級〉です。〈子ども〉は、〈階級〉ではなくて〈特殊な階層〉と見るべきでしょうが、〈虐げられている〉という点では労働者や農民とおんなじです。〈女性〉もまた〈特殊な階層〉で、〈虐げられている〉こと言うまでもないですよ、ね。そういう訳で、わたしは、社会主義の立場

に立つ正にその故に、〈子どもの文学〉である童話や童謡の批評・研究に手を染めているんです。女性史の研究も、少しずつ為《や》って行きたいと思っているのですが――」

この訪問を最初として、わたしは、しばしば上笙一郎さんの家を訪れるようになった。上さんに会い、本を借りるという用事もあったが、また、山崎自転車店の茶の間の庶民的なあたたかさが好もしくなってしまったからでもあった――と言わなくてはならない。

上さんの父＝山崎恒一さんは、一九〇四（明治三十七）年に埼玉県入間郡加治村（現＝飯能市）の農鍛冶の家に生まれ、尋常小学校を出て蒸籠《せいろう》作りの職人となったが、戦後期、昔ながらの蒸籠を使う人がいなくなってしまい、自転車屋になったという人。一方、母親の土屋たいさんは、一八九七（明治三十）年に埼玉県入間郡原市場村（現＝飯能市）に双生児のひとりとして生まれ、高等小学校を終えたあと東京で〈女中奉公〉をし、苦労ののち山崎恒一さんと結ばれ、五人の男の子を生み育てたという女性。

五人の子のある夫婦なのに姓が違うのは、勿論、婚姻届を出していないからである。ふたりが一緒になった頃、家族制度に立った民法は〈家の跡継ぎ同士〉の結婚を許しておらず、恒一さんは山崎家の長男、たいさんは末娘だったが土屋家の跡継ぎとなっていて、婚姻届を受理してもらえなかった。戦後の新民法ではそのような制約はなくなったわけだが、しかし、たいさんは届を出さず、出さなかったのは、

「たかが紙っぺら一枚で名字を変えられてしまうのは、自分が自分でなくなってしまうよ

うで、嫌なこった」

という理由からである由。

五十年を連れ添うたのに別姓をとおしたこの夫婦は、妻の方が夫より七歳年上で、その日常生活を見ていると、一方が上位に立ち一方が下位にあるという関係でなく、ほぼ対等と感じられたのである。たとえば恒一さんは、些事でも独断では運ばずたいさんに相談したし、台所に立つ男性などなかった頃なのに、安い魚や野菜などを見かければ求めて来て、口笛吹きながらそれを調理したりしていた。

生活は決して豊かとは言えないけれど、しかし男性上位＝女性下位でなく両者が対等に生きている家庭、わたしが上さんの家の茶の間をあたたかく感じたのは、おそらくそれ故《ゆえ》であったろう。そしてそういう男女対等の感覚は、その茶の間で育った上さんにも、備わっているように思えたのだったが――

忘れられないのは、わたしが上さんの家を訪問すると約束しながら、急用が出来て行けなくなった日のことである。電話のない頃なので、わたしは上さんに、

〈カゼヒイテ　ユケヌ　オオハタ〉

と、電報を打った。

すると彼は、わたしが風邪を引いて寝ていると信じて、板橋から代々木八幡の街まで見舞いに来てくれたのである。ところが、風邪で寝ているはずのわたしは居らず。夜、わた

しが帰室すると、大家であるパン屋の小母《おば》さんが、「空色の着物の青年が訪ねて来て、これを置いて行きましたよ」と言って、ささやかな花束を手渡してくれた。見ると、花のあいだに上さんの名刺がはさんであり、その裏に、鉛筆で次のように走り書いてあったのである――

〈どこ吹く風ぞ！〉

わたしは、あの、純真であまり気の利きそうにない上さんにこういうユーモアのセンスもあるのだと感じて、少しばかり嬉しくなった。そうして、またも電報で、

〈ハナカゼニサマヨウ　トモコ〉

と、返信を。

後に彼から聞いたところでは、わたしの送信した〈カゼヒイテユケヌ〉と花束に附けた上さんの〈どこ吹く風ぞ！〉の返事を踏まえてのこの電文に、あ、この女性、当意即妙の才智も持ち合わせている人なんだ――と、認識を新たにさせられたという。そしてこんな小さな出来事も、後で思えば、わたしと上さんとを結びつける一役を果たしていたのであった。

それは兎に角として、知り合ってより半年ほど後の一九五九（昭和三十四）年の二月、わたしは、上笙一郎さんからプロポーズされた。しかしその結婚申し込みの言葉は、常識からずいぶんと掛け離れたものであった――

昔はひとりで……

野呂邦暢

いまの妻とは喫茶店で知りあった。

繁華街の十字路に面した洋菓子店の二階にある小さな店である。

短大にはいった年の夏休みを利用してウェイトレスをしていた。はじめてのアルバイトである。バスで半時間ほどかかる隣町に本店があった。住んでいる所が本店のある町であった。そこで採用されて支店のある私の町へやって来たということだ。

暑い日がつづいた。

当時もいまも、私が書きものをするのは昼間である。夏は蒸し風呂と変わりがなくなる自分の部屋では一行も書けなかった。その喫茶店へゆけば冷房がきいているので、朝から原稿用紙などを持って出かけるのが私の習慣だった。

毎日かようあいだにお互いふたことみことずつ口をききあうようになった。

長崎のＫという短大の学生であること、アルバイトは二週間かぎりであること、郷里は九州西北のある港町であること、給料を旅行にあてるつもりでいることなど、たったそれだけのことをきき出すのに一週間かかった。アルバイトにしろ正規の従業員にしろ、私は喫茶店で働く女性と話すことはそれまでにあまりなかった。

初対面の折りから気持が動いたのかも知れないが、まさか結婚するようになろうとはそのときは思わなかった。私は二十代の終わりだった。アルバイトのウェイトレスとは十歳以上もとしが離れていた。小説を二、三作、発表したきりで、家庭教師のごとき仕事をして収入を得ていた。あれやこれやで人なみに結婚することは考えの外にあった。いい小説を書きたいという願いはあっても、安定した収入を保証するものはどこにもなかった。独身主義を看板にしていたわけではないけれども世間一般によくある平凡な生活は自分には縁がないと、なんとなく信じこんでいたようだ。

喫茶店へ昼間ごぶさたしたときは夜、出かけた。一日に二回、日によっては三回、顔を出すこともあった。おもて向きは原稿書きが口実だったが実際はどうか怪しいものだ。やたらにコーヒーばかり飲んでだぶつく胃をもてあましていたのが実情である。

午後八時が閉店時刻であったと思う。地方都市では夜が早く、町はすぐに暗くなる。通りに面したガラス壁にウェイトレスの姿が映っていた。私は外を眺めるふりをしてぼんやりと女に見入っていた。アルバイトが翌日で終わることにそのとき気づいた。来年も同じ店にやって来るとは考えられなかった。私は予定している旅行はどこなのかときいた。客はほとんど居なかった。かねを払って喫茶店を出たとき、二度と会うことはないだろうと思った。

もうすぐ夏休みが終わるというころ、その喫茶店で偶然、女と再会した。旅行に行きはしたものの宿題である西洋美術史のリポートが気になってろくに風景も目にはいらなかったといった。ルネッサンス期のなんとかいう画家をとりあげて、原稿用紙に十枚ほど書かなければならないという。

家庭教師として大学生のリポート代作にも私ははげんでいたから、女子学生の宿題なぞお安いご用というものだった。コーヒー一杯と引きかえにそのリポートをでっちあげて渡した。苦心の代作がどんな評価を教師からうけたものか私は聞いていない。

次に顔を合わせたのは年が明けてからである。私の貸した本を返すために洋菓子店の二階で会った。

母親といっしょだった。その年に会ったのはこの一回きりであった。国鉄につとめている父親は隣町から数時間かかる田舎へ転勤することになった。会う機会がないのは当然といえる。

結婚することをまじめに考え始めたのは、その次の年であったような気がする。

収入がふえて、女ひとりを養うあてが出来たというのではない。事実はむしろその反対で、小説はいっこうにものにならなかった。年にせいぜい一、二作というところである。かねについていえば、家庭教師をつづけているかぎり、ひとりでくらすぶんには困らなかった。時間もかねも誰に気がねする必要もなく使うことができた。小説を書けないわけはもしかしたらそんな所にあるのではないかと私は考えた。拘束のない気楽さがかえって私の生活を貧しいものにしているとようやく気づいた。そうかといって女子学生と簡単に結婚できるものではなかった。当たり前だが、先方の両親は反対した。どこの馬の骨ともわからぬ作家志願者にひとり娘をやれはしない。定収入もない男が結婚したがっていると子供から聞いて、親はさぞ愕然としたことだろう。

それまで会って話をしたのは数えるほどしかなかった。月に何度かのわりで会うようになったのは三年目である。結局、両親も娘の気持ちをかえることはできなかった。私が父親に会いに行ったのは四年目だ。当たりさわりのない世間話をしただけで終わった。経済的に将来をあやぶみながらも定年間近の国鉄職員としては小説家の内情がどういうものかさっぱり見当がつかないのだった。娘についても同じことがいえた。当人は作家には出版社が毎月、給料のごときものを支払うと思いこんでいたふしがある。所帯を持ってみてそうでないことを知り、妻はびっくりした。配偶者がそんなふうに考えていたことを知って、私の方もびっくりしたのだから世話はない。

絵を洗う

洲之内　徹

お酉さまの晩、浅草の田原町から三の輪の方へ行く、数年前まで都電の通っていたあの道筋にはどんな露店が並んでいるか。自分の観察力と記憶力をテストしてみるつもりで思い出してみると、まず切山椒と八つ頭、これはお酉さまにはつきものだから、ぜったいまちがいない。それから金太郎飴、あるいは桃太郎飴、例の、どこでチョン切っても金太郎か桃太郎の顔が出てくるやつ。それから、たこ焼、焼きいか、焼き蛤、上州名物焼き饅頭、焼いて醤油をつけるだけのただの焼き餅、お好み焼に焼きそば、――こう書いてきて、更めて焼いたものだらけなのに気がつくが、それは、お酉さまの晩はもう寒いからだろう。実際、二の酉までしかない年は二の酉の晩、三の酉のある年は三の酉の晩、毎年、私は欠かさずお酉さまには出かけて行くが、歩道の上の人波の中で押しまくられながら、ああ東京にも冬が来たな、と思うのである。

露店は千束町へ抜ける日本堤の方にもある。帰りは、たいていいつもそちらへ出て、千束町を通って馬道から公園に入り（公園といってもいまはどこが公園か判らないが）、時間が早くてまだ開いておれば、区役所通りのアンジェラスという喫茶店でコーヒーを飲む。いつの年だったか、そこで俳優の小沢栄太郎氏を見かけたことがあった。小沢氏は女優さんらしい若い女性を三人つれていたが、三人共、稲穂のついたお守りの小さな熊手を簪のように髪に差していたから、やはりお酉さまの帰りだったのであろう。

お酉さまの日に限らず、私は浅草へ行くと、いつの間にか、気が付くとその店に入っているという具合で、アンジェラスでコーヒーを飲むのは、これはもう半ば無意識の、条件反射みたいなものになってしまっているが、いつからそこへ行くようになったかは思い出せない。そして、いつからかは思い出せないが、たぶん、私が行くようになったそもそもの初めから、ここの店には、森芳雄氏の油絵が三枚と、浜口陽三氏の初期のエッチングの作品が何点か掛っているのである。浜口さんの作品は最近仕舞いこまれてしまったようだが、森さんのほうはずっと掛っているはずだ。私が無意識にこの店に入ってしまう、その無意識の底には、この絵が在るのかもしれない。

三枚の油絵のうち、肘を上げた横向きの裸婦の絵は、鎌倉の近代美術館で開かれた森芳雄麻生三郎二人展に行ってみると、そこへも出品されていた。そして、そのとき初めて知ったが、この絵は「テラスの女」という絵であった。森さんの作品としてもいいものなのであろう。私も三枚のうちでこの絵がいちばん好きだが、しかし、展覧会で見て、私は、その絵が非常に汚れているのに気がついた。喫茶店に掛っている絵は、煙草の煙と埃とで、ひどく汚れていることがままある。絵がアンジェラスの店にもどってからも、見る度に汚れはますますひどくなって行くようで、私は気になってならなかった。気がついてみると、他の二枚もずいぶんと汚れている。

洗っておきたいが、なにぶんにも余所様の絵である。そこで、あるとき森さんに会って、私が行って洗うから、店の主人に森さんから話してくれるよう頼んだ。森さんは承知して連絡してくれ、数日後に、私はその絵を洗いに行った。ついでに額縁にガラスを入れておくつもりで、そのための道具一式も揃えて行った。

その頃は私の画廊に福島さんという女性のいたときで、福島さんのいる頃は、私はどこへ行くにも彼女の運転する車で行動し、従って、私の赴くところ、影の形に添う如く常に福島さんの姿があったが、その晩は珍しく地下鉄で、しかしやっぱり一緒に行った。そして、吾妻橋で降り、雷門の方へもどってきて、ちょうど交番の前までくると、中からおまわりさんがあたふたと飛び出してきて、雷おこしの店の前を田原町の方へ走って行った。あとからついて行くと、都電の雷門停留所の安全地帯のコンクリートの防壁に、一台の車が正面衝突して、事故を起こしているのであった。

近くへ来るにつれて、事故の模様がはっきり見えてきた。車はコンクリートの塊にまともに突っこんで、前部をすこし持ち上げて傾斜し、ボンネットがめくれ上っている。そのくせ後尾の排気管からは盛んに白い煙が出ているところをみると、エンジンは回転しているらしい。フロント・グラスの助手席の側に、石を投げこんだようにポッカリ穴があいているが、運転者の男は案外平気な様子で、車の中に坐ったまま、窓の外に立った先刻のおまわりさんと何か話している。暗くてよく見えないが、ときどき煙草を喫っているような手付をする。酔っぱらっているのかもしれない。事故の大きさにしては、なんだか拍子抜けのするような、わけのわからないのんびりした光景であった。

ところが、だいぶん経って救急車が来て、車から降りた白衣の男たちは、担架を持って、事故車の運転席のほうへ行くのかと思うと、反対の助手席の側へ行って、そちらのドアを開いたが、見ると、その中に、車の床へ半分すべりこんだような恰好で、女が一人、座席の上にいるのであった。女は和服で、なんだか妙に小さな日本髪を結って、薄い歯の下駄を穿いている。白い上っ張りの男たちが二人がかりで、女を座席から担架に移そうとすると、女の片手が、車の外へだらりと垂れた。その指に大きな指輪が二つはまっている。そして、袖の中から腕を伝って来る血が、その指の上に筋を引いて地面に流れ落ちた。あのフロント・グラスの穴は、衝突の瞬間に、この女が内側から頭をぶっつけて開けたのにちがいない。救急車のライトの中で見ると、男のほうも鼻の下あたりに怪我をしている。さっき煙草を吸っているように見えたのは、その切れた唇を掌で押さえていたのだった。そこまで見て、私たちはその場を離れた。

こんな事故のことなんか、ここへ書く必要は全くないのだが、ただ、その情景が、いまも、絵を洗いに行ったその晩の私の記憶に癒着していて、離れないのである。アンジェラスへ行くと、三階の空いた部屋が仕事場に用意してあって、私は店から絵を外してきてもらい、まず八号の裸婦の絵から洗いにかかった。用意してきた上等の石鹸でぬるま湯の薄い石鹸水を作り、これまた持参の、洗い晒しの柔らかなガーゼで洗うのだが、水を入れるために借りた容器は、商売柄、サラダボールであった。森さんの絵はマットな絵肌だから、あとからニスをかけて絵肌を調えるわけには行かない。石鹸が絵肌を荒さぬよう、石鹸水は最初の一回だけで、その石鹸分を残さぬように、あとは真水にとり換えて何回も洗う。初めの二回くらいは、ボールの中の水が醤油みたいな色になった。福島さんはサラダボールを持って、一枚の絵について五回ずつとして十五回、三階の階段を上ったり降りたりした。

やってみれば判るが、不思議なことに、油絵の画面はまんべんに汚れてはいない。その部分の色彩によって汚れ方に差があるのは、絵具の種類で汚れを吸収する度合がちがうのであろうか。それとも光学的な理由があるのかもしれないが、いずれにせよ、洗う段になると、ある部分はきれいになっても、別の部分は汚れが残っている。きれいになった部分を洗い過ぎないよう、まだ汚れている部分に汚れを残さぬよう、見分けるのに時間が掛かる。小さな絵でも、三枚洗い終ったときにはだいぶ晩《おそ》くなっていた。

そのあと、ガラスを入れるときになって、店員さんが額縁を持ってガラス屋へガラスを切ってもらいに行ったが、一度に一枚しか持っていけない。二枚目のガラスを買いに行くと、もうガラス屋が閉まっていた。そして、私たちが帰ろうとして下へ降りてみると、アンジェラスの店も扉をしめて、灯を消していた。帰り際に、店主の沢田さんが出てきて幾ら払えばいいかと訊いたが、私が要らないと言うと、沢田さんは、ケーキの詰め合わせらしい箱の包みを、私と福島さんとにひとつずつくれた。らしいというのは、その私のぶんも、新橋の駅で別れるとき、福島さんにあげてしまったからである。独り暮しの私が詰め合わせのケーキを持って帰ってもしようがない。しかし、考えてみれば福島さんにしても同じで、二つもケーキの箱を貰っては困ったろう。

アンジェラスのときは見るに見兼ねてやったようなものだが、私のような素人が絵を洗ったりするのは、本当はよくない。万一ということがある。なるべくなら専門家にやってもらうに越したことはないが、しかし、実はその専門家にもあてにならない専門家がいて、そういう専門家に頼んで、却ってひどい目に遭うということもある。もうだいぶ前に亡くなった人だから書いても営業妨害にはならないだろうが、X氏なんかには困った。

現代画廊がまだ田村泰次郎氏の経営だった頃、ということは十五、六年前ということになるが、田村さんと私と二人で、世田谷の方のある家から何枚か絵をまとめて買ってきた、その中に、岡田三郎助の油絵の小品があった。ところが、その絵が変な具合に汚れている。

画面の左四分の一あたりを境にして、斜めに、そこから左側が汚れがひどく、右側はそれほどでもない。どうやらこの絵は長年重ねて置いてあって、その上の絵だか紙だかが斜めにずれて、下敷きになっていた部分はきれいなままで、外に出ている部分に埃が溜まり、それがそのまましみついてしまった、という具合なのである。

そこで、その絵をX氏に洗ってもらうことになったが、絵をX氏のところへ持って行ったすぐあとで、偶然、私が神田の古本屋で見付けた岡田三郎助の古い画集にその絵が載っていて、それによると、その絵は「田園の冬」という絵であった。画集はコロタイプ版で、岡田三郎助の遺作展の図録である。だから、画集としては最も古いものだ。ところが、その図版の写真にも、あの、左四分の一の境目のようなものが写っているだけでなく、写真で見ると、汚れの境目のように見えたのは実は汚れではなく、雲の切れ目から射している太陽の陽脚なのであった。もっとも、絵がひどく汚れていたのは事実で、だからこそ、その陽脚が汚れにしか見えなかったのだ。

ところが、やがて直ってきた絵は、その陽脚はきれいに消えてなくなり、おまけに地面には緑の草まで萌えて、冬の田園のはずが、春の田園に変ってしまっている。それだけではない。画面の中央に立っている二本の樹木の枝の、写真では右の樹から出ている枝が、修復した絵では左の樹の枝になっているのである。

物に動じない田村さんだが、流石にこれには驚いて、早速、田村さんの奥さんが絵とそ

の画集を持って、X氏のところへ談じ込みに行った。するとX氏は平然として、

「それは写真のほうが違っているんですよ」

と、答えた。

嘘みたいな話だが、ほんとうなのである。しかも、そのX氏は修復家としては知られた人で、事実、おわり頃には芸大の講師にまでなっていたが、これくらいの度胸がなければ、いっぱしの修復家にも、画商にもなれない、ということかもしれない。その絵は、ある大画廊の主人が来て、事情を説明する私に「うん、うん」と頷きながら、黙って買って行った。

もういちど、そのX氏のお蔭で、私は死ぬ思いをさせられたことがある。

やはりその頃、つまり画廊が西銀座の外濠通りに面した一階にあった頃だが、あるマスコミの古参記者のY氏から電話で、ロートレックの小さな油絵を急いで金にしたい人がいる、四百万円というのだが、どこかへ世話してくれないか、と言ってきた。日本の作家で林武が号五万円、鳥海青児が一万五千円という当時である。そんな高い絵を買うお客の心当りはうちにはないからと断わったが、まもなく電話の本人がその絵を抱えてやってきて、とにかく数日預けておくと言う。絵の持主の名前を訊くと、それは事情があって明かせない、と言うのであった。

板に描いたサムホールの裸婦の絵だったが、本物か偽物か、むろん私などに判りはしな

い。なんとなく訳がありそうだし、どうせ売るあてもないのだから、とにかく預かるだけ預かっておいて、売れなかったことにして返すことにしよう、そんな気でいるところへZが来て、自分に売らせてくれと言いだした。Zは、自分では画廊を持たずに、お客の間を絵を持ち歩いて商売をする、いわゆる風呂敷画商のひとりだったが、ある大きな建設会社の社長の贔屓のようで、絶えずそこへ出入りして、絵を売ったり、絵を引き出したりしていた。その社長に話してみる、と言うのである。

ではやってみろ、但し、だいじな預かり物だから、一応社長に見せたあとは必ず持ち帰ってくれ、そう言っておいたのに、夕方、Zは手ぶらで帰ってきて、社長が落着いてゆっくり見たいから置いて行けと言うので置いてきた、しかし、自分の眼の前で社長室の金庫にしまったから心配ない、大丈夫だ、と言うのであった。大丈夫でも何でも、約束は約束だが、だからといって、いまからでは、もう会社は閉っている。それに社長としてはもっともなので、その晩はやむを得ず、そのままにしておくと、翌日、Y記者から、絵が自分のほうで売れそうだからすぐ返してくれと電話が掛ってきて、私は困った。いま来てもらっても絵が手許にない。それに、いくら日頃親しいからといって風呂敷画商に絵を渡したとは言えず、私が自分で社長に見せに行ったことにして、社長が買うと言ったらそうさせてくれ、先口だから、そう言って、社長の返辞を待つあいだ、その日一日、Yにも待ってもらうことにした。

そうしておいて、私はZを待ったが、夕方まで待っても、Zからは何の連絡もない。Zの家には電話がないので、こちらからは連絡のとりようがないのである。そこで、夜になって画廊を閉めてから、私はZの所書を頼りに、本郷林町の彼の家を尋ねて行ったが、林町というところはどういうわけか番地が飛び飛びで、どうしても見付からない。そのうえ住宅街だから、晩くなるにつれて、どこの家も戸締まりをしてしまって、尋ねようにも尋ねる相手がなくなり、やむなく私はまた画廊へ帰って、夜中に電報局へ電話を掛け、明日正午までに絵を画廊へ返してくれるよう、Zに電報を打った。

すると、翌日のその時間にZは画廊へ来るには来たが、いつまでも絵の包みを膝の上で抱えたまま、私に渡そうとしない。そして、

「実は……」

と言い出した。社長室の金庫にしまったというのは嘘で、絵をきれいにしてから社長に見せようと思い、Xに洗ってもらった、いまその絵を、Xのところからとってきたのだと言う。Xと聞いて、私はぎょっとした。

「Xには絵を触らせるなと、いつもあれほど言ってるじゃないか、とにかくこちらへよこせ」

Zが観念して差し出した包みを解いてみて、私は青くなった。Zが私に見せたがらなかったはずで、絵は洗っただけではない、人物はもとより、ところどころ板の生地を見せて

塗り残しのあったバックまで、ベタ一面に色を塗って、おまけにトロトロにニスがかけてある。これではとても絵は返せない。私は途方に暮れ、Xの非常識に怒っている隙もなかった。

絵具もニスもいま塗ったばかりなのが、まだしも幸いだった。いまならまだ落とせるかもしれない。

「できるだけやってみるけどね、だめだったら弁償しなけりゃならんぞ。俺が二百万、君が二百万の四百万だ。だってそうだろう、君に絵を渡したのは僕の責任だが、僕に隠して、絵をXのところなんかへ持ってったのは君だからな」

Zは神妙に頷いたが、しかし、そうは言っても、私に二百万の金が作れるわけがない。その頃の画廊の私の給料は二万五千円であった。Zにしたって、そんな金が容易に作れるはずがない。もしZが作らなかったら全額私が作らなければならぬ。私は絶望的な気持であった。

画廊の小部屋に鍵を掛け、その中で、私は脱脂綿の小さな団子をたくさん作って、皿にあけたペトロールに浸し、指先でそれを画面の上に転がしながら、絵具とニスを同時に落としにかかった。すると、際限もなくいくらでも落ちる。新しい絵具だけでなく、古い絵具も一緒に落ちているのではないかと、それがまた怖くなった。

「だいじょうぶですか」

Ｚが脇からのぞきこむのを、

「君がいたって役に立たない、もう帰れ」

そう言って、私はＺを帰らせた。

Ｙ氏からは電話が掛ってくる。電話番の女の子に、私は、私がいま社長のところへ絵をとりに行っていると返辞するように言い含めてあった。電話は二度も三度もかかり、そのたびに、女の子が言われたとおりの返辞をするのが扉越しに聞えた。

ほぼ原状に戻ったと思われるところで、私は見切りをつけて手を止め、まだ濡れている絵を急いで包んで、部屋の鍵を開けた。そこへまた電話が掛ってきて、こんどは私が出ると、相手はすぐ車を飛ばしてやってきた。

預った絵を返すとき、その絵を相手に見せて、お互に確認しあうのが私どもの定《きま》りである。しかし、私がＹ氏を小部屋に招じ入れ、いま包んだ包みをまた解きにかかると、Ｙ氏は、買主が車の中で待っている、急ぐからそのままでいい、そう言って、私の手から包みを受取り、店先に停めてあった車にとび乗って行ってしまった。

ところで、そのあとが地獄だった。包みを開けば、絵をいじったことは一目瞭然だ。なにしろペトロールの匂いがぷんぷんしているのである。四百万円も出して絵を買って、それに疑惑を感じないはずがない。いまにＹ氏から抗議の電話が掛ってくる、そう思いながら、夕方まで、私は画廊の椅子に坐っていた。何も手につかなかった。電話が鳴るたびに、私はとび上った。

たまたまその日は土曜日で、翌日の日曜は、画廊は休みであった。せめて、あとまる一日無事に過ぎてくれれば、その間にペトロールの匂いは消えるかもしれない。早く消えてくれないものか。そんなことばかり考えていてやっぱり気が落ちつかず、ええい、いくら考えてもしようがないじゃないかと、朝から街へ出て、終日パチンコ屋などで過ごした。

月曜日の午後になって、ついにY氏から電話が掛った。しかし、とうとう来たな、と覚悟を決めて電話に出ると、向うの声は意外に柔らかで、

「お蔭さまで絵が売れましてね、いろいろお骨折りいただいてすみませんでした、いまからちょっとご挨拶に上ります」

と言う。私はガックリするほど安心し、しかし、それでもまだ気味が悪かったが、まもなく本人が現われて、御車代と書いた金一封を私に握らせようとした。

「とんでもない」

と、私は押し返したが、このときばかりは些かも社交辞令的な色合はなく、本当に、心から、とんでもないという気持であった。

あのとき、どうしてあの絵の包みが開かれなかったのかは、私には判らない。だが、判らないことは他にもいっぱいある。それよりも、X氏が死んだと聞いたとき、悪いけれども、私はちょっぴりうれしいような気がした。うれしいと言っては言葉が過ぎるが、とに

かく、なんとなく安心した。

ざんげの値打ちもない　1970

高平哲郎

大学でいちばん忙しい新入生

二十一世紀が二〇〇一年からというのと同じ理屈で、一九七〇年を六〇年代とは言い難い気がする。あのとき確かに六九年で六〇年代が終わり、七〇年に七〇年代の到来を実感したのはぼくだけではあるまい。大阪万博がさらにその感覚を盛り上げた。

一九六七年、二十歳にして一橋大学社会学部に入学した。間もなく高校からテナー・サックスを吹いていた清水と親しくなった。ジャズ好きの二人の会話はすぐに、バンドを作ることに展開した。ぼくはお茶の水の三省堂の裏の古道具屋で、かねてから目を付けていた二万四千円の念願の新品ウッド・ベースを、黒澤楽器店でベースの入門書を買った。一番安いベースは黒澤楽器店で一万八千円。ぼくの買ったのは定価三万六千円の古道具屋価格だったのだ。清水が大半の金を出してドラム・セットを揃え、同じクラスの浜田に自腹でドラム教室に行かせた。唯一の現役生の長坂にギターを担当させた。ぼくらは一曲もレパートリーがない段階でジャズ演奏がメインの一橋モダン・ジャズ研究会を結成した。

大学の裏に、母親と二人の娘でまかなう喫茶店があった。レコード・ラックにモダン・ジャズのアルバムが多いので、理由を尋ねてみると弟がジャズのベーシストだという。その日のうちに紹介を依頼。「もう起きる頃よ」。一時を過ぎていた。店の裏の母屋から離れた小さな一戸建ての中から髭面の男性がパジャマ姿で現れた。それが奈良勇さんだった。翌週から週に一回、そこでベースを教わった。そのうち、夜の十二時に丸の内ホテル前に親に買ってもらったスカイラインの２０００ＧＴを待機させ、『さくらルーム』を終えた奈良さんとベースを積み、丸の内口の屋台のおでん屋で鰹節とネギのいっぱい乗った厚揚げを食べ、赤坂の深夜クラブへ運ぶというボーヤ稼業を何度も自発的に務めるようにもなった。

義兄の薦めで雑誌『新日本文学』が主催する演劇ゼミナールの一期生に参加した。すでに募集を終えていたが小野二郎と津野海太郎の名前が効いた。毎週水曜夜、三時間の講義に一年通った。長谷川四郎、花田清輝、廣末保といった教授陣が、どれだけ偉い人なのかを知ったのはゼミの期間が終了してからだった。ブレヒトを学び、スタニスラフスキーの名前を知り、チェーホフや鶴屋南北を読むようになった。

二十人ほどの一期生には学生から役者、青春を演劇で燃焼できなかった悔いのある中年の主婦に混じって、すでに活躍していた悠木千帆（後に樹木希林に改名）さんもいた。授業料を親に出させ、車で通ってくるような奴は一人もいなかった。ぼくは新日文と反対側の日本閣に駐車して、東中野の駅を通って電車通学を装った。新日文の狭い空間での卒業公演はブレヒトの『母』の第五場。芝居をやるわけではなく与えられた役を生徒達が朗読する。ぼくは役者を目指す気はなく勉強のために参加しているからと出演をかたくなに拒んだ。最後には、人形劇団にいるような優しいおばさんに、ハッキリした滑舌で「だったら詩の部分を朗読したら」と説得された。

武蔵高校で世話になった先生に頼まれ家庭教師も始めた。根性がないと高校二年の男を年中叱っていたら、家出されてしまった。一年後、ワイドショーに父親が出演。神戸でトラックの運転助手をしていることが判った。二人で迎えに行った。帰りの新幹線で父親が席を立ったとき「よくやった」と誉めてやった。いま思えば、責任回避も甚だしい。

親のつてで、新橋の喫茶店『ルーエ』でバイトを始めたのは夏前だった。週に四日、七時から十一時までの四時間、ウエイターをやった。暇なとき、店の先輩がコーヒーの入れ方や、サンドイッチやチョコレートパフェの作り方を教えてくれた。「海に行こう！」と、支配人に誘われた湘南の海岸ではトウモロコシ売りまで経験させてもらった。

ダンス・パーティ。ダンパ。その言葉の響きは高校のときから、いつもぼくをときめかせた。小学校の同級生で桐朋高校の野原に誘われたパーティの待ち合わせの喫茶店。約束の女性たちが現れる度に野原たちは席を立って迎えた。まるでアメリカの高校生みたいだ。

ぼくは立ち上がることも出来ず、黙って両切りのピースをふかしているしかなかった。パーティでは壁の花だった。スーツ姿が多い中で紺のブレザーに臙脂と黒のストライプのネクタイにグレーのズボン姿が気後れを増幅させた。

ダンパに詳しい清水の指揮で、親しくなった武蔵美《むさび》の女子大生たちと夏休みに一回目のダンパを開いた。主催者側にいる優越感を覚えた。学生バンドの仕切りなどで忙しくて女の子に目をやる暇もないという下手な演技に満足していた。お陰で壁の花にならずに済んだ。秋の大学祭で仲間とレコードを持ち寄り合い、ジャズの喫茶店を開いた。明治大学のフルバンドからトランペットとドラムを清水が呼び、初演奏で『バグス・グルーブ』と『枯葉』を披露した。どうにかだった。その後も演奏ではあまりいい記憶はない。

企画集団アナグラム

それだけのことをいきなり同時に始めたのだ。二年間の浪人生活の反動からか、大学生という立場で出来る限りのことをした。夏休みが終わる頃には、大忙しの毎日になった。予定表は受けるべき授業と、その合間に国分寺のジャズ喫茶『モダン』に行く時間まで書き込まれ、放課後はベース練習やジャズ研の頭文字のＨＭＫと書かれた打ち合わせ、夜は新日文、『ルーエ』、『さくらルーム』などの文字でびっしり埋められていた。

十二月十日。小平の講堂を借りて、小さなクリスマス・パーティでの演奏曲を練習していた。清水がレコード大賞を取りそうだからと言って黛ジュンの『天使の誘惑』の譜面を持ってきた。その日の朝の国分寺。三億円事件はあまりにも近くで起こった。

二年になる前の春休み、軽井沢に出かけ一夏だけ借りられる店を探した。ジャズの喫茶店を開く計画を立てたのだ。喫茶店のバイト代と仲間からの出資で一夏三十万の店を旧軽のテニスコート通りに見つけた。木造の店は入って右側にカウンター・バーがあり奥が台所になっていた。なにより気に入ったのが、二階に八畳と六畳の部屋があったことだ。ここを男女に分けて素泊まり千円で民宿まがいのことをすることに決めた。

店名は早々と『がぼーる茶房』にした。ジャズ・ギターのガボール・ザボをもじったのだ。マッチのデザインは押し掛け書生を許してくれた植草甚一さんがしてくれた。店に原信夫さんが来たときは心臓が高鳴った。やくざが見勝目料《みかじめりょう》を取りに来たときも心臓に来た。カウンターに坐ってもらいビールを出して「なにせ学生さんがやることでして。そこのところはひとつ」なんて台詞を言ってみた。学生に頼まれた水商売の男を気取ったら、「気に入った！」と言われて、その後は何も言ってこなくなった。店を閉めて飲みに来た大人は人気の中華料理店のチーフ・コックだった。賄いに作ったカレーを試食させろと言われ、おそるおそる差し出すと、水を口に含んで飲み込んでから、一皿平らげた。カレーの感想を言う前に腕を見せろと言う。ぼくの細い腕を裏にしたり表にしたりして「油物の経験は薄いな」と、曰わくありげなまなざしで、こっちの顔をのぞき込む。それから東京の本店の電話が書いてある名刺を渡してくれて「秋になったら訪ねてこい」と言われた。一夏が終わってみて、トントンのチャラだった。

同級生の田尻に誘われ、環境公団なる空間にも出席した。同期の小野憲次が、いまでいうプータローだった宮原樹庵などと開いていた自主ゼミのようなものだ。竹村健一の本で流行り始めたマックルーハンなどが議題に上がっていた一方、歌謡曲などをサブカルチャーとして熱い議論を展開していた。ぼくは馬鹿馬鹿しいので、片隅で暗く黙ってみんなの話を聞いていただけだった。ここで樹庵と親しくなり、翌年に突如婚約することになった高野尚子に出逢った。小野、樹庵、高野は小石川高校の同級生でぼくより一歳下だった。秋から、高野の友人の卒業で空いたＡＤのバイトでＮＥＴ（現・テレビ朝日）の報道に半年ほど通った。タイム・レコーダーを押すことが嬉しかったし、六本木で遊んで帰るときに、この機械を押していくことも前任者から引継時に教わった。大人の気がした。

六九年。三年になった春に中学以来の友人景山民夫に誘われて、土居まさると岸ユキが司会だった頃のＴＢＳ『ヤング７２０』（六六年十月〜七一年四月三日）の構成に参加した。同じく学生アルバイトの構成作家に角谷哲朗がいた。民夫や角谷に連れられて、彼らが連絡所代わりにしているという渋谷桜ヶ丘の喫茶店『ブーケ』に連日のように通った。

植草さんのエッセイで英単語の順番をずらして別の単語にする遊びをアナグラムということを学び、コンサートの主催としてアナグラムという架空会社をでっち上げたのもその頃だ。民夫が空部屋になっている池尻の親戚のマンションの一室を提供してくれた。ここの電話を名刺に刷り込み、営業活動を開始した。新宿に住んでいた樹庵が住み込みで電話番をした。あいつはいつも豆腐に醤油をかけて喰っていた。

先ず手がけたのが、ビデオホールで暮れに開いたコンサート『土曜の夜のブルースとジャズの集い』。モダン・ジャズの主流は息を潜め、リー・モーガンの『サイド・ワインダー』やラムゼイ・ルイスの『ジ・イン・クラウド』のヒットで勢いを得たジャズ・ロックはポップスに転じ、ロックの世界ではレッド・ツェッペリン、サンタナ、エルトン・ジョンといったニュー・ロックの旗手が現れていた。

まず初めにジャズ・ロックでテレビでも活躍していたカウント・バッファローのリーダーでドラマーの石川晶さんとアポイントメントを取った。学生がプロに出演依頼することはもう珍しくなくなっていた。樹庵と青山郵便局の裏手にあるスタジオに。仕事を終えた石川さんに近くのレストラン『ココパームス』へ連れて行かれた。ぼくらはコーヒーを飲みながら、石川さんが食べていたエスカフェに憧れた。バターライスの上にデミグラソースがかかった薄い牛肉が乗っていた。食後のチョコレート・ケーキを食べながら、石川さんは学生の企画したコンサートに安いギャラの出演を快諾し、猪俣猛さんと稲垣次郎さんも推薦してくれた。最終的に、この三組の出演が実現した。初対面の稲垣さんに言われた。

「石川のとこはカウント・バッファローだろ、猪さんのとこはサウンド・リミテッド。俺んとこも、なんかかっこいい名前付けてよ」

早速、樹庵に相談すると一日でソウル・メディアという名前が帰ってきた。「メディアはメッセージ」の時代だった。ブラッド・スェット&ティアーズの曲をトメ北川に唄わせていた稲垣さんは、この名前を大いに気に入ってくれた。

疑似イベントと疑似遊び人学生生活

七〇年。一月七日にエノケンが死んだ。感慨深いものはあったが、八波《はっぱ》むと志の死ほどショックではなかった。正月、ニュー東宝で『イージー・ライダー』を、その足で有楽座で『明日に向かって撃て』を観た。「これが七〇年代の映画」の前評判通りで、もう昔のような西部劇や活劇は観られないことを実感した。

相変わらず忙しかった。高校の同級生はすでに就職も決まっていたが、ぼくは学生でありながら仕事をしているという錯覚に酔っていた。四月からワン・クールだけ『ヤング７２０』に「元祖漫画研究家」と「本家マンガコンサルタント」として花房と二人でテレビ初出演をした。一回目は力石の葬式（三月二十四日）がテーマだった。

晶文社に出した絶版本の復刊企画が二本とも通った。訳者の油井正一さんに会いに出かけ『ビリー・ホリデイ自伝』出版の許可を取った。もう一冊は中原弓彦さんの『喜劇の王様たち』。これはタッチの差で別の出版社から『笑殺の美学』のタイトルで出版が決まっていた。そこで津野さんの出番になり、中原さんの書かれたエッセイのアンソロジー『笑う男』が小林信彦名で出版されることになった。憧れの人に会えることが嬉しかった。

「アナグラム」の活動も続いていた。ソウル・メディアに若手ギタリストの川崎燎、直居隆雄、成毛滋をフィーチャーした『ビートルズ・オン・ジャズ・ロック』を春に都市センターホールで、前述の三組に、内田裕也さんに頼んでフラワー・トラベリング・バンドなど数組のロック・バンドを加えた『真夏の夜のジャズ&ロック』を夏に日比谷野音で、秋には石川さんとニューハード・オーケストラに日野皓正と佐藤允彦をフィーチャーした『アフリカの印象』を渋谷公会堂で開いた。

『アフリカの印象』で石川さんに紹介されたマネージャーの和田勝利は、二月に『ヘア』終演後、大麻不法所持で逮捕された連中の仲間だった。和田ちゃんの乗っていたグリーンのMGは捕まったプロデューサーの物だったらしい。『がぼーる茶房』で知り合ったべ平連を名乗る北井優が協力すると言って、大阪万博のウガンダ館まで出向き名前だけの協賛を取ってきてくれた。

　プログラムに載せるためにアフリカ好きの渥美清さんにインタヴューした。これが後のぼくの職業の一つになる最初の記念すべき文章になったわけだが、残念ながら手元にはない。「アフリカの風は路地のあっちこっちにぶつかって吹いてくるような風じゃなくて、どーっと真っ直ぐ吹いてくるんです」といった内容に感激した想い出がある。

　樹庵は総勢約三十名の出演者に着せる民族衣装キテンゲの製作会社を探した。丁度、キテンゲを着たモデルが載った新聞広告を目にし、伊勢丹に電話。パジャマ会社の製品とわかり、即会社に参上。安い値で交渉もまとめてきた。石川さんも喜んでくれたが、メンバーにはこれがギャラ代わりだと、始めから赤字覚悟のような言葉を吐いていた。

　立ち上がりの二つの公演は数万で済んだが、野音と渋谷公会堂はひどい赤字を食らった。野音では当日、出演者に支払うギャラが足りなくて、その日の昼に組関係のエライさんの事務所を訪問した。この人は北井に紹介された。一橋の学生と友達になったと、喜んで可愛がってくれ何度か酒席に誘われていた。事情を話すと、その場で強面《こわもて》のモノホンに金庫を開けさせた。封筒に入れた十五万を「返すのはいつでもいい」と言って目の前のデスクに置いた。「早く行きなさい。みんなが待っているんだろう」。優しいやくざだった。

　渋谷公会堂では約二百万の赤字が出た。和田ちゃんに相談。収支表を書いた紙を見て、和田ちゃんはまず出演料のところを赤線で消した。印刷所は逃げてしまえと言われた。最後まで残った五十万は石川さんが身銭を切ってくれた。

　どう考えてもまともな四年間ではなかった。懺悔を始めたらきりがない。ある時はダンパに明け暮れスカGを乗り回す遊び人学生、ある時は家庭教師をする苦学生、ある時はテレビのライター、ある時はジャズメンのボーヤ、またある時は喫茶店の親父、そしてまたある時は赤字覚悟のイベンター。すべてが振りをしているに過ぎなかった。

社会学部社会心理学科の卒論は『ブルースの歴史とブルースが歌謡曲に及ぼした影響』。ゼミの封鎖で、面接試験のときしか会ったことがなかった南博先生が優をくれた。優は全部で二十三。授業に出なかった割には優秀だと自賛した。忘れられない優はマスコミ論だった。提出論文のタイトルは「疑似イベントと私」。ぼくは「アナグラム」のいきさつを小説風に書いた。あれからぼくの人生にはいつも「疑似」という言葉がつきまとう。

都はるみが露出してきた

平岡正明

まるで連想ゲームじゃないか。俺は声を出して笑いたくなった。場所柄、苦虫を嚙みつぶしたような顔をしたままだったが、京都は都ホテル前、蹴《け》上《あ》げ（地名です）のダラダラ坂を二百メートルほど下りたとある喫茶店で、とつぜん笑い声を出してキチガイと思われるのをおさえつけていた。

〽なんとかかんとかトンチキチン
　恋に疲れた女が一人

渚ゆう子「京都慕情」の一節のはずで、「なんとか、かんとか……」という部分に地名が入るのだが、それが思い出せない。三十三間堂だったかな、百万遍だったかな、苔寺だったっけ、それとも銀閣寺のあたりだったかなあ。町角を曲るたび、信号を渡るたび、そんなことを考えていた。しかし、渚ゆう子はここでは関係ない。

アタマで食っている種類の男にとって、それまで千切れ千切れに考えていた思考のパーツが、なにかのきっかけで次々と配線されていく快感を味わうことがたまにはある。

その喫茶店は――名前を言うのはよそう、名が知られてぶちこわしになるのはごめんだ――ジャズ・ファン網からぬけおちたジャズ喫茶で、扉をあけると柔らかくミルス・ブラザーズがかかっていた。民家を改造したもので、古く、きわめて素材のいい、しかしけっして喫茶店らしくない食卓と椅子が八脚ほど、レンガ壁としっくいの天井には電燈線が昔のままのガイシにつながれて走っている。壁にすっかり黄ばんだレビューのポスターが数枚。もしかするとロートレックのほんものかもしれない。ブリキ缶に鉢植えされたゼラニウムやなにやら、これが手植えのために葉が枯れたりしているのがまたいい。

喫茶店の観葉植物は業者が貸しだしているもので、しばらく前、そのことを南洋島民ダニエル・ロペスに話したら、「こんな雑草が！」とあきれていた。「鳥だってバカにしてとまらないよ」。もっとも彼は島に輸入されてくるビールの、空瓶を貴重なものと信じたりすることもあって、これはおあいこだ。

古い掛時計が動いている。食卓に茶系統のきっちりしたスーツを身につけた白人娘がすわっていた。曲のあいまに、すこし京都弁くさい日本語で電話して、店を出て行った。ドイツ系なのではないかと思う。あまり大柄ではなく、ひっつめの髪で、高度に知的な物腰だった。われわれが白人女という時におもいうかべる肉食獣の雰囲気がなく、くすんだ部屋の色彩にそのままとけこんでいる風情だったが、窓ぎわの淡い光の中で首をつきだし気味にしてハンドバックから小銭をとりだしている姿を見たときに、彼女がたいへんな美人であることに気がついた。カメラマンならこのシーンをスナップすればじつにいい写真がとれただろう。「お嬢さん、そのままのポーズでもうすこし姿を見せて欲しい」と言いたくなるほどだ。

そっけなく並べられた再生装置が趣味のいいものだった。オルトフォンをラックスの管球式プリで受け、メイン・アンプは手作りのWE300Bシングル、スピーカーはたぶんワーフデールのシングル・コーンかなにかを使っているのだろう。リクエストなしでかかる曲はスイング時代のジャズである。この店の音は生八ッ橋みたいな音だった。部屋には蹴上げの坂をふかし気味にのぼるくるまや路面を走る京津線二輛編成の電車の音がはいってくるが、再生音と他の物音がまじってかえって自然である。町の音とミルス・ブラザーズの距離感、これがわれわれをかるくさえぎられた過去の時間へとひきもどすのである。

なるほど、人と環境なのだな、と思った。

この店の存在を知ったのは、新宿「バードランド」のマスターたる〝酋長〟からだった。酋長夫婦――そこのマダム、〝つやちゃん〟はわが義理の従妹にあたるのだが――はときどき店をほったらかして京都に行く。

「京都のジャズ喫茶なんですがね、そこのマスター夫婦と昔から顔なじみでしてね、趣味でやっているらしんだなあ。スイング・ジャズに関してはぼくなんかよだれの出そうなレコードが、それこそごろごろ。マダムは（恋の）春秋に富んだ女で、今の彼氏は三人目の夫と言ったかなあ」

予備知識はそれだけであり、今でも知っているのはそれだけだ。べつにきく必要もなかったからだ。

この店にすわって、かえって新宿「バードランド」の位置がわかるような気がした。酋長の音楽的趣味の底深さは、京都のこんなところにもう一つの根拠があったのだな、と思う。東京と京都の、二組の変人夫婦の交際、たがいにジャズで結ばれていて、相手を認めあっていること……日本でのジャズの根づきかたを、単彩の小説にでもしあげたら面白いだろうな、とも思った。ほほう、ジャズ喫茶もこんなところまできているのか、とも。

京都の店のＷＥ３００Ｂシングルで聴くミルス・ブラザーズは、どうしてこんないい音なのだろう。都会に、六〇年代の後半、雨後の筍のように開店したジャズ喫茶は高価な装置で大音量で鳴らすのを自慢にしているが、ろくな音がでない。経営者の思想がくだらないからくだらない音しか出るはずがないのである。そこで俺はこの店を次のように分析した（すぐ分析するのがワルいくせだ）。

第一に、伝統、人情ともに生駒おろしに底冷えのする京都のちみつさにおいてジャズはそのダンディズムを、ウェスト派白人をこえる粋さをもってはじめて日本の風土で根づかせることができる。

第二に、他所者、外来者として入りこんできたこの夫婦の音楽的主張と、京都的なものとの和解しつつある衝突が店のムードを決定している。ここもジャズ特有の異なる要素の混在なのだ。

このような場所であるために、食卓に異人の娘がすわっていても、ひっそりと場にとけこむことができるのだ。たぶんヨーロッパ人にはまちがいのない、ヤンキーではない彼女は、弦楽四重奏曲を聴くようにスイング時代のジャズを聴いているのだろう。そして、それが彼女には居心地がよく、常連の一人になっているにちがいない。

妙なことに気がついた。「外人」というのと「外国人」というのは、別なレベルの感覚をあらわすことばなのだ、と。ガイジンというのは、ガイコクジンから、国をぬいただけと考えていたが、「他人」、「別人」、「余人」（余人に非ず、の余人だ）の系列の延長上に、「非人」あたりをさかいにして、それからさきの、人間でも動物でもどちらでもいいが、とりあえず形が人間である哺乳類を「外人」、「異人」と、わが祖先たちがかぎりなく細分化した差別感覚にもとづいて呼んだにちがいない。そんなことを連想するのも京都独特の排他性がこちらに感染したからだ。

俺は京都という町が苦手だった。地理感がつかめないのだ。碁盤の目状に道筋が走っているので、角を三つ曲ると元の場所に出てきてしまう。適当に方向をみさだめ、修正しながら目的地に達するという東京型の散歩になれた者にはこの町は歩きにくい。『闇市水滸伝』のために各都市を歩きまわった時にも、ふむ、俺には京都が欠落しているな、と気づいている。そして、蹴上げのこの喫茶店にすわった時に、俺は京都をつかみつつある、という自信めいたものが生じたのだった。

京都のあばら骨になぜ都はるみが透けてみえるか、という問題なのだ。

この日、俺は宋斗会を探して三条大橋の下をのぞきこみ、四条河原町を眺めてきた。宋斗会、五十八歳の在日朝鮮人。七月十七日、彼は法務省前で外国人登録証を焼き捨て、四万人の在樺太朝鮮人抑留者の存在を訴えて、八月には十五日間の断食ストに入った人物。

遠い昔　王覚《わんかく》という男がゐた
数へ年二十三だった。
営口という開港場の
三大門子と呼ばれて
一番古くから土着の
三軒の中の一軒
王家の長男だった。

宋斗会の未定稿長詩「長恨歌（負い目）」の書きだしである。ところは満州。二歳の時から日本人木村龍介として育てられた宋斗会が、青春の一時、満州で王覚、単炳炎、孫希強ら文芸グループと交遊し、「大寺の庭に卓子《テーブル》と椅子を並べて、熱い茶をすすり乍ら」、三国志、水滸伝、紅楼夢の世界に遊んだことが語られている。このグループは国民党との関係があったらしい。「天皇の国に東条という総理が出現し、台風にも似た大嵐が、全満州に吹き荒れて、彼らのほとんどは逮捕され、王覚と伊桐は非業に落命す。」

宋斗会も囚われて一命の危きところを伊桐の証言で救われ、親友王覚の老母と涙の再会。自分が王覚、伊桐の生命とひきかえに助かったという負い目のまま、日本の敗戦で一度は死んだ宋斗会の前半の自伝がつづられる。

いいだしたらきりがない。それから三十年ほど端折って現在のことを――。

この宋斗会と京都で会う約束があり、彼の弁護をひきうけている法律事務所を訪ねると、あの人はひょうひょうとやってきて、ゆくえが知れない、三条大橋の下で寝ているか、目抜きの四条河原町で詩の立ち売りをやっているはず、という返事。前日、稲垣足穂と対談してこってりA感覚の話をつめこまれ、今日は雲をつかみに行くようなありさま、京都キチガイ老人二人相手の仕事は楽ではないわと思いながら、むなしくたどりついたのが蹴上げのジャズ喫茶だったという寸法です。これだけ舞台をこしらえてやっと都はるみが出てくるのだ。

都はるみは、たしかに現代艶歌の神髄をつかみつつある。美空ひばりの後継者は彼女だ。昭和四十年、「アンコ椿は恋の花」が大ヒット、レコード大賞新人賞を得て、華々しくデビュー。

俳優佐藤慶はその当時から、興いたらば「アンコ椿」を真似して歌うのが得意で、「ウンコ椿はコエの花」は彼の十八番のレパートリになっている。文字で書けば、文字通り糞オモシロクもない。もっと気の利いた替え歌があってもよさそうに、と思うのがアサハカの夜はふけゆくのだ。はるみ独特のキバリを真似すると、「アンコ椿」がおのずから「ウンコ椿」に変ってしまうのがそのギャグなのだ。

第九回「なにをあえぐか影法師」で、ソンコ・マージュの発言を冒頭に引用した。日本の演歌は〝便所ニ行キタクナル〟唱法であり、「名前はあげられないけれど……」とソンコ・マージュは言った。便所に行きたくなる唱法の代表は、名前をあげれば、男で森進一とターザン、女では都はるみということになろう。

そして都はるみは、このイキバリこそがすばらしい。昨今、彼女はあまりイキバらなくなってきたが、キバラない都はるみなんて。

彼女の舞台はすごいものだ。絶叫するまでに彼女が声をはりあげる時には、のけぞらず、逆に前傾姿勢をとり、燃える杭木がかしいで倒れていくように歌う。すると小柄な身体が、ワンワンというほど唸りをあげる。このようなシーンは、じつは古い本誌に、つまりこの連載をはじめる三年前の『音楽の友』七〇年十一月に、こう書きとめておいた。

「まさにこの瞬間に女性歌手が有利である。下手くそな歌手はのどで歌い、上手な歌手は腹でうたうが、他にいいようがないので露骨に表現するけれども、それ以上の歌手は、膣で歌う。」

恋歌を歌って男性歌手が女の歌手に及ばないのは性感帯の数の差による。情感のフィードバック量が男は女にかなわないのだ。この持論を立証すべく、人体解剖図を買いこんできて、部屋にひろげてレコードをきいては「男性骨盤臓器」篇と「女性骨盤臓器」篇とをくらべている図を見て、さすがに俺の友人たちはあきれているらしい（細かなことを言おう。肛門括約筋と膣括約筋のかたちづくる二本の管が女性にあってはラッパ型にひらいていて、かつパイプオルガン状に配置されているのである。女性歌手のレコードを次々にひっぱりだしては、膣の運動形態《モード》を想定する実験コンサートを何回かやったことがあるが、さすがにここでは発表を遠慮させていただくことにし、興味ある読者は拙著『マリリン・モンローはプロパガンダである』の補註「膣論」をご参照願いたい。なお、この結論を得るにいたった図解は、草間悟監修『標準人体解剖図』という高校の理科用のものである）。

〽連れて行ってと叫んでみても

ついて行けない　男の潮路
………星が流れて　後おいかける
馬鹿っちょ出船

（石本美由起・作詞）

宋斗会を後おいかけて歩いた京都から都はるみが露出するのだ。露出させるのさ、戦争みたいに。吉本隆明にはすまないが、俺はずいぶんいろんなものを露出させてきたぜ。一九七三年、天下国家を論じてハズれるが、三波春夫を論じてピッタシという「芸能の論理」、なお、第七回「お客さまは神様です」で、新幹線のハンバーク弁当のあまりの不味《まず》さに、三波春夫なら文句をつけたくなるにちがいないと推定したところ、一月ほどして彼は新幹線のサーヴィスの悪さに文句を言ったではないか。競馬の予想屋ふうには俺はサエてるんだなあ。

旅から帰ってきて、都はるみとベティー・カーターのレコードをよく聴く。ＣＢＳから出た千百円盤で、レイ・ブライアントのピアノ・トリオとからんで（伴奏ではない）ベティー・カーターが歌っているレコードだが、これは掘出しものである。都はるみのほうは日本コロムビアの『夜来香／都はるみオリエンタル・ムードを唄う』である。「夜来香《イエライシャン》」、

「何日君再来《ホワリチンツァイライ》」、「ブンガワンソロ」など俺の好みの曲がはるみによって、こういうかたちでよみがえるとは思わなかった。

かくして、蹴上げの喫茶店で、一人笑いをしたくなった時に芽生えていたテーマが形をととのえた。すなわち、ジャズとオリエンタル・ムードに囲繞されて成立している日本歌謡曲という構図である。

かつて俺はアジア各地における歌謡曲について発言した。アジアの各都市、各港に、美空ひばりが魔神のようにそびえたち、歌いつがれ、各地の歌をなんらかのかたちで日本歌謡曲にひきつけている姿を。日本から美空ひばりの白い手が一本スッとさしのべられていること、アジア最強の人物は彼女ではないかということである。そして、それはまさにそのとおり。

そしていま、俺は都はるみのレコードに、アジア近代の歌謡曲を日本歌謡曲の曲想に統合する主力のベクトルの一方、アジアも母のような腕を日本歌謡曲に投げていることを知った。「知った」という表現は適当ではないかもしれない。俺はもう一方のベクトルを知っていたのだし、バタやんの船の歌、港歌に、引揚げ者によってつながれた大陸や朝鮮半島との水路を聴きわけたりした。日本歌謡曲から、上海や、釜山や、済州島や、台北や、そしてインドネシアとのつながり（フィリピンは日本とはジャズの線でつながっているのであって、日本ジャズの夜明けにフィリピン人バンドの存在を見おとすことはできない、そしてフィリッピーノとは半分ほどスペイン人なのだ）をおとしたら、歌謡曲のなかの重要なものがぬけおちる。それは、一言でいえば、侵略軍とともにアジアを駆けた軍歌の、日本敗戦後における逆流、逆転の形態なのである。したがって、はるみの「オリエンタル・ムード」はこちらには〝再発見〟と表現するのがいいようだ。

この盤での都はるみは、あるいは都はるみによって歌われるオリエンタル・ムードは、それほどまでにいいものだ。彼女はここでは、キバった歌いかたをしていない。イキバリをおさえて、ヴィブラートは十分にはるみ調のままで出す彼女の「トラジ」、「ダヒルサヨ」には、威圧的なところがすこしもなく、現地の娘が歌っているかのように健康的で清潔だ。「何日君再来」「蘇州夜曲」はつややかで、情愛にみち、やさしい。はるみはこんないい女だったのか、と思わせる。全体を通じて、はるみのレコードのなかでは、一番に母性的である。この盤を俺は彼女のベストと信じ、人にもすすめているが、この盤の芯ともいえるのは、じつに、都はるみの抱きしめてやりたいほどのテンダーネスにある。日本歌謡曲を歌ってキバル彼女が、異国の歌を歌って嬉々とよろこびかがやくことにある。たしかに彼女は歌のなにかをつかんだのだと思う。

はるみの「アリラン」は日本人の歌うアリランのベストではないだろうか。「アリラン」には、済州島、慶尚道、京城、平壌にそれぞれ独自の節まわしがあって、済州島アリランの哀感がもっとも深い、といわれる。それらを聴きわける自信はないが、朝鮮人なら、都はるみのアリランは、たとえば、北の方の歌い方ですなと指摘することができるのではないか。そう思わせるほど安定したものだ。打令（日本式に発音すると〝チャング〟、太鼓のこと）のデンデンと粗野に入るリズムへののりかたも、本場ものを彷彿させる。知識と資料の不足によって今はいかんともしがたいが、いつかきっと、現地の代表的歌手のレコードと都はるみのオリエンタル・ムードとを比較してみるつもりだ。ものまねではなく、歌謡曲がアジアにつながっていること、比較音楽的にではなく、血の回路、体験の類似的再現、港の向うの港のイメージの上で、そして歌謡曲的シチュエーションの同時性としてつらなっていることをかならず立証できるはずだ。その関係は深く、ジャズと並んで、アジアの匂いが、日本歌謡曲の二大バネなのではないだろうか。くそおもしろくもないジャリタレの歌をしりめに、都はるみがグーンとオリエンタル・ムードに沈みこんでいくことをうれしく思う。

　ジャズについては、そしてジャズ的要素の混入をめやすとした時の日本歌謡曲のシチュエーションを、ほぼ十年ほど前に安倍寧がたくみに記述している。

「日本の流行歌分布図は、大雑把にいえば、船村徹、吉田正、中村八大の三色に塗り分けられる。したがって歌手のほうも、演歌調か、都会調か、ジャズ調か、この三種類に分類することができる。そのときどきのヒット曲によって、演歌調が占める部分が増すこともあれば、都会調、ジャズ調が優勢を示すこともあろう。しかし、この三派対立は、とうぜんの間、続くことになろう。そして、三者のもみ合いで、少しづつ日本の流行歌は質的に向上してゆくのではあるまいか。」(『流行歌の世界』音楽之友社刊)
もしかすると、と俺は考える。いま一つ、汎アジア環太平洋調とでもいったものがあり、それは表面にはあらわれないが、ジャズに対するブルースのように、日本流行歌を在日朝鮮人の歌心が支えているのではないだろうか。この力によって艶歌が、いつかまた、きっと、爆発するのではないだろうか。
日本における流行ごとの例によくあるように、真に個性的で偉大なエンターティナーに一度は言われているように、都はるみにも、彼女が朝鮮人ではないかという噂が流れたこともある。もう一つの京都があるのだ。朝鮮人と部落の京都だ。ここから京都を見ることが、御所と平安神宮と苔寺と……恋につかれた女がシラけているような観光京都に遊ぶことより、どれだけ大切か知れたものではない。都はるみについて知っていることは、彼女の高校の同級生が俺の一年後輩にいて、高校時代の彼女は大変なお俠《きゃん》だった、ということである。同級生が俺の一年後輩だから、さては都はるみは年齢を四歳ほど詐称しておるな。ごめんごめん、こんなことを露出させる必要はなかった。
今回の結論。次のように言えれば理想的である。――ジャズはアメリカの黒人の音楽である。しかるがゆえにジャズのいのちがすばらしい。歌謡曲は在日朝鮮人の音楽である。しかるがゆえに歌謡曲のいのちがつややかである。わが歌謡曲よ、アジアに進め……イー・リャン・サン・スー、イー・リャン・サン・スー、歌謡曲独立愚連隊、アジアへ！

大阪の道すじ

小野十三郎

どんなに旅なれたひとでも、異郷の空の下では、いろいろと勝手がちがう思いがすることがあるだろう。早い話が、歩く道である。宿を一歩出るとたちまち道に迷うということがままあるにちがいない。私はいまだに外地の土をふんだことがない人間だが、道に迷う夢をよう見る。家への帰り道も方角も見失なってしまうのである。また、この帰路探しの夢とともに、これもよく見る夢は、学校とか友人の家とか、その他一定の目的地に向って行く途中やはり道に迷ってしまう夢である。ただ、それはみな過去のある時代の夢であって、夢の中に現在の私はいない。

ついこの間もまた同じ夢を見たが、私は中学生で、登校する途中道に迷って、行けども行けども校門に達することができないのである。そのころの私の家は大阪旧市内の高津にあって、そこから松屋町筋に出て、天王寺公園を通りぬけ、阿倍野橋に出て、河堀口にある学校に通っていた。電車通学はまかりならんということになっていたから、早起きして、約十二キロはあるこの道を毎朝鞄をかけて通った。もとよりその道で迷うことは実際にはなかったが、夢の中では迷っているのだ。

　そのうちに、これは必ず現われるのだが、私は決まって、中国風の端反りのある屋根を構えた神殿の前に出る。これが何であるか未だにわからないが、こいつが出現すると絶望的な気持になると同時に、いつも見る夢だと気づく。だけど醒めない。その無気味な神殿の前を通って、なおも学校の方角を探してさ迷いつづけるのである。

　それから、これも周期的によう見る夢だが、私は、東京の郊外の夜道を歩いている。裸電球がぶらさがった電柱がどこまでもどこまでもつづいていて、どうやらそこは中央線の沿線の野原らしい。私は二十代の時は、東京暮しをしていたから、この夢は、当時の私の放浪暮しとなんらかのかかわりがあるのだろうと思えるが、私はそんなさびしい夜道をたどって、馬橋にある私の家に帰ろうとしている。迷っているうちに、私は、駅員もだれもいない、電信機だけがカチカチ音を立てているがらんとした駅の前に出る。ここから、私が帰ろうとしている家の方角に行く電車が発車するはずなのである。ところが、切符をもとめようとして賃金表を見ても、中野も高円寺も阿佐ヶ谷も、私の知っている駅名がない。みな少しずつ駅名はちがっているのである。すると突然、私の前に、うしろから廻るようにして、金モールの赤い帽子をかぶった駅長らしい男が現われて、どこまで行くのかときく。馬橋の家に帰りたいんだがというと、それなら、ここから「？」まで切符を買ってそこで乗り換えなさい、ひょっとすると、あなたが帰るところの近くに行く電車が入ってくるかもしれません、といって、ぱっと姿を消してしまう。あとはまた森閑として、私は再び裸電球がとびとびに灯っている夜中の道にひとり取り残される。とたんに、私はまたこの夢かと気づくが、夢は、かたわらに寝ている女房に「お父さん！」と声をかけられるまで醒めない。夢だとわかりながらも醒めないときほど苦しいことはない。たぶん私は、そのときうめき声を挙げたのだろう。

その他、東京時代の若き日にかかわる夢には、当時「赤と黒」という詩運動を共にやった萩原恭次郎の下宿を訪ねようとしている私が団子坂の下あたりで道を取りちがえて迷ったり、阿倍野橋から天王寺公園の通天閣の塔の下に行こうとした私が出たところは、五十年昔の東京日本橋の三越百貨店が行手にありありと見えるところだったり、まことに奇妙きてれつな夢で、それがすべて道に迷うことからはじまるのである。しかも、この夢は、一つずつ見ることはめったになくて、一夜で連鎖的に同時に見るのである。女房に声をかけられたり、肩をゆすられなければ醒めない悪夢ではあるが、私はいつのまにか、この道に迷う夢を見ることがたのしくなった。どこか知らない土地を旅して、実際に道に迷うなんてことはもうないだろう私は、せめてこの潜在意識下の領域につながる夢の中をさ迷うことの他にできることはないのである。

しかし、日常生活の上では、私は、道という道はすべて知りつくしていて迷ったりはしない。東京にいたころに、十条に住んでいる友人の家に行こうとして、大体の方角を定めて、駒込の駅のあたりからてくてく歩き出して、約二時間経ったあと、また元の駒込駅に立ち戻っている自分を発見して、狐に化かされるとはこのことかと思ったことが一度あるけれども、以来、日々の暮しの中で道に迷ったことはないのである。早い話が、この大阪の街通りだ。道は、私がもうかれこれ半世紀も住みついている阪南町の家から、あまり遠くへではなく、一定の区域に通じているだけで、ここではもう絶対に迷うことはない。私にとって、大阪とは、その達するところをおよそみな知っているこの道であって、日常の暮しの範囲を出るところまでは通じていない。夢の領域にまで通じていないことはもちろんである。

　年寄りの早起きで、朝はたいてい七時ごろに目がさめる。家内はもっと早い。五時か六時に起きて、台所で洗濯機を廻したり、表を掃除したりしている。顔を洗っていると、郵便受にコトリと新聞がはいる音がする。くわえタバコで、三つの新聞に眼を通す。読むのは主にスポーツ欄である。ひいきの南海ホークスが勝っている日はごきげんで、特にていねいに読む。すると七時を少し廻る。近所に七時半に店を開ける喫茶店があるので、コーヒーを飲みに出かける。

　この喫茶店へ行く道で、むろん私は迷うことはない。曲り角の家の表に、一匹の雑種の犬がつながれている。この家のひとも早起きである。前を通る私に、犬は前足を泳がせてちんちんする。この犬も私の日常と深くかかわる存在のように思えるのである。

水曜と木曜は大学への出講日だ。大学は、一つは奈良県側の生駒山麓、一つは和歌山県の県境に近い金剛というところにあって、第一時限の授業を受持っているから、家を七時過ぎに出なければならない。この両大学に出勤する道も所要時間も心得たもので、迷ったりおくれたりすることはない。家から地下鉄昭和町まで歩き、地下鉄で難波に出て、奈良の大学に行くときは近鉄に、金剛の大学に行くときは南海に乗りかえる。朝のラッシュ時だが逆コースなので楽に坐れる。向うに着くと、迎えのスクールバスに生徒たちと共に乗り、小高い丘の上にある学校に、始業のチャイムが鳴る時間までに正確に到着する。この二つの学校へ行く道が、共に難波を起点としていることを私は偶然だとは思えないのである。

たとえ非常勤でも、大学の教師みたいなことをやるようになるとは、若いときには夢にも想ったことはないが、私の生家は、難波新地のどまん中、法善寺の水かけ不動のすぐ近くにあった。幼少時は大和で、中学時代は高津の家で、青年時代は東京暮しだったから、昔のことは、私の大阪の友人ほどはようおぼえていないが、長い年月が経って、私は再びここに連れ戻されたような気がするのである。生まれるや、私の歩く道、歩く巷《ちまた》は、最後はこの難波の界隈にかぎられる運命にあったのだろう。学校の帰りにうろつく場所も、友人と待ち合せたり、飲みに行く場所も、難波から道頓堀にかけてのこのあたりにあって、大阪でも、他のところはあまり知らない。クラブ式のバーが軒並にある北の曽根崎新地界隈など歩いていると、異邦人みたいな気分になってしまう。

　いま、この難波の地下には、「虹のまち」という大地下街がある。近ごろ一番よく通るきらびやかな粧《よそお》いをこらした地下街である。したがって、ここでは迷うことはない。北の梅田の地下街などに入ってしまうと、方向音痴になってしまう私も、ここでは道を取りちがえたりはしない。正確そのものである。というのは、地下鉄の難波駅を上り、この地下街に入って少し行くと、「虹のまち」という名称通りに、噴水に虹を湧き立たせる地下広場があって、そこを北へ上ったら、水かけ不動がある法善寺横丁の前に出る。その街通りに、私が、長年ひいきにしている喫茶店があるからである。マスターとママとママの妹さんの家族三人でやっている小さな喫茶店で、開店したのは、周囲にまだ焼跡が残っていた敗戦後まもないころであった。

　喫茶店というものは、われわれ日本人にとってはなかなか便利なもので、私の家の近くの店のように早朝から営業している店もあるし、盛り場ではかなり夜おそくまでやっていて、ビールや水割りぐらいは飲ましてくれる。海外に長期滞在していたひとや、旅行から帰ったひとは、パリでもニューヨークでもモスクワでも夜をもてあましたというが、それはとくべつのナイトクラブやバー以外に、深夜近くまでやっている日本の喫茶店のようなものがないからだろう。友人と落合う場所を電話で指示する場合でも、東京でなら新宿あたりの、大阪なら難波あたりの喫茶店なので、先だっても富岡多恵子さんから、先生はあいかわらずサテン文化人ねと笑われたけれども、彼女も、ニューヨークに一年あまり滞在していたとき、夜は食パンを買ってきて、アパートでブドー酒でも飲んでるよりしようがなかったといっている。

日本では、喫茶店は仕事の相談場所ででもあって、新聞社など訪れても、係りの記者は、ちょっと出ましょうといって、たいてい彼らが行きつけの近所の喫茶店へ来客を案内する。一日に何杯もコーヒーを飲んでると腹をこわすから、記者諸君は、ディナーのあとに出る小さなカップのコーヒーでつき合ってくれる。新聞記者や雑誌記者ほどでなくても、かえり見ると、私もこれまでこの喫茶店なるものにずいぶん厄介になってきた。私の過去のそれぞれの時期は、そのころ出入りしていた喫茶店の名前で何々時代と総括することができるのである。つまりそこは溜り場であって、単にコーヒーを飲みに行くところではなかった。そのためにめいわくした店もあっただろうが、また、そのために一種の雰囲気作りに成功して繁盛するようになった店もあったのだ。

まずはじめに、私には「南天堂」時代というのがある。東京本郷の白山上にあった本屋さんの名前で、階上が喫茶店だった。私は二十代の前半はここで過ごしたという気がするくらいだ。肴町の路地裏にあった第二東洋館という、当時私がいた下宿屋から歩いて三分とかからないこの喫茶店に行く道を曲り角まで私ははっきりと想い出すことができる。次に「白蛾」時代というのが来る。これは、私の東京での最後の居住地になった大森の駅の近くにあった喫茶店というよりもバーだったが、新井宿の家からよく通った。ここで私の東京放浪時代は終る。「おれも来年は三十か」といって、そのころ、「弾道」という詩の雑誌を一しょにやっていた秋山清に笑われた。

　東京暮しを切り上げて、大阪に帰ったのは昭和八年である。やがて満州事変が勃発して、それから日本は長期の戦争に突入したから、敗戦の日まで約十年の空白があるが、次に「創元」時代というのがやってくる。「創元」というのは、大阪の「南」のまん中、いまの新歌舞伎座の真向いに、御堂筋に面して開店した本屋さんで、この店の奥が喫茶室になっていた。ここがたちまち大阪の詩人や作家やジャーナリストたちの溜り場になった。付近にまだ空襲の焼跡が残っていて、難波界隈が一大闇市だったころだ。私の四十代はこの「創元」時代である。大阪に帰ってから親しく交際するようになった故安西冬衛もこの店の常連だった。昭和二十四年に彼が書いた散文詩「愛情の背景をなすわが鉄道たち」には「難波発二十二時佐野行終」という副題がついている。これは彼がこの「創元」の喫茶室でいつも夜ふかしして、堺市の南のはずれ、仁徳御陵の近くにある家に帰って行った南海電車の終電のことである。

　安西や私の他に、織田作之助、沢野久雄、庄野潤三、開高健、吉村正一郎、吉田定一と常連に大阪にゆかりのある作家、文学者が多かった。織田作や吉田が、来るといつもこの店の四五軒隣りにある薬屋でヒロポンを打っていたことが想い出される。椅子数が十ぐらいしかない小さい店ながらも出入りが多くて繁盛していたが、かんじんの本屋の方が営業不振で、五年ほどして店を閉じたけれど、この間、私は安西冬衛をはじめ、こういうひとたちと「創元」時代を共有していたことになる。沢野久雄は朝日の学芸部の記者、庄野潤三は今宮高校の国語の教師、開高健はまだ市大の学生で、リーダース・ダイジェストでアルバイトをしていた。私は、ナンバ花月の裏にあったバラック建の吉本興業の本社で、長沖一と、駐留軍の検閲に提出するショウの台本の翻訳などをやっていた時代である。

時は変り、次いで私には「ルル」時代というのが来る。これが先に述べた法善寺の水かけ不動の向いにある喫茶店で、ここを私が根城にするようになって約二十年になる。わが喫茶店通いも、ここが一番長い。「創元」の全盛時代にも、安西はときどきここにきて原稿など書いていたらしいが、彼が死んでからは、私が常連の筆頭で今日にまで至っている。「創元」がつぶれてからは、ここが大阪の詩人、作家、画家たちの「南」での新しい溜り場になった。また、この店は劇団「民芸」の友の会の連絡場所にもなっているので、「民芸」の公演が大阪であるときには、滝沢修、宇野重吉、米倉斉加年、伊藤孝雄さんら、新劇人の方とよくここでお眼にかかる。前進座や文学座のひともやってくるし、新派の故大矢市次郎さんも昔よくお茶を飲みに来られた。その他、ヨットの堀江謙一さん、下着デザイナーの鴨居羊子さん、木彫の大山昭子さんたち、最近いろいろとマスコミの話題に乗った人たちもこの店に縁が深い。東京時代に知り合った彫刻家の浅野孟府と旧交を暖めることができたのもこの店である。作家の石浜恒夫も私と一二を競う常連の一人。店の壁には、こういう人たちが書いた絵や書やレリーフが飾られていて、小画廊の観をなしている。戦災の名残をとどめている煉瓦積みの壁とともに、いまはこの小さな喫茶店は、「創元」のあとをついで、ただに詩人や文学者の溜り場としてではなく、「南」に出てくる人は、帰りにちょっと寄ってみようかと思うほど、学生やサラリーマンの間でも有名になった。最近は客層が少し若くなって、ここでデートする女子高校生もいる。先日立ち寄ったとき、マスターとママが、客の若い学生のグループに、いつも髯をぼうぼう生やしてはってねと、伊東静雄のことを話していて、私も話仲間に加わったが、安西冬衛よりも早く亡くなった、やはり大阪が生んだ詩人といってよい伊東静雄も、この店の常連だった時期があったらしい。

　南天堂、白蛾、創元、ルルとたどると、どうしても、いまは故人となったそれぞれの時期に親しく交わった人たちのことに想いはいく。三好達治が、私が来ていないかと近くのバーから電話をかけてくれて、私は折よくいたので、出かけて行って一緒に飲んだこともあった。安西も伊東もそうだが、東京時代の交友とくらべると、私の思想や詩論からいって、これは意外と思えるような詩人との交わりが、大阪に帰ってから多くなったことはちょっとふしぎである。しかし、そこが大阪が庶民の町といわれる所以かもしれぬ。また、それと共に、このように相互に相容れぬものを頑として持ちつづけてきた異なった個性が、喫茶店という日本独特の溜り場を媒介として、私の記憶の中に同時存在しているのは、つまり私が終始一貫してサテン文化人だったからだろう。

とにもかくにも、私は、それぞれの時期において、この半世紀間、行きつけのこの喫茶店という溜り場に通う道に一度も迷ったりしたことはない。足のはこびは、曲るべきところは曲り、そこが地下街なら上るべき出口への階段はまちがえず、正確そのものである。しかし、考えると、これはなにも喫茶店だけではない。われわれが日常の暮しの中で、足をはこぶ道は、最終的には目的地に直通していて、その方向をあやまることはないのである。家路に急ぐその道を、ひとは取りちがえたり、見失なったりはしない。深酔いしたときは別だが、たいていは実に正確に道を歩いてわが家に帰館できることになっている。自分だけがよく知りつくしている道というものがだれにもあるのだ。

私は、どうしてもホテルというやつがいやで、たまに旅に出ても、友人や知人の家に泊めてもらうことが多い。この間、上京したときは、秋山清宅に一晩やっかいになった。新宿で飲んで、彼の家がある鷺宮に終電で帰った。もう灯を落としている駅前の店舗街を抜け、キャベツ畑や植木畑がある夜道をいく曲りかして、家まで十五分ばかりの道のりがあった。遠くに武蔵野特有の欅林が見える夜道であった。肩を並べて歩いている私は、そのとき、そうか、ここが秋山がいつも歩いている日常の道、絶対に方角を取りちがえたりすることはない彼のみが知っている道なんだなァと思ったものである。

私にとって、大阪の道すじ、街通りは、家に帰るときも、学校に行くときも、法善寺の近くのこの喫茶店に通うときも、わが友人がそこで決して迷うことがない鷺宮の道のような、そのような道なのだ。

作家や詩人の中にも、やれビザだ注射だと、私など考えただけでもうっとおしくなる手続きなんか苦にせず、金の用意さえあれば、身仕度もかんたんに海外に出て行って、日常の居場所を変えることができるひとがいる。大体、土着型というか、悪くいえば、ものぐさなやつが多い大阪からも、小田実や開高健のような行動的な作家が出ている。現代のそういう作家から見れば、さしずめ私などは小心翼々、夢を持たぬ退屈な人間だということになるだろうが、喫茶店通いぐらいがせい一杯の狭い行動圏の中で、いつもと同じ道をいつもと同じように歩いている者にも、またそれで、旅行者や、大行動圏に飛び立つ者には窺知できない願望があって、本人ははたが想像するほど退屈していないのである。事実、私は退屈していない。また、私などが退屈しようとしまいが、そんなことに関心を持たぬ者をも含めて、異郷をさすらう旅人の心懐などとあまり関係がない人が多く住みついているところが大阪なのである。

旅に出たり、かんたんに居場所を移動することができる者を、けっこうなお身分だと思うような心情が一般にある。これはなにも大阪にかぎらず、都会でも、田舎でも、現代社会の底辺を想うと、そんな人は、日本国中至るところにいるだろうが、特に大阪の市井には多い。私のように、ものぐさであることで環境順応型にできている人間と、なんらかの外部的な条件によってそうならざるをえなくなっている者との相違はあっても、大阪が庶民の町といわれる所以には、この動かぬということ、平々凡々たる日常に徹するということが一つあるように思う。私など、その中にあって、いくらか放浪癖も持っている人間だから、その意味で、生粋の大阪庶民だとはいえない。庶民は決して放浪もしないし、知恵や経験を他の土地に求めたりはしないのである。もちろん、空想や夢の世界に遊んだりすることはない。いささかでも脱日常の想いに駆られたら、その時点で、私はもう大阪庶民の一人ではないという気がするほど、大阪は現実的で、物の考え方も感じ方も即日常に徹している。そのことは、私の交友についてもいえる。

　東京時代に知り合って、いまも深い交わりを結んでいる友人仲間と、大阪に帰ってから親しく交わるようになった人たちとの性格的な相違である。私にとっては、どちらも得難い友人だが、その友人諸君が相寄って談笑している光景はちょっと想像しにくい。これは、東京で知り合ったのは、私も共にやっていた思想運動上の仲間であったということもあるが、性格的にも気質的にも、わが大阪の友人とはどこかちがっているところがあることを、長年の交際によって私は知った。

藤沢桓夫の「大阪自叙伝」という本を読むと、彼の五十余年の作家生活の中で親交のあった多彩な文学者たちの生きる姿が、大阪の巷を背景に鮮やかに浮び上って来る。その中には、私もよく知っている人がたくさんいる。気がつくことは、二十代から今日まで変らざる友情に結ばれている当の藤沢桓夫をはじめ、亡くなった武田麟太郎にしても、織田作之助にしても、特に大阪の市井にゆかりの深かった作家たちには、共通して、私と同じように立居振舞にものぐさなところがあった。したがって行動圏は狭く限られていた。もっともこれは、武麟や織田作は早死したからであって、もし長生きしていたら、次の世代の大阪育ちの作家である前に挙げた小田実や開高健のように彼らは世界を飛び廻っていたかもしれない。そういう予想はつくけれども、にもかかわらず、あえて作家や文学者だけにかぎらず、わが大阪の市井には、一たん住みついたらテコでも動かぬという奴が多いような気が私はするのである。私以上にものぐさで出不精で、乗物恐怖症みたいなところがある藤沢桓夫は、いま居る住吉の住居から動くことはないだろう。彼がヨーロッパやソヴィエト旅行に出ているなんてことは考えられない。彼が歩く道は、その住吉から程遠からぬところにある将棋連盟に通う道ぐらいであり、私が歩く道は、四十年も住みついている阪南町の家から地下鉄で難波の界隈に出ていく道ぐらいで残る一生を終ることになるだろう。

勤めや商売の関係で海外にも出て行かなければならない人や、自分がたずさわっているたら、われわれもまたけっこうなお身分ということになるが、われわれが歩いているこの射程の短かい日常の道そのものは、そういう人たちが想像するだろうほど短距離ではない。そこには、行きずりの旅行者の想念などには浮ばぬ広大な空間がひろがっているのである。いつも同じ道を同じように習慣的に歩いているだけの私が一向にその道に退屈しないのは、そこにこそ庶民の暮しの原点があるからだろう。ときには厭気《いやけ》がさしても、これが庶民の日常だと思うと、私は他の道を歩きたいとは思わない。旅になど出たくないのだ。

「垂直旅行」という詩集が私にある。この詩集を出したとき、出版社から送られてきたゲラ刷の目次にも奥付にも、題名が「垂直飛行」となっていることを見て、私はあわてて朱を入れて訂正したが、後日、本になって、粟津則雄さんが好意的な書評を新聞に書いて下さったときも、新聞社の校正子のミスか、本文の中では、この題名がすべて「垂直飛行」となっていておどろいた。後の祭で、どうにもならない。垂直飛行という言葉はあっても、垂直旅行というのは私の造語だから、こんなことになったのだろうとあきらめる他なかった。しかし、詩集の内容は、いつも私が歩いている日常の道にひろがっている空間と時間の中を垂直に縦に旅行しているような作品によって成立しているので、私にとっては、垂直飛行ではなく、垂直旅行でなければならなかったのである。つづいて出した私の一番新しい詩集「拒絶の木」に収められている夢の中を苦しくさ迷い歩いている詩も、その旅の延長のようなものだ。

実際によく見る夢の中や、空想の中では、私はつねに居どころの定まらない旅行者である。私の詩と詩の方法のよき理解者であった人たちの中にも、最近のこういう夢の中に身を置いて書いた作品や、とどまるところがなく空想的な作品が多量生産されることを怪しんで、頭が老化しておかしくなったのではないか、と心配してくれる人がいる。それはまだいい方で、中には、これは著しい思想的頽廃だと見る友人もいるのである。

「拒絶の木」を出した直後だった。東京にいる私の若い詩友、長谷川竜生から「大阪に来ました、ちょっとお会いしたいのですが」と電話がかかってきた。その声がいつもとちがって、なにか思いつめたような声だったので、なにごとだろうと待っていると、もう近くに来ていたのか、五分ばかりして玄関のベルが鳴った。顔を合せるなり「安心しました」という。私はあっけにとられたが、話をきいてみると、彼がこの詩集を見て、これはどうもおかしい、私が心身共に弱っているんじゃないかと思ったらしいのである。この前日にも、私は、やはり東京の秋山清から、この詩集について、「むつかしいというよりも、わからないという感想です」という礼状のハガキをもらっていたのである。

長谷川竜生は、私が水割りを何杯も飲み、そのあとで鰻丼をペロリと平らげるのを見て、精神の方はともかく、身体の方は心配ないと思って帰ったらしいが、実は本人も、こういう夢や空想から相次いで生まれる作品には解せないものを感じているのである。ただ、ちがうのは、書いた本人は、この人たちが割合に高く評価してくれた昔の詩以上に正気も正気だと思いこんでいるところだ。そしてその正気であるということは、一見恣意的に見える夢や空想、それも意識下の深いところで私の日常であるからだろう。

いわないだけで、私が見る道に迷う夢はきっとだれもが見ているのだ。私が決して迷うことなく歩いている大阪の道すじを、たくさんな人が、これまた決して迷うことなく、それぞれの目的地へ本能的に実に正確に急いでいる。朝、夕のラッシュ時に、道に迷ってい る者なんかいない。しかし、そういう人たちも、夢の中の道では、私と同じように迷うことがあるにちがいない。私は、詩などというものに取りつかれたから、そういう夢の中で迷ったり、空想の旅の中で滞留する時間がいささか長くなるだけで決してふしぎなことではないのである。ラッシュの群集の中にいても、私はいつもそう思っている。

近ごろは、外国の作家、詩人たちの往来がはげしく、来日すると必ず大阪にも立ち寄る。こちらから出て行かなくても、向うから来てくれるから、これまでたくさんな人たちに大阪でお会いすることができた。ついこの間も、思いがけなく、パレスチナの詩人、ダルウィーシュと会った。私はこの人の詩が好きなのでうれしかった。

私は、こういう外国のお客さまが来ると、集会が終ったあと、かれらを必ず、私が生まれたところであり、いまいつも歩いている道である法善寺界隈に案内する。奈良や京都へ同行することもあるが、このあたりを一しょにぶらつくことが一番たのしいのである。いつかソヴィエトの作家たちが来阪したときも最後はここに連れてきた。いま、われわれの溜り場になっている喫茶店「ルル」を紹介して、そこで小憩したあと、かれら一行を、この店の筋向いにある「水かけ不動」にひっぱって行って、水商売の神さまである不動明王に対面させた。ソヴィエトの作家たちは、線香の煙の立ちこめる中で、黒光りしている不動明王の顔と胸に、ひしゃくで水をふりかけている参詣人の姿を好奇の眼で眺めていたが、やがてめいめいが、それを楽しそうにまねて水をぶっかけ、いたずらっぽく合掌して私にウインクした。われわれも、インクという水を使って仕事をしている人間だから一つごりやくにあずかろうというわけですと、通訳の人が私にいった。

　これから諸外国の作家、詩人、文学者との交流がますますさかんになってくると、いまにこの小さな喫茶店と共に法善寺の「水かけ不動」は、モスクワでも、北京でも、ソウルでも、ヴェンチャンでも、パリーやニューヨークでも有名になるだろう。私は、有名にしたいものだと思っている。私の亡き母が、子どもたちにいえないさまざまなつらい思いをしながら、若いときを送った巷でここはあるし、また、いま私が大阪で知っている道すじは、ここだけだといってよいからである。

　夢の中で苦しく道に迷うその道も、わが空想の旅の行先にひろがっている大空間も、かれらと共に歩いた道のこの下にあるのだ。そこへはまだ外国のお客さまを案内していない。

壹《かず》眞《ま》

常盤新平

〈壹眞〉は、神保町《じんぼうちょう》の角から駿河台下《するがだいした》に向って最初の路地を左にはいってすぐ右側の地階に開店してから十二年になる。三十歳の誕生日を目前にした石川眞一が一九八三年の七月十五日に妻と二人ではじめた。彼女の友人がひとり手伝いに来てくれた。

石川さんは東京電機大学を卒業して、外資系の電子工業それも強電関係の会社に就職したが、八年でやめて、喫茶店のマスターになった。コーヒーは学生のころから好きである。自分が夜型の人間だと気がついたとき、コーヒーを飲むようになっていた。自分で豆を買ってきて、自分で豆を挽《ひ》いて、サイフォン式やドリップ式でコーヒーを淹《い》れた。コーヒーのカップのいいのが欲しくて、ロイヤル・コペンハーゲンでもオーソドックスなブルー・オニオンを一脚手に入れた。六千五百円だったという。学生の分際で生意気だとは思ったが、おいしいコーヒーには上等の、飽きのこない器が欠かせなかった。喫茶店を持つのが夢になっていた。

喫茶店をやるなら神保町から駿河台下にかけてが望ましかった。そこは靖国《やすくに》通りであり、その南側には古本屋が並んでいる。神保町界隈は活気があって、下町っぽい。

大学は神田錦町にあったから、学生時代にはよく歩いて、この町に馴染んでいた。本の町にある喫茶店なら安心してやってゆけそうな気がした。それにここは出版社が多い。この町全体が潜在的な客である。

〈壹眞〉をはじめるにあたって、借金した。住んでいたマンションを担保に入れたし、国民金融公庫など公的融資機関からは目いっぱいお金を借りて、千代田区神田神保町一ノ八山田ビルの地下一階に一六坪を借りた。喫茶店の名前は、眞一という名前を逆にした。石川さんの意気込みが感じられる。

当時、このあたりの喫茶店のコーヒーは二五〇円前後だった。石川さんは自分の店なのだから、ほかの喫茶店にはない特徴を出したかった。付加価値を考えた。外資系の会社では技術関係の仕事だったので、百八十度の転換であるが、小さな喫茶店の経営に大学や会社で身につけた知識が生きたようである。

コーヒーの豆を吟味した。店内の雰囲気をよくすることにも心をくだいた。すべて間接照明にした。カウンターもテーブルもすべて一枚板の木である。床も木。音楽は音量を抑えた室内楽。本の町らしい喫茶店だ。

器に凝って、すべて輸入ものを用いた。ロイヤル・コペンハーゲン、リチャード・ジノリ、ウェッジウッド、マイセン。これなら本好きの客によろこんでもらえると思った。学生時代にブルー・オニオンでコーヒーを飲んでいたのが、ここで生きた。

テーブルは四人席が三、二人席一、カウンター九席。奥に別室があって、ここは六人席が二つ。営業時間は午前十一時から午後十時。一日の売上目標を決めて、単価を上げ、百人の客が七十人ですむようにした。

コーヒーは「ぶれんど」を四五〇円、「みるく珈琲」を五五〇円にした。ほかの喫茶店の値段の約二倍である。先輩格の喫茶店〈古瀬戸〉を追うかたちになった。やはり神保町の〈古瀬戸〉はロイヤル・コペンハーゲンをつかって、コーヒーが五〇〇円だった。

石川さんは最初の一年は正月三ヵ日を除いて、一日も店を休んでいない。必死だった。毎日、客のデータをとり、一年間の女性と男性、年齢を分析した。そうすると目安がついた。

常連の客をつくるために、酒場のボトルキープのようにコーヒー豆のキープをはじめた。回数券を出している喫茶店もあるが、券は忘れてきたり失くしたりする。ボトルに客の名前を書いてもらった。その客が来れば、顔を見ただけで、客が名前を告げなくても、ボトルをとりだして、豆を挽いた。客によろこんでもらいたかった。

〈壹眞〉は三十代四十代の客で、サラリーマンが多い。学生はほとんど来ない。学生は缶コーヒーであり、ハンバーガーかフライドチキンである。土曜日日曜日、祝日の客は本を買いにくる人たちだ。

人手が足りなくなって、夜はアルバイトの学生に来てもらうようになった。〈壹眞〉は繁昌しはじめた。

私は夕方の神保町が好きだ。とくに秋。町に灯がともりはじめ、しかし、九段の坂上のかなたの空はまだ明るく、その下の建物が黒く低いスカイラインになって、風がひんやりとしてくるころ、古書店で見つけた本の二、三冊も抱えて歩いていると、ふところが寂しくて、欲しい本も買えなかった学生時代を思い出す。名曲喫茶の〈エムプレス〉には、地味なセーターが薄幸そうな顔に似合うウェイトレスがいたけれど、彼女がいまも健在なら、いいお婆ちゃんだろうなと思ったりする。

〈エムプレス〉は地下鉄神保町駅の建物の地下一階にある。むかしは一階の天井の高い店だったという記憶がある。このあたりには、地下をおりてゆく建物などなかったのではないか。〈エムプレス〉は店の奥に階段があり、面長のウェイトレスがその階段をあがっていって、レコードをとりかえるのだった。まだLPもなかった時代である。私は早稲田の学生で、友達と須田町行の都電に乗って、神保町にやってきた。日系二世の沖村憲太郎がたいていいっしょだった。

〈エムプレス〉は〈壹眞〉と白山通りをへだてている。私はどちらからも近いところで、かなり長いあいだ金曜日の午後に翻訳の初歩を教えていた。三十人ばかりの教室で毎度同じようなことばかり喋っていたので、もういいかげんにやめようとなんどか思った。それが十二年以上もつづいたのは、神保町という町があったからだ。週に一度、神保町に出て、そのあと銀座へ行くのが金曜日のきまりになっていた。

翻訳のクラスは午後一時から三時までである。教室が終ると、近所の喫茶店で八、九人の生徒とお茶を飲んだ。四時ごろ一人になると、気の向くままに三省堂書店六階の洋書売場や大屋書房を覗いてみた。三省堂は文芸書の書棚が充実していて、いたずらにベストセラーを並べていないから、よく勉強していると感心してきた。

以前は翻訳が本業だったので、大屋書房のほかに松村書店や北沢書店などの洋書専門の古書店などによく顔を出した。興味があった一九二〇年代アメリカの文献はたいてい神田の古本屋で手に入れた。辛抱強く待っていると、いつかはここで見つかるのだった。二流作家だったからもう忘れられているが、ベン・ヘクトの短編集が大屋書房にまとまって出て、ニューヨークの古本屋まで行かずにすんだ。

探していた本が思いがけず見つかると、神保町を歩きまわった疲れも忘れて、足が軽くなり、ひと休みするためにはいった喫茶店のコーヒーもうまかった。喫茶店にはいるのは、古書をいじったあとだから手を洗いたかったからだ。汚れてざらざらする手を石鹼で洗うのは気持がいい。そのせいか、さほど汚れていなくてもよく手を洗う。

ニューヨークの酒場やコーヒーショップの便所にはかならず石鹼がある。法律によってそれが義務づけられているようで、どんなうらぶれたコーヒーショップでも石鹸で手を洗うことができる。しかるに、東京では内装や器に凝っていても、便所に石鹸のない喫茶店がある。喫茶店は石鹸で手を洗う場所ではないといわれればそれまでであるが、石鹸一個ぐらいどれだけの費用でもあるまい。小さなことではあるが、便所に石鹸のない喫茶店は、私から見れば失格である。

翻訳教室という苦役から解放されて、本屋を見て歩き、神保町の角まで来ると、私は競馬新聞と夕刊紙を買った。喫茶店にはいって、競馬新聞で時間をつぶすのが楽しみになっていた。喫茶店ならどこでもよかった。

ある日、路地から路地を歩いて、靖国通りに出る手前で、路上に立てた〈炭火焙煎珈琲壹眞珈琲店〉という看板が目について、地階へ階段をおりていった。店にはいったとき、この店のコーヒーは高いと思った。棚に並んだ器がみな輸入ものと見てとれたからだ。小さいながら店のすみずみまで神経がゆきとどいているようでもある。

カウンターにすわると、白いシャツにネクタイを締め、黒のエプロンをかけた青年がちょっと恥かしそうに私の前に立った。ほかに男はいないから、彼が主人なのだろう。およそ喫茶店のマスターらしからぬ好男子である。

カウンターにおいたメニューを見ると、ひらがなで書いてある。「みるく珈琲」に驚いた。カフェ・オ・レではなく、みるく珈琲である。この文字を見たのは三十年近く前に高田馬場の〈ユタ〉でそれを飲んでいたころが最後だったのではないか。ミルクコーヒーがこの青年の喫茶店で「みるく珈琲」として復活したのである。それを注文した。

青年が淹れてくれたみるく珈琲は泡だててあって、味が柔らかく口当りがすこぶるよかった。砂糖はいらない。カップのなかは細かい気泡でいっぱいである。ゆっくりと味わいながら、私は競馬新聞に目を通した。

それから神保町に出たときは、〈壹眞〉に寄って、みるく珈琲を飲むようになった。ここで人とも会った。金曜日はだいたい四時前後に行っていたが、混んでいるときと、混んでいないときがあった。どちらの場合も私一人であれば、カウンターに腰を落ちつけた。テーブルが空いていると、〈壹眞〉の主人はテーブルをすすめてくれるようになったけれど、喫茶店や酒場はいつどっと混んでくるかわからない。テーブル席にすわって混んでくれば、私は落ちついて競馬新聞など見ていられなくなる。四人席に私一人がどっかと腰を据えていたばかりに、新しい三人の客がむなしく帰ってしまうのでは、その店に対して申訳ない。

そういう場合は私が出てゆけばいいのである。私ががんばっていると、これは営業妨害になる。小さい喫茶店は小さいだけに売上げも少ない。繁昌してもらいたい。

まもなく〈壹眞〉のマスターは笑顔を見せるようになったが、気をきかせたつもりで、こちらの注文を聞かずに、みるく珈琲をつくるようなことはしなかった。親愛の笑みをかすかに浮べて私を見るのである。私も、みるく珈琲と言った。やがて彼の名が石川眞一であることを知った。若いのに商売熱心で、喫茶店のなかは静かなのに、活気があった。生き生きしていた。

いつも店の奥に立ってにこにこしている小柄な女性がいて、彼女は石川さんが淹れるコーヒーをテーブルにはこぶ役だった。彼の奥さんである。ほかにアルバイトの学生らしい男女がいることもあった。

神保町には落ちつける、コーヒーのおいしい喫茶店がほかに何軒もある。三省堂書店にもすずらん通りの冨山房《ふざんぼう》の書店にも喫茶室がある。三省堂の地階にはレストランもあって、ひところ雪中梅《せっちゅうばい》を飲ませてくれた。それは私が市ヶ谷に仕事場を借りたころだったから、一九八一年か、二年ごろである。土曜日の昼はそこへ行って、酒を少しいただき、それからハンバーグステーキなんかを食べていたが、ほどなく雪中梅がメニューから消えてしまった。

六年前、石川さんは小川町にもう一軒の〈壹眞〉を開店した。やるなあと思った。開店を祝う集まりに私もよばれて、神保町店を大きく、ひろくしたような〈壹眞珈琲店〉へ行った。靖国通りの小川町交差点に近い眼鏡屋の二階である。

駿河台下から小川町にかけて、いつのまにかすっかり様変りしてしまった。軒なみ運動具店で休日でも若い人があふれている。かつてはこのあたりは閑散としていた。地下鉄が神保町の下を三本も走っていて、来やすい町になった。学生のころ、神保町から渋谷へ行くのに都電を利用したが、あれは一時間もかかったのではないだろうか。電車が三宅坂《みやけざか》にさしかかるころには、ずいぶん時間がたっていた。いまは半蔵門線で十五分もかからない。

　駿河台下から小川町まで、この一角は賑やかというか、けばけばしいというか、若い人たちの町になり、そこに〈壹眞〉が生れた。場ちがいな感じがしないでもなかったが、エンジニア出身の石川さんはさまざまのデータを集めて分析し、成算ありとみたのだろう。テニスのラケットや靴、スキー、キャンプ用具を買いに来る人たちの一パーセントでも〈壹眞〉に来てくれればいい。

　小川町店のお祝いの集まりには、神保町店の常連客が三十人ばかりやってきた。若い人はいなかったと思う。みんなこの新しい喫茶店の店主のお父さんか叔父《おじ》さんのような年配の紳士ばかりである。彼等はおそらくコーヒーの豆をキープしていたのだろう。

　これからは石川さんは神保町と小川町のかけもちになる。彼が淹れるみるく珈琲を味わえなくなるのではないかと少しばかり心配になった。しかし、それは杞憂《きゆう》だったようだ。私がどちらの店を訪れても、石川さんはいて、みるく珈琲をつくってくれたのである。私は運がよかったのかもしれない。

　そのうちに私が翻訳教室をやめるときが来た。週に一度、神保町に出ることがなくなり、市ヶ谷の仕事場も引きはらい、足が遠のいた。たまに〈壹眞〉へ寄ってみると、石川さんがいなかった。小川町へ行っていたのだろうか。香港へロイヤル・コペンハーゲンやマイセンなどの食器の買いつけに出かけたのか。

昨年の十月、石川さんから招待状が送られてきた。銀座に第三の〈壹眞〉を開店するという。四丁目の、銀座通りから一つ裏、すずらん通りに建つ建物の四階である。白いシャツにネクタイをきちんと締めて、黒いエプロンをかけた、シャイな感じの青年の姿を思いうかべた。

私は以前からの約束があって、欠席の通知を出し、かわりに花をおくった。喫茶店に花をおくるなんて照れくさいことであるが、誰にも知られることはあるまいと思っていた。ところが、数日して平井駅北口すずらん通りの〈ワンモア〉へ行ったら、マスターの福井さんはすでに知っていたのである。

〈ワンモア〉の客の一人が銀座を歩いていて、〈壹眞〉の看板が目にはいり、その人はもともと喫茶店が好きなのではいってみた。すると、私のおくった花があったのだ。福井さんに知らせた客は会社社長であり馬主であり偉丈夫であるA氏である。Aさんは毎日一度は〈ワンモア〉に顔を出すので、コーヒー代を一万円前払いしておく。その一万円札はジャムの空き瓶におさまり、Aさんが一杯飲むたびに、三百八十円也が引かれてゆく。

「コーヒー一杯千円もする喫茶店に花輪をおくるなんて常盤さんらしくないよとAさんが

言ってましたよ」と福井さんは笑った。私もつい笑ってしまった。私が銀座四丁目にできた喫茶店に花をおくるのはたしかにおかしい。私らしくないのであるが、Aさんは私を貧乏だと思ったわけではない。平井のような、忘れられたような、つつましい町が好きな私と〈壹眞〉とが、A氏から見れば、そぐわないのだろう。

だが、私にしても〈壹眞〉が銀座にまで進出するとは思っていなかった。といって、石川さんが四人席三、二人席一、カウンター九席、バック・ルーム（裏部屋）一二席の喫茶店の主人で一生を過すとも思えなかった。

正直にいって、コーヒー一杯千円というのは抵抗がある。けれども、銀座四丁目で喫茶店をはじめるとすれば、開店資金だって大変だろうし、コーヒー一杯も家賃や人件費を考えれば、まずまずというところだろう。

福井さんがA氏の意見を私に伝えたとき、となりにときどき見かける老人がいた。老人は福井さんを見て言った。

「バルブがはじけたから、大変だねえ」

〈壹眞〉も〈ワンモア〉もこれからが大変だという意味だったのだろうか。福井さんはすぐに訂正した。

「おいちゃん、バルブじゃないの、バブル」

「……まあ、どっちだっていいやな」

そこへA氏が愛車のベンツでやってきて、カウンターの定席にすわると、私に言った。

「〈壹眞〉、あれじゃつぶれるんじゃないですか」

A氏によれば、まずコーヒー千円というのが高い。つぎに四階にあるのが不便である。喫茶店は二階か地下一階までが限度だ。また、椅子が小さく、席が多すぎて、せせこましい。ああいう喫茶店は居眠りできるくらい、ゆったりした椅子を用意してもらいたい。そして、常盤さんがあのような喫茶店に行くとはねえと言った。

しかし、私に言わせれば、Aさんこそ開店したばかりの〈壹眞〉を見つけて、高いコーヒーを飲んだものである。この紳士もまた喫茶店が好きなのだ。

銀座の〈壹眞〉に行く機会がなかなかなかったけれど、今年になって、夕方に行ってみた。石川さんの姿はなく、神保町でとても感じのよかった、まだ学生のような女性が懐しそうに迎えてくれた。ウェイトレスと呼ぶにはいささか貫禄があり、店長というには若すぎる。

若い男がみるく珈琲を淹れてくれたが、味は神保町と変らないようだった。石川さんはコーヒーの淹れ方をすべて若い従業員たちに伝授したのだろう。神保町の店が繁昌し、小川町も順調で、石川さんの夢は銀座のほうへふくらんだのにちがいない。

博品館《はくひんかん》で吉行和子さんの一人芝居を妻と観た帰り、四丁目まで歩いて、〈壹眞〉でお茶でも飲もうと、エレベーターで四階にあがった。エレベーターの扉が開くと、そこが〈壹眞〉である。エレベーターの扉が喫茶店の扉にもなっていて、四階全体が〈壹眞〉になっている。

午後九時を過ぎていたが、テーブル席はほとんど埋まり、その大半は女の客だ。映画や芝居のあとか、なんとなく華やかである。折よく石川さんがいて、個室のような奥の部屋へ案内された。私は近いうちにお話をうかがいたいと申しいれた。いままで顔を合わせても、ふたことか三こと言葉をかわすだけだったのだ。

石川さんは喫茶店の主人、あるいはマスターというよりも、経営者に見えた。服装はイタリアン・ファッションであろうか、それがまたよく似合い、ヘア・スタイルが無造作で、青年実業家らしからぬ青年実業家である。皮肉を言っているのではない。彼が立派に成長したことを強調したいのである。

「銀座は怖いところです」とつぎに〈壹眞〉を訪れたとき、石川さんは言った。「お客さまの目が肥えていますからね」

営業時間を尋ねた。午前十一時から午後十一時までだという。

「サービスで手抜きはできません。コーヒーが一杯千円なのですから、それだけのことをしなければならないわけで、お客さまの期待に反してはいけないのです」

模範的な回答であるが、〈壹眞〉は土曜日も日曜日も営業している。午後九時ごろから混みはじめて、十時には百席あるテーブルとカウンターは満席になり、席が空くのを立って待つ人がいるそうだ。その時刻になると、〈壹眞〉のような喫茶店が閉店しているということもあるだろうが、コーヒーにもサービスにも手を抜かないという石川さんの誠意が自然に客に伝わるからにちがいない。

主人が仕事に打ちこんで誠実でなければ、気持のいい喫茶店は生れないと思う。私が気に入っている喫茶店はいずれも主人の人柄がいい。一杯のコーヒーに彼の誠実を賭《か》けている。

石川さんにコーヒーについて尋ねた。コーヒーの豆は神戸の萩原珈琲株式会社から仕入れているという。石川さんに言わせると、萩原珈琲は日本で最高の豆を扱っている。〈茜《あかね》屋《や》珈琲店〉も〈古瀬戸〉も萩原珈琲の豆を使っているという。コーヒー豆は小さな釜を用いて、備長炭《びんちょうたん》で煎られる。石川さんは萩原珈琲の豆を混ぜあわせて、「壹眞ブレンド」をつくりあげた。

「苦味が香ばしいのです。たぶん、これを飲めば病みつきになると自負しています。萩原珈琲に特別に注文したオリジナル・ブレンドです。焙煎して二、三日から一週間以内に飲み切るといいですね」

どこの豆ですかという質問に石川さんは微笑を浮べるだけである。やがて、インドネシア系だとしか申しあげられませんね。

炭火でコーヒー豆を煎るのは萩原珈琲の創業者、萩原三代治がはじめたという。戦後、生豆の輸入が再開されたときから炭火焙煎が行われるようになった。石川さんの話を聞いて帰るとき、お土産に壹眞ブレンドをいただいた。どうぞご自分でお淹れになってみてくださいと、コーヒーのおいしい淹れ方を教えてもらった。コーヒーを淹れる湯の温度は沸騰させたのち、火からおろした九五度から九八度が適当であり、ドリッパーには濾紙《ろし》を密着させて敷く。それから、中挽きの粉を平らになるように入れる。一杯分は一五グラムから二〇グラム。三、四杯分を一度に淹れると、うまいコーヒーができる。この場合は一杯分が一〇グラムから一二グラムでいい。

湯は三回に分けて注ぐ。最初は細い線で円を描くように湯を表面に注いでまわり、粉全体に浸みわたらせる。湯でコーヒーを包みこむようにして二〇秒から三〇秒待つ。二回目と三回目とでコーヒーを抽出するのであるが、粉が膨張して、しぼみはじめる直前に、中心部へごく自然に注ぐようにする。残したかすが凹型になっていれば、おいしいコーヒーができている。

その翌朝、教えられた要領で壹眞ブレンドのコーヒーを淹れてみた。前夜、みるく珈琲のあとで飲んだ壹眞ブレンドのコーヒーは病みつきになりそうなほど、たしかにうまかったけれど、私が淹れてみると、似ても似つかないものができあがった。やっぱり、私にとって〈壹眞〉のような喫茶店は必要である。木金土の三日間は深夜十二時まで営業しているそうだから、酒場のあとで寄ってみてもいい。

西瓜

吉村昭

熱湯にひたしたタオルを口のまわりにあて、その部分にブラシで石鹼を泡立たせた。

川瀬は、安全剃刀を使いながら鏡に映る自分の顔を見つめた。五十歳を過ぎているとはとても思えぬ、とよく言われるが、髪に白いものがまじり、それが年を追うごとに増している。皮膚にはまだ張りが残っているが、それがいつまで保たれるか心許ない。

鏡に映る顔は、日によって異なる。年齢相応のものが確実に現われていると思う日もあれば、十分に若い、と気分が軽くなる日もある。

今日の鏡の中に映る顔は後者に近く、君枝に会うには好都合だ、と思った。君枝から電話がかかってきたのは、朝の九時きっかりであった。休日でも九時には起床するのが習いで、その時刻に電話をかけてきたことに、君枝との十八年間の生活が思われた。

半年前に君枝がマンションの部屋を出て行ってから、電話をかけてきたのは二度だけであった。一度は燃えるゴミ、燃えないゴミの選別とその出し方を口にし、二度目は、クリーニングに出しておいた君枝の衣服がもどってきたら、着払いで送って欲しいという依頼であった。

「今日は、なにか御予定がありますの」

君枝の言葉遣いは丁重で、遠慮勝ちであった。

別にないと答えると、話したいことがあるので午後に会ってくれないか、と言った。

一緒に暮していた頃、都心に出た君枝と会社の近くの軽食も出すホテルの広い喫茶室で、昼食をとることが多かった。川瀬は、そこに三時に行く、と答えた。

「御足労をおかけしてすみません。それではお待ちしています」

受話器を置く気配がした。

顔を洗い、タオルで拭いながら、話したいこととはなんなのだろう、と思った。君枝がマンションを出る前に離婚手続きはすませ、解約した定期預金の二分の一も君枝に渡し、それですべてが解決している。

亡父の遺した十室ほどの部屋のあるマンションが彼女の名義になっていて、その賃貸料で生活になんの不自由もない。金銭に対する執着心は薄い性格で、それに関する話とは思えなかった。

見当はつかなかったが、君枝と会うかぎり、小ざっぱりとした姿で会いたいと思った。

君枝が去ってからの一人暮しの侘しさは想像をはるかに越えたもので、なにからなにまで自分でやらねばならぬことに辟易した。あらためて君枝の存在が大きなものであるのを感じたが、かれは小まめに部屋を掃除し、朝はハムエッグを作ったりしてパンとコーヒーで食事をとり、出勤する。

君枝には、一人住いをしていても少しも薄汚れた生活をしていないことをしめしたかった。

かれは、鏡の前で気に入っているポロシャツを着、タウンウェアを身につけて部屋の外に出た。

君枝は、喫茶室の庭に面した席に坐っていた。席の傍らは一面ガラス張りになっていて、庭の築山から小さな滝が落ち、池に錦鯉が泳いでいるのが見える。

近づくと君枝が顔をあげ、川瀬は、テーブルをはさんだ席に腰をおろした。

「元気そうですね」

君枝が、にこやかな表情で言った。

「まあ、なんとかやっていますよ」

かれは、自然に君枝にならって他人行儀の口調で答え、近寄ってきたウエイトレスにコーヒーを頼んだ。

紫色の花模様の散った白いワンピースを着た君枝は、真珠のネックレスとイヤリングをつけている。真珠は君枝の誕生石で、それらはかれが結婚記念日に贈ったものであった。

君枝は、別れた時より肉づきがよくなっていて若々しくみえる。色白の肌に口許の小さな黒子が鮮やかであった。

「だれか良い人ができました？」

君枝が、コーヒーのカップを手にうかがうような眼をした。

「そんなもの、作る気もない」

かれは、カップに口をつけ、

「そっちはどうなんです」

と、たずねた。

君枝はすぐには答えず、少し視線を落すと、しばらく口をつぐんでから、

「そのことで、お話したいことがあるんです」

と、言った。

なんだ、そんな話か、と思った。正式に離婚しているのだから、再婚は自由であり、自分に話す必要などない。離婚した者は、自分の方が先に再婚することに優越感をいだく心理があるのだろうか。そのようなことを伝えるため呼出した君枝がいまわしく、出向いてきた自分が愚かしく思えた。

「再婚しようがしまいが、私には関係ありませんよ。話をきいても仕方がない」

かれは、コーヒーをひと口飲み、カップを置くと庭に眼をむけた。庭への出口があるらしく、女児を連れた女が、池のほとりに立って鯉に眼をむけている。

「それが、あなたの会社の春山さんなのよ」

思いがけぬ君枝の言葉に、かれは体をかたくした。

春山は三十七、八歳で、君枝より五、六歳若い。現在は職場がちがうが、同じ部の部下であった頃には、夜、何度か他の部員とともに家に連れて来たことがある。自分にあたえられた仕事はこなすが、積極性はなく目立たぬ社員であった。

川瀬は、庭に視線をむけながら君枝の口にする言葉をきいていた。

二ヵ月前、春山から電話があって、会いたいと言うので駅前の喫茶店で会った。春山は便箋十枚ほど入った封筒を差出した。そこには以前から君枝に強く魅せられていたことが熱っぽい筆致で記され、川瀬と離婚したことを知り、結婚したいので承諾して欲しい、と書かれていた。

その後、連日のように電話がかかってきたり手紙が送られてきたりして、請われて喫茶店で数度会った。

三日前に会った時、春山は、結婚するにしても同じ会社の社員である川瀬に、今後気まずいことがないよう諒解を得て欲しい、と言ったという。

川瀬は、落着かなくなった。白い丸顔の、春山の無気力そうな眼を思い浮べた。かれにそのような強引さが秘められていたことが意外であり、薄気味悪くも思えた。

春山が、君枝を抱く姿を想像した。乳房のふくらみは乏しいが、刺戟を受けると固く突き立つ乳首は桃色をしている。その乳首に春山は舌をふれさせる。

くぼんだ腰の白い肌には、口許と同じ形の黒子があり、君枝はそのあたりを強く吸われるのを好む。その下方の恥毛は薄く、柔らかい。

「体をふれ合っているのか」

かれは、君枝から視線をそらせた。

「どういう意味」

「寝たことがあるのか、というのだ」

かれは、そんなことを口にした自分に物悲しさをおぼえた。

「そんなことするわけがないでしょう。考えただけでも気味が悪いわ」

甲高い声に、川瀬は体の緊張がとけるのを感じた。

離婚にまで話が及んだのは、激しい言葉をやりとりするうちに君枝が別れると言い、かれも望むところだ、と言い返した末のことであった。それは一年前にカナダに出張したかれが、その地に住む未亡人の日本人女性と肉体交渉を持ったことが原因であった。その女からの手紙で君枝は川瀬の背信を知り、君枝は泣き喚き、川瀬はひたすら詫びることにつとめた。

その後、女からの連絡はなく、一応君枝も平静さをとりもどしていたが、些細な諍《いさか》いの中でそれが持ち出され、激した言葉の勢いで離婚手続きをするまでになったのだ。

かれは、君枝に眼をむけた。ワンピースに包まれた彼女の体が、この上なく好ましいものに思えた。その体は自分一人のもので、他の男になどふれさせたくはない。

春山と寝ることを考えただけでも気味が悪いという言葉は、春山と再婚する意志がないことをしめしている、と考えてもよいのだろう。

「カナダの女のことは悪いと思っている」

川瀬は、少し眼に涙がにじむのを意識した。

「それは、すんだことよ。私も忘れたわ」

君枝の光った眼が、かれに動かずむけられている。

君枝が春山から執拗に求婚されていることを告げたのは、川瀬を再び自分にひきもどそうとするためなのか。君枝は、さりげなくはあるが華やかに装い、真珠のネックレスとイヤリングもつけている。君枝の策略に似た心づかいが愛らしく思え、川瀬はそれに素直に従ってみたい、と思った。

「この喫茶室では西瓜を出すのね。注文してみます?」

たしかに西瓜を八つ切りにしたものを、ウエイトレスが盆にのせて運んでいる。

「西瓜か」

かれは、つぶやいた。西瓜が、ホテルの喫茶室には不似合な所帯じみたものに思えた。

君枝は、このまま自然に自分のマンションについてくるにちがいない。

かれは、西瓜を注文するため入口近くに立つウエイトレスに手をあげた。

実録、ある日の27分間

鷹野隆大

「顔に現れる老い、それに向き合う勇気はない」と、そのひとが話すのを聞きながら、僕はその美しい瞳を眺めていた。と、どういうわけか、そのひとはメガネを外した。僕はその仕草に誘われるように、それまでフレームの陰に隠れていた眉毛に視線を移し、その新鮮さに小さく感動していた。一本一本が太く、長さが不均等。全体にやや太めの眉だった。親しく会うようになってから五年あまり。こんなふうに眺めたことがあったろうか。そんなことを思いながら、そのひとの話に対する答えを探していた。

たしかに僕は自分の顔を毎日写真に撮っている。そしてその顔は日々確実に老いている。人も車も後ろに進めるのに、時間は前にしか進まない。確定した未来があることとの不思議を感じるのは、こんなときだ。しかしここで話していることは、ちょっと違う気がする。向き合えないのは老いではなく、写真特有の性質に起因する違和感かもしれない。

僕はそのひとの眉を見つめたまま話した。「セルフイメージって、普通、鏡を通して作られるけど、鏡は左右反対に映るでしょ。だから正しい像になると結構変に見えて、それで自分の顔を写真で見るのがイヤっていうのもあるんじゃないかなあ」

　繁華街の喫茶店は混み合っていた。僕たちは小さな四角いテーブルをはさんで向き合っていた。テーブルは焦げ茶色だった。狭い空間に吸収色はありがたいと思っていると、二十代前半の男女のカップルがやってきて、隣の席に座った。残念。空間がさらに息苦しくなった。

　そのカップル、男の方は小太りで迷彩柄の服をだらしなく着ていた。対する女は白いブラウスにフリルの付いたかわいらしいスカート姿。二人の様子から恋人同士のようだが、違和感の漂うカップルだった。

「あと、写真って、魅力的な人でもうまく写らないことがあって、特にその魅力が表情の変化によるものだと難しいかな。写真って静止画だから、動きの落差を表現するのは、やっぱり苦手で、典型的なのは、目がパッチリしてて、表情が生き生きしてるけど、笑うと目が線になってしまう人かな」

　そのひとは頬の筋肉をほんの少し動かし、目を細めた。僕は自分の言葉が相手に届いていることを確認し、さらに続けた。隣のカップルは白い大きなケーキを食べていた。遠くに目をやると、プロレスラーのような、やたら筋肉質な男がいた。Tシャツの袖から太い腕が突き出ている。よく見ると、彼の向かいにも同じような体格の男が座っていた。親しげに話す二人は恋人同士かもしれない。

「それから、右目と左目、片方ずつで見たとき、ものの前後関係が違って見えるでしょ。人はこのズレを頭の中で合成しながら世界を認識してるんだけど、カメラは単眼だから片目と同じで、実は我々が見ている世界と写真は別物と言えるくらい違ってる。でもこれって案外見落とされてて、いろんな誤解を招いてるんだけど、要は立体と平面の違いで、平面に向いている顔立ちっていうのがあって、逆に言えば、写真写りの悪い顔もあるってことなんだけど……」

そのひとの口元に笑みがこぼれた。僕は写真について語り続けた。ふと見ると、隣のカップルは互いに視線も交わさず、自分のスマホいじりに熱中していた。二人とも見事な猫背だった。

街の片隅で

山田　稔

市のはずれにひっそり暮らすのが気に入っていても、たまには街の空気を吸いに出かけたくなる。しかし御池通りより下《しも》には足をのばさない。とくに四条河原町近辺は若者の街と化したようで、老いた田舎ネズミを脅かす。おまけに歩道のアーケードのスピーカーから、「京都を世界でいちばん美しい町にしましょう」式のお説教まで聞かされてはたまらない。

で、街に出るときも河原町二条でバスを降り、二条通りから寺町通りを北へ足を急がせる。何のことはない、早くも街から逃げ出しているのだ。これが何時の間にか私の街の散策——といっても月一度くらいだが——のコースになってしまった。

その途中必ず立ち寄るのが三月書房。ここは、昔の「本屋」の知の香りがまだ残る稀な店だ。今では本はなるべく買わぬようにしている私もこの店に入ると、あ、こんな本が、とつい手に取り、買ってしまう。

その日の午後も、選びぬかれた書物のぎっしり詰まった棚に目を走らせていて、『林芙

美子　巴里の恋』、さらに弾みがついて講談社文芸文庫の清岡卓行『詩礼伝家』まで買ってしまった。

しゃれた帽子、白い手袋、タクシーから降りようとしている芙美子の表紙写真を見ながら、「粋なもんですな」と店の主人の宍戸さんが笑顔で言う。

気をよくして店を出て、閑散とした寺町通りを何時ものとおり少し北へ、進々堂でひと休み。ここの喫茶室のゆったりと落ち着いた雰囲気が私は好きだ。

注文をすませ、ふと隣の席を見ると、外国人のカップルが向き合って座っている。男は六十なかば、女は二十ほど年下のブロンドだが、二人とも太った体型がおかしなほど似ている。似ているどころかそっくりである。女がガイドブックから目を離さず、男の方はぼんやりと目を宙にただよわせたまま、今日の分は喋りつくしたと言わんばかりに一言も口を利かない。これもそっくりである。

私はいま買った芙美子の本の「巴里の小遣ひ帳　一九三二年の日記　夫への手紙」（今川英子編）のページをめくる。冒頭にカラーの口絵写真が数枚。日記帳に使った「ボン・マルシェ特製の育児日記」。パスポート。身長一・四三メートル、身体的特徴「Myope」と記されてある。たしかに、髪を真中で分けた証明写真の顔は丸い眼鏡をかけている。「小遣ひ帳」の第一ページ、パリ到着日の記入がおもしろい。一九三一年十一月二十三日。到着駅の北駅から下宿のある十四区ブーラール街までのタクシー代10F。北駅の「北《ノール》」

(Nord)を「ノルドー」と書いている。早速、パリの絵葉書を四十枚買って6F。四十枚も。方々へ安着を報じるその弾むような胸のうちが伝わってくる。そのほか野菜、果物、豚肉、包丁、皿など、しめて70・45F、「日本金にして約五円六十三銭六厘」。なお一カ月の予算として部屋代310、食費250、郵便代100、雑費150、計810F。（編注によれば、当時一フランは八銭）

――そのとき、七十すぎの二人連れの女性が店に入って来て、少し離れた右隣の席に並んで坐った。一人は毛糸で編んだ帽子をかぶっている。注文を聞きに来たボーイに「ちょっと待って」と言い、しばらくそれぞれメニューをにらみはじめる。ボーイは去る。二人は顔を寄せ合い、真剣な面持ちでながながと相談している風だ。ひそめようとしても、やはりその若やいだ声は弾み、私の耳に伝わってくる。きっと、久しぶりに会った女学校以来の仲よしなのだ。

やっと決まってボーイを呼ぶ。

「サンドイッチ、どれくらいの量あるの。二人で食べられるわね」

「大丈夫だと思います」

二人から見れば孫くらいの若さのボーイがかしこまって答える。飲物は紅茶、レモンとミルク。

「サンドイッチと一緒にね」

やがて運ばれてきた皿には、厚みのあるサンドイッチが六切れほどのっている。もう午後もおそい時間だが、夕食に差し障りはしまいか。そんな私の心配をよそに二人は元気よく食べはじめる。

「おいしいわね……」

ふと反対側の席を見ると、無言のカップルは何時の間にか消えている。

私は芙美子にもどる。たまたま開いたページ。

「七月十四日（木曜日　jeudi）

雨多し。

フィリップを読む。フィリップをケイベツした男があったが、フィリップは、私の心のいこひだ。」

私のなかを片隅の小さな時間が流れていく。

編者解説

林　哲夫

喫茶店と文学は相性がいい。喫茶店には人が集まる。見ず知らずの通りすがりもあれば、常連もいる。人の交差するところに物語が生まれる。さまざまなバックグラウンドを持つ人々がやって来て、それぞれの時間をつぶし、あるいは他者の時間と交わらせて、立ち去って行く。たまさか個性の強い店主が控えていることもあるが、ほんの束の間、気兼ねなしに人がとどまっていられる、そんな居場所はそうあるものではない。そこに文学者たちも惹きつけられる。

喫茶店は常に時代の最先端である。近現代に限ってみても、明治二十一年に開店した日本最初の喫茶店とされる可否茶館はもちろんのこと、第三回内国勧業博覧会場のダイヤモンド珈琲店、学生街のミルクホール、資生堂のソーダファウンテン、台湾喫茶店の烏龍茶、パウリスタのブラジルコーヒー等、いずれもピカピカの最新流行だった。さらには蓄音機を置いてジャズやクラシックをいち早く聴かせ、敗戦後の若者たちの歌声を響かせ、テレビや電話が現れればすぐに設置し、テレビゲーム、漫画、インターネット、スターバックスに飛びつき……ついには喫茶店という名前もカフェと変えてしまうほどに新しもの好きである。文学もまた、新奇を求めるという点では引けを取らない。それは同時に時代遅れになるのも早いということである。次々生まれ次々消えてゆく。ただし、時代遅れも百年経てばひと回り、カフェーがカフェとして復活したように、実質は多少変わっても、ふたたび息を吹き返すこともある。一世を風靡した作家が忘れ去られ、不遇だったマイナーポエットが注目される。あるいは変わらず愛され続ける店や作家もあり、じっと静かに営業し続け、書き続ける者もいる。

本書では喫茶店が描かれていることはもちろん、文学として上質であることを大前提として作品を選んだ。そして、それらを明治から平成にいたる喫茶店の変遷が自ずから伝わるように配列した。常にスノッブであろうとする喫茶店を好奇心に満ちた書き手たちの感性がどう捉えたか、さまざまな意匠を楽しんでいただければと思う。

夏目漱石「野分」は、明治四十年（一九〇七）、雑誌『ホトトギス』に発表され、単行本『草合』（春陽堂、明治四十一年）に収められた。夏目漱石こと夏目金之助は、慶応三年（一八六七）、江戸の牛込馬場下生まれ。帝国大学卒業後、英語教師、ロンドン留学を経て第一高等学校と東京帝国大学の講師に就く。明治三十八年『ホトトギス』に発表した「吾輩は猫である」の好評により作家を志す。明治四十年、朝日新聞社に入社。職業作家となり次々に長編を連載した。本作の引用部分では、明治三十四年、神田、牛込、本郷、三田などの学生街に誕生したミルクホールの情景を微細かつリアルに描いて他に類が無い。

森茉莉「カフェ・プランタン」は『記憶の繪』（筑摩書房、昭和四十三年）より。明治三十六年（一九〇三）、東京市本郷区生まれ。森鷗外と二人目の妻志げとの長女。カフェー・プランタンは明治四十四年に京橋区日吉町に開店した。経営者は松山省三と平岡権八郎。二人は共に画家であり松山は東京美術学校出身。黒田清輝、高村光太郎、永井荷風をはじめ歌舞伎役者や政治家たちも維持会員となっていたが、そのなかに鷗外も名を連ねていた。この描写からすれば、茉莉が東京女子高等師範学校附属小学校に在学中の出来事であろうか、鷗外の溺愛ぶりが目に見えるようである。晩年の茉莉は世田谷の喫茶店「邪宗門」で執筆するのを常としていた。

水野仙子「散歩」は雑誌『中央文学』第二巻第九号（忠誠堂、大正三年九月）に発表された。主人公の心理を繊細に捉えた傑作と言えよう。水野仙子こと服部テイは、明治二十一年（一八八八）、福島県生まれ。投稿雑誌『女子文壇』を舞台として活躍。『文章世界』に投稿した作品を田山花袋に認められて上京。『中央公論』『青鞜』などに執筆。投稿仲間だった川浪道三と結婚後、男女の機微を描いた名作を次々と発表したが、大正八年、三十歳六ヶ月で病没。没後、川浪の編集で代表作二十二篇を収めた『水野仙子集』（叢文閣、大正九年）が刊行された。テキストは「水野仙子資料展」（福島県立図書館、昭和五十三年）パンフレットによる。台湾喫茶店は明治三十八年に台湾の烏龍茶を普及させる目的で銀座に開店。洋食、洋酒も置いており、ウーロンと呼ばれて親しまれた。

谷崎精二「カフェーの話」は『都市風景』（砂子屋書房、昭和十四年）より。明治二十三年（一八九〇）、東京市日本橋区生まれ。兄は谷崎潤一郎。父の事業失敗により通信技手となるが、兄の影響もあって文学を志す。広津和郎らの同人誌『奇蹟』に参加。早稲田大学卒業後は『萬朝報』に勤務しながら創作を『早稲田文学』に発表。後に早稲田大学で教鞭を執るようになり世界文学の翻訳も多数ある。

村山槐多「日記」は遺稿集『槐多の歌へる』（アルス、昭和二年版、初版は大正九年）より。明治二十九年（一八九六）、愛知県岡崎町生まれ。大正八年正月の記述である。日本美術院で絵画の研鑽を積みながら毎夜のようにカフェで痛飲している。同じ年の二月二十日、流行性感冒（いわゆるスペイン風邪の第二波）に襲われて死去。二十三歳五ヶ月。

中戸川吉二「アップルパイ、ワン!!」は『文章倶楽部』大正九年五月号に発表され短篇集『縁なき衆生』（聚英閣、大正九年）に収められた。明治二十九年（一八九六）、北海道釧路生まれ。開成中学校、京北中学校から明治大学に進んだが、放蕩のため中退。大正八年『新小説』に発表した「イボタの蟲」によって文壇的地位を確立したものの活躍の時期は短かった。昭和十七年、脳溢血にて死去。カフェーパウリスタはブラジル移民に尽力した水野龍がブラジル政府よりコーヒー豆の無償提供を受けて明治四十四年に開業。大正九年頃には全国に十八店舗を展開していた。日本人に喫茶店の概念を植え付けたのはパウリスタに他ならない。

浅見淵「漆絵の扇」は雑誌『辻馬車』第十八号（波屋書房、大正十五年八月）に掲載された。明治三十二年（一八九九）、神戸生まれ、文芸評論家。早稲田大学文学部国文科卒業。尾崎一雄らとともに『小説』『世紀』『木靴』などの同人雑誌を創刊。戦中は満洲国で文学活動を行い、戦後は早稲田大学高等学院などで教鞭を執った。本作にはカフェーパウリスタを核とした神戸のコスモポリタンな雰囲気が濃厚に描かれている。稲垣足穂や淀川長治もこの空気を吸っていたに違いない。

北園克衛「丸善からはじまった随想」は雑誌『詩と批評』（昭森社、昭和四十二年四月号）に掲載された。北園こと橋本健吉は、明治三十五年（一九〇二）、三重県生まれ。大正九年に上京し中央大学に入学。このときから丸善そして丸善喫茶室通いが始まった。ヨーロッパの新しい芸術運動に触れたのも先ずは丸善二階の洋書売場を通してである。以後『ゲエ・ギムギガム・プルルル・ギムゲム』『マヴォ』「単位三科」『薔薇・魔術・学説』『衣裳の太陽』『MADAME BLANCHE』などへ参加することによって前衛芸術運動の先端を疾駆し続けた。

植草甚一「東京に喫茶店が二百軒しかなかったころ」は『文藝春秋デラックス』第四巻第十一号（昭和五十二年十一月）に掲載された。明治四十一年（一九〇八）、東京日本橋生まれ。早稲田大学理工学部建築学科へ入学したものの、海外雑誌、映画、演劇などに夢中になって落第が続き、ついには除籍。昭和六年十一月から七年八月にかけて早稲田鶴巻町で喫茶店「ミスティグリ」を開店していたこともある。本篇には昭和初期の喫茶店の様子が細かに描かれており貴重この上ない。

戸川秋骨「冷熱の喫茶店」は『現代ユウモア全集 第3巻 戸川秋骨集 楽天地獄』（現代ユウモア全集刊行会、昭和四年）より。秋骨戸川明三は、明治三年（一八七〇）、肥後国生まれ。評論家、英文学者、翻訳家、随筆家。明治学院普通部では島崎藤村と同級だった。明治二十六年創刊の『文學界』同人。三十四歳で東京帝国大学英文科選科に入り『帝国文学』編集委員。選科修了後、各地の学校で講師を務め、慶應義塾大学教授となる。新宿中村屋は明治三十四年に本郷の帝大前にパン屋として開店しクリームパンを考案するなどして盛業をみた。明治四十年に新宿に支店を出し二年後には新宿駅青梅街道口前に移転。関東大震災後、喫茶・食事を出すように勧めたのは本篇にあるように戸川であった。

田村泰次郎「銀座周辺」は『わが文壇青春記』（新潮社、昭和三十八年）より。明治四十四年（一九一一）三重県生まれ。昭和八年（一九三三）、坂口安吾らと同人誌『桜』創刊。翌年、早稲田大学を卒業後、文筆活動に入る。『人民文庫』同人。昭和十五年応召。中国大陸を転戦。収容所生活を経て二十一年帰国。文学活動を再開し『肉体の門』（風雪社、昭和二十二年）がベストセラーとなる。『わが文壇青春記』は喫茶店に関しても情報量の多い必読書。

中原中也「思い出す牧野信一」は『中原中也全集 第二巻』（創元社、昭和二十六年）より。初出は『文學界』昭和十一年五月号。明治四十年（一九〇七）、山口県吉敷郡山口町生まれ。山口中学校、立命館中学校を中退し上京。富永太郎や小林秀雄らの同人雑誌『山繭』に寄稿。河上徹太郎らの『白痴群』創刊に参加。昭和九年（一九三四）、詩集『山羊の歌』（文圃堂）出版。昭和十二年、野田書房より訳詩集『ランボオ詩集』刊行。同年、結核性の脳膜炎により死去。享年三十。文中に出る西銀座「きゆぺる」は金春通りにあった喫茶店。店名は主人の道明真治郎がかつて貴金属の研究者だったところから灰吹法のキューペル（骨灰やポルトランドセメント、酸化マグネシウムの粉末などで作った皿）にちなむ。

小山清「西郷さん」は『小さな町』（筑摩書房、昭和二十九年）より。明治四十四年（一九一一）、東京の新吉原の廓内で生まれた。府立三中を経て明治学院中等部卒業。島崎藤村の紹介で日本ペンクラブ初代書記になったが、公金を使い込み水戸刑務所に服役する。昭和十五年（一九四〇）に太宰治の門人となり疎開中の留守宅を預かる。戦後、三度芥川賞候補に挙がる。『落穂拾ひ』（筑摩書房、昭和二十八年）他で作家としての地位を確立。本篇は出所後に下谷竜泉寺町界隈で新聞配達をしていた当時の思い出である。

安田武「本郷・落第横丁」は『昭和 東京 私史』（中公文庫、昭和六十二年）より。大正十一年（一九二二）、東京府北豊島郡に生まれる。京華中学校卒業、上智大学英文科在学中の昭和十八年（一九四三）に学徒出陣。ソ連軍と闘って捕虜となり昭和二十二年一月帰国。出版関係の仕事をしつつ執筆活動を行い、評論家として独立。青木堂は本郷で営業していた食料品店で、明治十九年から二階で喫茶と食事を提供していた。夏目漱石「三四郎」に登場することで知られる。東京帝大生、一高生には馴染み深い店で数多くの回想が残されている。東京大空襲により焼失。

澁澤龍彦「戦前戦後、私の銀座」は『私の戦後追想』（河出書房新社、平成二十四年）より。初出は『銀座百点』昭和五十七年十二月号。昭和三年（一九二八）、東京市芝区高輪車町生まれ。昭和二十五年、東京大学文学部フランス文学科に入学。シュルレアリスム、マルキ・ド・サドに熱中する。卒業後、サドの翻訳を次々に出版したが、昭和三十五年に『悪徳の栄え（続）』（現代思潮社）が発禁処分を受ける。昭和四十四年、最高裁が被告側の上告を棄却し有罪が決定。このサド裁判により澁澤龍彦の名前が知れ渡る。主にヨーロッパ異端文学の紹介者として活躍。晩年は回想的エッセイにそのクールでユーモラスな本質を見せている。

埴谷雄高「「夜の会」のこと」は『影絵の時代』（河出書房新社、昭和五十二年）より。本名・般若豊。明治四十二年（一九〇九）、台湾の新竹に生まれる。目白中学卒業後、日本大学予科に編入学、中退。昭和六年（一九三一）、日本共産党に入党。逮捕起訴され豊多摩刑務所に収監中に読んだカント『純粋理性批判』に強い影響を受けた。昭和二十一年、雑誌『近代文学』創刊に参加し畢生の大作『死靈』の連載を開始。そんな埴谷作品で最も面白いのが正確に記憶を辿った回想記である。モナミは、昭和四年、銀座に開店。一階が喫茶室、二階がレストランだった。モナミは岡本かの子の命名。新宿と東中野に支店があり、いずれも出版記念会など文学者たちが集まる会場としてしばしば用いられた。

戸川エマ「東京の喫茶店」は『東京味覚地図』（河出書房新社、昭和三十三年）より。明治四十四年（一九一一）、東京生まれ、随筆家、評論家。戸川秋骨の長女で、その名前は哲学者エマーソンにちなむという。西村伊作、与謝野晶子らが大正十年（一九二一）に創設した文化学院に学び、教鞭も執った。気取らない文章で身近な喫茶店を紹介しているが、コロンバンの近くでブルドッグが飼われていたなどという何の役にも立たない情報を挟むところに魅力を感じる。

伊達得夫「喫茶店・ラドリオ」は『詩人たちユリイカ抄』（日本エディタースクール出版部、昭和四十六年）より。大正九年（一九二〇）、朝鮮釜山生まれ。京城中学校、福岡高等学校を経て、昭和十八年（一九四三）、京都帝国大学経済学部卒業。学徒動員令により中国大陸へ出征、復員後に上京して前田出版社で原口統三『二十歳のエチュード』を手がけた。昭和二十三年に書肆ユリイカを創設。主に詩書を出版し詩誌『ユリイカ』を発行した。昭和二十九年、伊達は神田路地裏の昭森社ビルへ入居。三十一年には思潮社も引っ越してきた。それら小出版社の応接室となったのが島木健作の兄島崎八郎が経営していたラドリオだった。昭和三十六年、伊達は肝硬変で死去。享年四十。

山崎朋子「新宿＝風月堂」は『サンダカンまで　わたしの生きた道』（朝日新聞社、平成十三年）より。昭和七年（一九三二）、長崎県佐世保生まれ。女性史研究家、ノンフィクション作家。新宿の風月堂でウェイトレスをしているときに児童文化研究者上笙一郎と知り合って結婚。女性史の研究を始める。『サンダカン八番娼館』（筑摩書房、昭和四十七年）がベストセラーとなる。風月堂は昭和二十一年、横山五郎が新宿の焼跡で開店。昭和二十四年に改装して豪華なシャンデリアが下り漆喰壁に絵画の掛かる九十席の店舗となった。さらに昭和三十年には、吹き抜け、コンクリート打ちっぱなしの壁という前衛的な建物へと改築。現代美術の個展やコンサートが定期的に開催され、外国人やフーテンの溜り場としても有名になった。昭和四十八年閉店。

野呂邦暢「昔はひとりで……」は『野呂邦暢随筆コレクション1　兵士の報酬』（みすず書房、平成二十六年）より。初出は『ＰＨＰ』（ＰＨＰ研究所）昭和五十一年六月号。昭和十二年（一九三七）、長崎県長崎市生まれ。諫早高等学校卒業後、昭和三十二年、陸上自衛隊に入隊（翌年除隊）。孤独な自衛隊員を描いた『草のつるぎ』（文藝春秋、昭和四十九年）で第七十回芥川賞受賞。『諫早菖蒲日記』（文藝春秋、昭和五十二年）など諫早の地に根を下ろした創作活動を続けた。本作が語るように冷房が効いているのが喫茶店の有難味だった時代があった。

洲之内徹「絵を洗う」は『芸術新潮』昭和五十年二月号（新潮社）掲載の「気まぐれ美

術館14」より。大正二年（一九一三）、愛媛県松山市生まれ。松山中学から東京美術学校建築科へ入学。プロレタリア美術家同盟に加わり、検挙されて退学処分となる。松山へ戻って再び検挙され懲役二年執行猶予五年。昭和十三年（一九三八）、北支派遣軍宣撫官として中国へ。昭和二十一年帰国、松山で古本屋などを開いた後、小説家を志して上京。芥川賞候補に三度挙げられる。昭和三十四年、田村泰次郎が開いた現代画廊を手伝い始め、そのまま経営を引き継ぐ。昭和四十九年から「気まぐれ美術館」連載を開始、昭和六十二年に死去するまで続けた。アンヂェラスは澤田要蔵夫妻が昭和二十一年に浅草の区役所通りで開業。場所柄から芸能人が多く立ち寄った。平成三十一年閉店。

高平哲郎「**ざんげの値打ちもない　１９７０**」は『ぼくたちの七〇年代』（晶文社、平成十六年）より。昭和二十二年（一九四七）、東京都杉並区生まれ。武蔵中学校・高等学校から一橋大学社会学部に入学。義兄小野二郎に誘われて晶文社で編集の仕事をする。卒業後、博報堂に入社しコピーライターとなる。雑誌『WonderLand』『宝島』創刊に携わった後、独立して編集プロダクションを設立。放送作家・評論家・劇作家・演出家として活躍する。学生が夏休みの間だけジャズ喫茶を開ける時代になっていた。

平岡正明「**都はるみが露出してきた**」は『歌入り水滸伝』（音楽之友社、昭和四十九年）より。昭和十六年（一九四一）、東京市本郷区に生まれる。評論家、政治運動家。京華中学校・高等学校を卒業。早稲田大学二文露文科在学中ブントの一員として安保闘争に参加。

学費未納により除籍。昭和三十九年、評論家デビュー。アナーキーな行動や著作で新左翼系文化のカリスマ的存在となる。七〇年代後半以降は主に文学や芸能の評論の分野で活躍した。本篇に描かれる京都の喫茶店は伝説的に語られるカルコ’20であろう。蹴上（三条通、都ホテル前）にあり、若夫婦が経営していた。「カルコのおねえさん」は学生たちの憧れの的だった。なお文中「生駒おろし」は「比叡おろし」とするところ。

小野十三郎「大阪の道すじ」は『自伝空想旅行 日は過ぎ去らず』（朝日新聞社、昭和五十年）より。明治三十六年（一九〇三）、大阪市生まれ。天王寺中学校卒業後、大正十年（一九二一）に上京し、東洋大学専門学部文化学科に入学。八ヵ月ほどで中退。大正十二年、萩原恭次郎らの詩誌『赤と黒』に参加。昭和二年（一九二七）『文芸解放』同人、昭和五年、岡本潤、秋山清らと『弾道』を創刊。大阪へ戻り、詩集『大阪』を発表、独自の詩風を確立した。本作ではサテン文化人小野十三郎の喫茶店遍歴が印象的に語られており「喫茶店とは何か」について考えるとき必ず読み直したくなる。

常盤新平「壹眞」は『東京の小さな喫茶店』（世界文化社、平成六年）より。昭和六年（一九三一）、岩手県水沢市生まれ。作家、翻訳家。仙台第二高等学校を経て早稲田大学第一文学部英文科卒。同大学院修了。早川書房に入社。ミステリー小説誌『エラリー・クイーンズ・ミステリ・マガジン』の三代目編集長を六年間務めた。昭和四十四年退社、文筆生活に入る。『遠いアメリカ』（講談社、昭和六十一年）で第九十六回直木賞を受賞。『東京の小さな喫茶店』はいずれの店にとっても貴重な記録となっているが、古本の街・神保町が舞台ということで「壹眞」を選んだ。

吉村昭「西瓜」は『天に遊ぶ』（新潮社、平成十一年）より。初出は『波』（新潮社）平成九年七月号。昭和二年（一九二七）、東京府北豊島郡日暮里生まれ。開成中学校卒業。昭和二十二年、旧制学習院高等科文科甲類に入学。喀血し療養生活を送る。昭和二十五年、新制学習院大学文政学部文学科に入学したが、学費滞納のため除籍。丹羽文雄主宰の『文学者』、小田仁二郎主宰の『Z』などに短篇を発表する。四度芥川賞候補になるも受賞せず。昭和四十一年、ノンフィクション小説『戦艦武蔵』（新潮社）によって評価を定める。以後受賞多数。日本芸術院会員。平成十八年死去。本作は離婚した中年男女が喫茶店で向かい合う、その微妙な心の動きを男性側からの視点で描いた佳作。

鷹野隆大「実録、ある日の27分間」は『毎日写真』（ナナロク社、令和元年）より。平成二十七年『日本経済新聞』夕刊連載。昭和三十八年（一九六三）、福井県生まれ。写真家。早稲田大学政経学部経済学科卒。写真集『In My Room』（蒼穹舍、平成十七年）により第三十一回木村伊兵衛写真賞受賞。本篇は平成後期の喫茶店空間を共有しているような錯覚をもたらしてくれる秀作である。

山田稔「街の片隅で」は『山田稔自選集I』（編集工房ノア、令和元年）より。初出は『月刊百科』（平凡社）平成十四年連載。昭和五年（一九三〇）、福岡県門司市生まれ。昭和二十八年、京都大学文学部仏文科卒業。京都大学人文科学研究所の助手となる。昭和三十五年、富士正晴の雑誌『VIKING』同人となり創作発表の場とする。昭和四十年、人文研を辞し京都大学教養部講師。初の単行本『スカトロジア〈糞尿譚〉』（未来社、昭和四十一年）出版。「幸福へのパスポート」が第五十九回芥川賞候補となる。著訳書多数。平成六年（一九九四）、京都大学を定年退官。本作は何気ない半日が描かれているだけなのだが、忘れ難い印象を残すエッセイである。三月書房は令和二年（二〇二〇）に閉店してしまった。進々堂は大正二年（一九一三）にパン屋として創業、昭和五年、京大前に喫茶店を新築した。以来、京大の教師や学生の憩いの場となっている。寺町通はその支店。現在も盛業中。

底本の正字は新字に、旧かなは新かなに改め、適宜ルビを追加・削除しました。
また、明らかに誤植と思われる箇所は訂正しました。

本文中に、今日の人権意識に照らして不適切な語句や表現が見られますが、執筆当時の社会的・時代的背景と作品の文化的価値、著者が故人であることなどを考慮して、そのままとしました。

本書は文庫オリジナルです。

中公文庫

喫《きっ》茶《さ》店《てん》文《ぶん》学《がく》傑《けっ》作《さく》選《せん》

2023年9月25日　初版発行
2023年11月10日　再版発行

編　者　林《はやし》　哲《てつ》　夫《お》

発行者　安部順一

発行所　中央公論新社
〒100-8152　東京都千代田区大手町1-7-1
電話　販売 03-5299-1730　編集 03-5299-1890
URL https://www.chuko.co.jp/

DTP　嵐下英治
印　刷　三晃印刷
製　本　小泉製本

Published by CHUOKORON-SHINSHA, INC.
Printed in Japan　ISBN978-4-12-207420-0 C1193

各書目の下段の数字はＩＳＢＮコードです。978－4－12が省略してあります。

中公文庫既刊より

し-9-7
三島由紀夫おぼえがき　澁澤 龍彦
絶対と相対、生と死、精神と肉体――様々な観念を表裏一体とする激しい二元論に生きた天才三島由紀夫。親しくそして本質的な理解者による論考。
201377-3

し-9-9
少女コレクション序説　澁澤 龍彦
「可憐な少女をガラス箱にコレクションするのは万人の夢であろう」。多くの人々が「少女」に抱いた情熱にまつわる思索。〈巻末エッセイ〉朝吹真理子
206432-4

し-9-10
エロティシズム　澁澤 龍彦
動物のそれと違い「快楽の欲求」に動かされる「人間の性的活動」。芸術や宗教の根柢に横たわる狂気の世界を渉猟し冒険した軌跡。〈解説〉巖谷國士
206454-6

し-9-11
エロス的人間　澁澤 龍彦
「太古の闇のなかの恐怖をそのまま現代に持ってきたかのような、社会生活をおびやかす暗い力」即ちエロティシズムへの考察。〈解説〉諏訪哲史
206455-3

し-9-12
サド侯爵の生涯 新版　澁澤 龍彦
神をも恐れぬ性の饗宴に耽溺し、社会と良識に挑戦した十八世紀フランスの貴族、サドの真実を捉えた画期的評伝。〈解説〉出口裕弘〈巻末エッセイ〉三島由紀夫
206918-3

の-17-1
野呂邦暢ミステリ集成　野呂 邦暢
「失踪者」「もうひとつの絵」「剃刀」など中短篇八編とエッセイを併せて年代順に収録。推理小説好きを自認した芥川賞作家のミステリ集。〈解説〉堀江敏幸
206979-4

の-17-2
日本史の旅人 野呂邦暢史論集　野呂 邦暢
邪馬台国から日露戦争まで。芥川賞作家・野呂邦暢のもうひとつの顔。単行本未収録の諸作からその歴史観を浮き彫りにする。文庫オリジナル。〈解説〉中村彰彦
207381-4

各書目の下段の数字はISBNコードです。978-4-12が省略してあります。

よ-13-14
透明標本 吉村昭自選初期短篇集Ⅱ　吉村 昭
死の影が色濃い初期作品から芥川賞候補となった表題作、太宰治賞受賞作「星への旅」ほか一九六一年から六六年の七編を収める。〈解説〉荒川洋治
206655-7

よ-13-15
冬の道 吉村昭自選中期短篇集　吉村 昭　池上冬樹 編
透徹した視線、研ぎ澄まされた文体。『戦艦武蔵』以降、昭和後期までの「中期」に書かれた作品群から、吉村文学の結晶たる十篇を収録。〈編者解説〉池上冬樹
207052-3

よ-13-16
花火 吉村昭後期短篇集　吉村 昭　池上冬樹 編
生と死を見つめ続けた静謐な目は、その晩年に何をとらえたか。昭和後期から平成十八年までに著された、遺作「死顔」を含む十六篇。〈編者解説〉池上冬樹
207072-1

よ-13-17
日本医家伝　吉村 昭
前野良沢、楠本いね、高木兼寛、荻野ぎん……日本近代医学の先駆者十二人の苦闘の生涯を描く。著者の医家を主題にした長編群の原点であり要となる短編集。
207410-1

し-40-1
コーヒーに憑かれた男たち　嶋中 労
現役最高齢・ランブルの関口、業界一の論客・バッハの田口、求道者・もかの標。コーヒーに人生を捧げた自家焙煎のカリスマがカップに注ぐ夢と情熱。
205010-5

し-40-2
コーヒーの鬼がゆく 吉祥寺「もか」遺聞　嶋中 労
自家焙煎の草分け「もか」店主・標交紀、ダイヤモンドのような一杯を追い求め、コーヒーの世界に全てを捧げた無骨な男。稀代の求道者の情熱の生涯。
205580-3

ち-8-14
世界カフェ紀行 5分で巡る50の想い出　中央公論新社 編
珈琲、紅茶、ぽかぽかココアにご褒美ビール。世界中どこでも、カフェには誰かの特別な想い出がある——。各界著名人による珠玉のカフェ・エッセイ全50篇。
207324-1

ち-8-19
午後三時にビールを 酒場作品集　中央公論新社 編
酒友との語らい、行きつけの店、思い出の味……。銀座、浅草の老舗から新宿ゴールデン街、各地の名店まで酒場を舞台にしたエッセイ&短篇アンソロジー。
207380-7

ち-8-1

教科書名短篇　人間の情景

中央公論新社 編

司馬遼太郎、山本周五郎から遠藤周作、吉村昭まで。人間の生き様を描いた歴史・時代小説を中心に中学教科書から厳選。感涙の12篇。文庫オリジナル。

206246-7

ち-8-2

教科書名短篇　少年時代

中央公論新社 編

ヘッセ、永井龍男から山川方夫、三浦哲郎まで。少年期の苦く切ない記憶、淡い恋情を描いた佳篇を中学教科書から精選。珠玉の12篇。文庫オリジナル。

206247-4

ち-8-9

教科書名短篇　家族の時間

中央公論新社 編

幸田文、向田邦子から庄野潤三、井上ひさしまで。かけがえのない人と時を描いた感動の16篇。中学教科書から精選する好評シリーズ第三弾。文庫オリジナル。

207060-8

ち-8-10

教科書名短篇　科学随筆集

中央公論新社 編

寺田寅彦、中谷宇吉郎、湯川秀樹をはじめ、岡潔、矢野健太郎、福井謙一、日髙敏隆七名の名随筆を精選。国語教科書の名文で知る科学の基本。文庫オリジナル。

207112-4

ち-8-8

事件の予兆　文芸ミステリ短篇集

中央公論新社 編

大岡昇平、小沼丹から野坂昭如、田中小実昌まで。非ミステリ作家による知られざる上質なミステリ十編を一冊にした異色のアンソロジー。〈解説〉堀江敏幸

206923-7

ち-8-11

開化の殺人　大正文豪ミステリ事始

中央公論新社 編

佐藤、芥川、里見に久米。乱歩が耽読した幻のミステリ特集が、一〇四年の時を超えて甦る！「犯罪と怪奇への情熱」に彩られた全九篇。〈解説〉北村　薫

207191-9

ち-8-12

給仕の室《へや》　日本近代プレBL短篇選

中央公論新社 編

日本近代文学において「男性間の愛と絆」はどのように描かれてきたのか。国木田独歩から山本周五郎まで十五篇を精選。文庫オリジナル。〈解説〉佐伯順子

207247-3

ち-8-13

作品集　講釈場のある風景

中央公論新社 編

漱石、荷風の随筆から寂聴の短篇まで。講談専門の寄席「講釈場」や講談師たちを描いた明治・大正・昭和期の小説・随筆を集成。〈対談〉神田伯山・長井好弘

207274-9

各書目の下段の数字はＩＳＢＮコードです。978－4－12が省略してあります。

ち-8-16
対談 日本の文学 素顔の文豪たち
中央公論新社 編
森鷗外、夏目漱石、芥川龍之介、谷崎潤一郎、太宰治……文豪の家族や弟子が間近に見たその生身の姿を語る。全集『日本の文学』の月報対談を再編集。全三巻。
207359-3

ち-8-17
対談 日本の文学 わが文学の道程
中央公論新社 編
川端康成、小林秀雄、宇野千代、井伏鱒二、武田泰淳、三島由紀夫、有吉佐和子、開高健……作家が自らの作品、当時の文壇事情や交友を闊達自在に語り合う。
207365-4

ち-8-18
対談 日本の文学 作家の肖像
中央公論新社 編
泉鏡花、国木田独歩、島崎藤村、林芙美子、柳田国男、菊池寛、稲垣足穂、横光利一……全集編集委員や同時代評論家による作家論。〈解説〉大岡昇平／関川夏央
207379-1

な-52-4
文豪と酒 酒をめぐる珠玉の作品集
長山靖生 編
漱石、鷗外、荷風、安吾、太宰、谷崎ら16人の作家と白秋、中也、朔太郎ら9人の詩人の作品を厳選。酒に託された憧憬や哀愁がときめく魅惑のアンソロジー。
206575-8

な-52-5
文豪と東京 明治・大正・昭和の帝都を映す作品集
長山靖生 編
繁栄か退廃か？　栄達か挫折か？　漱石、鷗外、鏡花、荷風、芥川、谷崎、乱歩、太宰などが描いた珠玉の作品を通して移り変わる首都の多面的な魅力を俯瞰。
206660-1

な-52-6
文豪と食 食べ物にまつわる珠玉の作品集
長山靖生 編
子規が柿を食した時に聞こえたのは東大寺の鐘だった？　潔癖症の鏡花は豆腐を豆府に！　漱石、露伴、荷風、谷崎、芥川、久作、太宰など食道楽に収まらぬ偏愛的味覚。
206791-2

な-52-7
文豪と女 憧憬・嫉妬・熱情が渦巻く短編集
長山靖生 編
無垢な少女から妖艶な熟女まで。鷗外、花袋、荷風、漱石、谷崎、安吾、太宰らが憧れ翻弄された女性を描く。主人公の生きざまから近代日本の「女の一生」がみえる。
206935-0

あ-84-1
女体についての八篇 晩菊
安野モヨコ 選・画
太宰治／岡本かの子／森茉莉 他
はたかれる頬、蚤が戯れる乳房、老人を踏む足、不老の童女……文豪たちが「女体」を讃える珠玉の短篇に、安野モヨコが挿画で命を吹きこんだ贅沢な一冊。
206243-6

あ-84-2

女心について　耳《みみ》瓔《よう》珞《らく》
の十篇

安野モヨコ選・画
芥川龍之介／有吉佐和子／円地文子他

わからないなら、触れてみる？　女の胸をかき乱す、淋しさ、愛欲、諦め、悦び――。安野モヨコが愛した、女心のひだを味わう短篇集シリーズ第二弾。

206308-2

あ-84-3

背徳について　黒い炎
の七篇

安野モヨコ選・画
幸田文／久生十蘭／永井荷風他

全員淫らで、人でなし。不倫、乱倫、子殺し……濃密に咲き乱れる、人間たちの〝裏の顔〟。安野モヨコの挿絵とともに、永井荷風や幸田文たちの名短篇が蘇る。

206534-5

あ-96-1

昭和の名短篇

荒川洋治編

現代詩作家・荒川洋治が昭和・戦後期の名篇を厳選。志賀直哉、高見順から色川武大まで全十四篇を収録した戦後文学アンソロジーの決定版。文庫オリジナル。

207133-9

あ-96-2

文庫の読書

荒川洋治

文庫愛好歴六〇年の現代詩作家が、読んで書いた文庫をめぐるエッセイを自ら厳選。文庫オリジナル編集で贈る、文庫愛読者のための文庫案内全一〇〇冊。

207348-7

う-37-1

怠惰の美徳

梅崎春生
荻原魚雷編

戦後派を代表する作家が、怠け者のまま如何に生きてきたかを綴った随筆と短篇小説を収録。真面目で変でおもしろい、ユーモア溢れる文庫オリジナル作品集。

206540-6

お-33-3

新編　閑な老人

尾崎一雄
荻原魚雷編

生死の境を彷徨い「生存五ケ年計画」を経てたどり着いた境地。「暢気眼鏡」の作家が、脱力しつつ前向きな日常を味わい深く綴る。文庫オリジナル。

207177-3

お-88-1

古本道入門　買うたのしみ、売るよろこび

岡崎武志

古本カフェ、女性店主の活躍、「一箱古本市」……。いま古本がおもしろい。新しい潮流と古きよき世界を橋渡しする著者が、魅惑の世界の神髄を伝授する。

206363-1

お-88-2

上京小説傑作選

岡崎武志編

それぞれの東京、それぞれの生活、そこにはドラマがある。青春・貧乏・出会いと別れ。地方出身の作家によって紡がれた、「上京」をめぐる多彩な十一篇。

207351-7